adeus, maria
e outros contos

tadeusz borowski

CARAMBAIA
10 ANOS

adeus, maria
e outros contos

tadeusz borowski

TRADUÇÃO
Matheus Moreira Pena

POSFÁCIO
Piotr Kilanowski

■

Adeus, Maria · 7
O garoto com a Bíblia · 61
As pessoas que iam · 81
Um dia em Harmenze · 107
Para o gás, senhoras e senhores, para o gás · 155
A morte do insurgente de Varsóvia · 193
Aqui em Auschwitz... · 221
A batalha de Grunwald · 287
A ofensiva de janeiro · 359

Glossário de Auschwitz · 378

Posfácio, por Piotr Kilanowski · 390
Nota dos editores · 412

adeus, maria

Por trás da mesa, do telefone e da pilha de livros de contabilidade ficavam a janela e a porta. A porta tinha duas folhas de vidro negras que reluziam com a noite. Havia ainda o céu, no fundo da janela, coberto por nuvens carregadas que o vento soprava para baixo contra a vidraça, rumo ao norte, para além dos muros da casa queimada.

A casa queimada se enegrecia do outro lado da rua, bem em frente ao portão da grade de segurança que terminava em arame farpado prateado, pelo qual o reflexo roxo do poste, com sua luz piscando, deslizava como o som em uma corda musical. Ao fundo do céu tempestuoso, à direita da casa, emaranhada em novelos de cor de leite da fumaça efêmera das locomotivas, delineava-se pomposamente uma árvore sem folhas, imóvel em meio ao vendaval. Os vagões de carga passavam cheios por ela e com um estrondo seguiam rumo ao front.

Maria ergueu a cabeça de cima dos livros. Um filete de sombra repousava sobre sua testa e seus olhos e escorria

ADEUS, MARIA

pela bochecha como um cachecol transparente. Ela colocou as mãos sobre o abajur em forma de cogumelo que estava entre garrafas vazias, pratos com restos de salada e taças carmesins bojudas com bases azuis. A luz forte que se refratava nas extremidades dos objetos era absorvida pela fumaça azulada como que por um tapete. A fumaça inundava o quarto e respingava das bordas de vidro quebradiças e frágeis; a luz cintilava no interior das taças como uma folha dourada no vento e se reduzia a uma faixa sobre as mãos de Maria, que se fechavam formando uma cúpula iluminada e cor-de-rosa, e só as linhas mais rosadas entre os dedos continuavam pulsando, de forma quase imperceptível. A sombra no quartinho se tornou uma escuridão íntima que convergiu até suas mãos e se encolheu como uma concha.

— Veja, não há limite entre a luz e a sombra – sussurrou Maria. — A sombra, assim como a maré cheia, se esgueira pelas nossas pernas, nos cerca e reduz o mundo somente a nós dois; e cá estamos, eu e você.

Inclinei-me em direção a seus lábios, às rachaduras miúdas escondidas nos cantinhos.

— A poesia corre em suas veias como a seiva corre numa árvore – eu disse num gracejo, chacoalhando a cabeça por causa do ruído insistente da bebedeira. — Só tome cuidado para o mundo não te ferir com machadadas.

Maria entreabriu os lábios. A pontinha escura de sua língua tremeu com suavidade entre os dentes. Ela sorriu.

Quando apertou os dedos com mais força sobre o abajur, o brilho que se escondia no fundo de seus olhos ficou opaco e se apagou.

— A poesia! Ela é para mim algo tão inconcebível quanto ouvir as formas ou tatear os sons – recostou-se pensativa no divã. O suéter vermelho e justo adquiriu uma exuberância púrpura na penumbra e apenas na beira das dobras felpudas, onde a luz se esgueirava, brilhava em uma tonalidade carmim.

— Mas apenas a poesia é capaz de representar fielmente o ser humano. Quero dizer: o ser humano pleno.

Tamborilei os dedos no vidro da taça. Ressoou um ruído tênue e efêmero.

— Não sei não, Maria – disse, duvidando e dando de ombros –, creio que a medida da poesia, talvez da religião também, seja o amor que elas despertam entre as pessoas. Esse é o teste mais objetivo das coisas.

— O amor, mas é claro, o amor! – disse Maria, franzindo os olhos.

Do lado de lá da janela e da casa queimada, na rua cortada pela praça, os bondes passavam rangendo. Os clarões elétricos iluminavam o violeta do céu como labaredas de um incêndio azulado de magnésio. Cortavam a escuridão, banhavam a casa, a rua e o portão com o luar e, ao esbarrar nos vidros escuros da janela, escorriam e se apagavam silenciosamente. Um instante depois, apagava-se também o canto agudo e fino dos trilhos do bonde.

ADEUS, MARIA

Do outro lado da porta, no outro quartinho, ligaram o gramofone de novo. A melodia abafada, como que tocada em um pente, se dissipava no arrastar insistente dos pés que dançavam e nas risadas guturais das moças.

— Como você pode ver, Maria, existe um outro mundo além de nós – gargalhei e me levantei do divã. — Veja só como são as coisas. Se fosse possível compreender o mundo todo, assim como entendemos nossos próprios pensamentos, como sentimos nossa fome, vemos a janela, o portão além da janela e as nuvens sobre o portão, se fosse possível ver tudo ao mesmo tempo e de uma vez por todas, então – disse pensativo depois de dar uma volta ao redor do divã e parar junto ao forno aquecido, entre Maria, os azulejos de maiólica e o saco de batatas comprado durante o outono para comer no inverno –, então o amor seria não somente a medida, mas também a instância final de todas as coisas. Infelizmente, estamos condenados ao método de tentativa e erro, a experiências solitárias e traiçoeiras. Que medida mais falsa e incompleta das coisas!

A porta do quartinho onde ficava o gramofone se abriu. Balançando ao ritmo da melodia, Tomasz entrou, apoiado no ombro da esposa. A barriga dela, aparentando gravidez, mas havia muitos meses do mesmo tamanho, atraía o interesse ininterrupto dos amigos. Tomasz foi até a mesa e balançou a cabeça robusta, bojuda e maciça como a de um bisão.

— Você não está tentando direito; não tem vodca – ele disse num tom de ligeira censura, depois de observar diligentemente os pratos, e partiu, empurrado pela esposa em direção à porta. Ele se voltou para ela com um olhar vazio, como quem observa um quadro. Diziam que era hábito da profissão, pois ele negociava Corot, Noakowski e Pankiewicz falsos. Além disso, era editor de um jornal quinzenal sindicalista e se considerava um esquerdista radical. Saíram na neve sibilante. Anéis de vapor gélido passaram rodopiando pelo piso como novelos felpudos de algodão branco.

Seguindo os passos de Tomasz, os pares dançantes invadiram majestosamente o escritório e rodopiaram em ritmo sonolento ao redor da mesa, dos azulejos de maiólica e das batatas, desviando com cuidado dos respingos debaixo da janela e então, deixando pegadas vermelhas no piso encerado havia pouco, voltaram para o lugar de onde vieram. Maria levantou-se bruscamente da mesa, ajeitou os cabelos num gesto automático e disse:

— Tenho que ir, Tadeusz. O diretor pediu para eu começar mais cedo.

— Você ainda tem pelo menos uma hora – respondi.

O relógio circular da empresa, com o visor de metal torto, tiquetaqueava ritmadamente, pendurado em uma corda longa entre um cartaz semidesenrolado, o desenho de um horizonte imaginário e um desenho a carvão que

ADEUS, MARIA

retratava uma fechadura pela qual dava para ver um pedaço de um quarto cubista.

— Vou levar o Shakespeare e tentar preparar o *Hamlet* de noite para a lição de terça.

No outro quarto, ela se ajoelhou diante dos livros. As prateleiras foram montadas com descuido, com tábuas não aplainadas e que se curvavam sob o peso dos livros. Faixas de fumaça azul-celeste e branca pairavam no ar e subia um cheiro pesado de vodca misturado com odor de suor humano e de cal das paredes úmidas apodrecendo. Pregadas nelas balançavam folhas de papelão – pintadas em cores vivas, como roupas íntimas ao vento e como o fundo do mar –, nas quais reluziam medusas e corais sobre o vapor azulado. Na janela negra, separada da noite pelo vidro e rabiscada pela fina renda da cortina comprada a preço de banana de uma ladra de trens, estava o violinista cabisbaixo e bebum (que se considerava impotente) tentando em vão abafar o rangido do gramofone com o choro de seu instrumento. Como que curvado debaixo de uma saca de cimento, ele tirou do violino, com obstinação tristonha, uma única passagem. Havia duas horas que estava treinando para o concerto poético-musical de domingo. Ele se apresentou de banho tomado, em seu melhor terno listrado, com um rosto melancólico e olhar sonolento, como se estivesse lendo a partitura no ar.

Na mesa, sobre a toalha com desenho de flores vermelhas, igualmente comprada de uma ladra de trens, estavam as pernas despidas e sujas de Apoloniusz no meio das taças, livros e sanduíches beliscados. Apoloniusz balançava-se na cadeira quando se virou para o sofá de madeira coberto de cal contra percevejos no qual, como peixes sufocando na areia, estavam deitadas pessoas semiembriagadas. Ele disse com a voz reverberante:

— Será que Jesus seria um bom soldado? Não, está mais para desertor. Os primeiros cristãos ao menos fugiam do exército. Não quiseram enfrentar o mal.

— Eu enfrento o mal – disse Piotr preguiçosamente. Estava jogado entre duas garotas desgrenhadas e mexia no cabelo delas. — Ou lava ou tira esses pés da mesa.

— Lave os pés, Polek – disse a garota encostada na parede. Ela tinha coxas grossas e corpulentas e lábios vermelhos e carnudos.

— Ah! Bem que vocês queriam. Vejam só, havia uma estirpe muito covarde de vândalos – continuou Apoloniusz, após amontoar pratos com o calcanhar. — Foram derrotados e enxotados da Dinamarca e da Hungria até a Espanha. Foi lá que os vândalos pegaram barcos até a África e chegaram a pé a Cartago, onde Santo Agostinho, aquele filho da Santa Mônica, era bispo.

— E então o santo partiu num jegue e converteu os vândalos – disse o jovem rapazote junto ao forno, pitando o cachimbo. Ele inflou as bochechas grandes e rosadas, cobertas por uma penugem dourada feito um pêssego.

ADEUS, MARIA

Tinha hematomas grandes sob os olhos. Era pianista e morou por muito tempo com uma pianista de covinhas charmosas e um olhar de predadora, cheio de paixão. Nós o batizamos no verão (pois era filiado à Igreja Católica Nacional da Polônia) à luz de velas, com ramos de flores e uma bacia de água fria da capela com a qual o padre precavido lavou cuidadosamente sua cabeça. Logo após o batismo escapamos de uma *łapanka*[1] no ponto mais movimentado da rua Grójecka. Esperamos um bom tempo para casá-los; só aconteceu no fim do inverno. Seus pais se recusavam a abençoá-los por julgarem ser uma *mésalliance*[2]. É verdade que cederam e emprestaram o cômodo para os músicos dormirem, além do piano para treinarem e a cozinha para produzirem aguardente caseira, mas não quiseram convidar os amigos, então foram os próprios amigos que organizaram o casório. A noiva de vestido azul engomado estava sentada imóvel na poltrona, como se tivesse engolido uma vara. Estava sonolenta, cansada e bêbada.

— O lugar de vocês aqui é muito aconchegante, sabia? – A judiazinha que fugiu do gueto e não tinha onde dormir naquela noite se ajoelhou perto de Maria e dos livros e lhe

1 Bloqueio de ruas e aprisionamento de pessoas pelos soldados alemães da ss ou da Wehrmacht. [TODAS AS NOTAS SÃO DESTA EDIÇÃO.]
2 Casamento entre duas pessoas de condições sociais diferentes. Em francês no original.

deu um abraço. — É estranho, fazia tanto tempo que eu não segurava em minhas mãos uma escova de dentes, um sanduíche, uma xícara de chá ou um livro. Sabem, é até difícil descrever. Ainda tenho essa sensação de que preciso ir embora! Estou terrivelmente apavorada.

Maria acariciou calada sua cabecinha miúda de passarinho, ornada pelas ondas brilhantes de cabelos bem penteadinhos.

— Mas você era cantora, não? Não devia te faltar nada. – Ela usava um vestido amarelo de crisântemos com um decote provocante. A renda de cor creme despontava de modo chamativo. Uma cruzinha dourada balançava na longa corrente entre os seios.

— Se faltava? Não, não faltava – respondeu com um quê de surpresa em seus olhos úmidos como os de uma vaca. Ela tinha quadris largos e fartos, bons para dar à luz. — Mas entenda uma coisa, até os alemães tratam as artistas de modo diferente... – interrompeu e ficou pensativa, fitando os livros com o olhar vazio. — Platão, Santo Tomás de Aquino e Montaigne – tocou com a unha pintada de roxo nas lombadas arranhadas dos livros comprados de vendedores ambulantes ou roubados de um antiquário.

— Se você tivesse visto o que eu vi do lado de lá dos muros...

— Santo Agostinho escreveu 63 livros! Os vândalos cercaram Cartago quando ele estava fazendo uma revisão e

ADEUS, MARIA

foi quando ele morreu – disse Apoloniusz em tom fanático. — Dos vândalos nada restou, mas Agostinho é lido até hoje. *Ergo*: a guerra passa, mas a poesia fica, e do lado dela ficarão minhas vinhetas.

As capas do volume de poesia secavam sob o teto, penduradas em barbantes. Sentia-se o cheiro forte da densa tinta de impressão. A luz atravessava a superfície negra e vermelha do papel e era filtrada pelas folhas como em uma floresta fechada. As capas farfalhavam como folhas secas.

A judiazinha foi até o gramofone e trocou o disco.

— Acho que também haverá um gueto do lado ariano – disse, olhando de soslaio para Maria. — Só que não haverá como sair dele – dançando, partiu levada por Piotr.

— Ela está nervosa – disse Maria baixinho. — A família dela ficou do lado de lá dos muros.

A agulha parou num risco e a música começou a se repetir monotonamente. Tomasz estava de pé na passagem da porta, enrubescido. Sua esposa ajeitou o vestido sobre a barriga um tanto saliente.

— Restaram apenas algumas nuvens pesadas não dispersadas pela narina do cavalo[3] – declamou e, apontando para o portão além da janela, gritou emocionado: — Um cavalo, um cavalo!

3 Citação do poema "Święty-pokój" de Cyprian Norwid (1821-1883), poeta, dramaturgo, pintor e escultor polonês.

No círculo de pálida luz dourada que vinha da porta, a neve, ofuscantemente branca e macia, parecia um prato sobre uma toalha de mesa cinza; mais adiante, na sombra, se acinzentava e azulava, como se estivesse refletindo o céu, e finalmente, bem junto à portinha, se transformava no brilho do poste da rua. Uma carroça tão carregada quanto um carrinho de feno erguia-se imóvel como uma montanha na escuridão. A lanterna vermelha balançava debaixo das rodas, projetando sombras trêmulas sobre a neve e iluminando as pernas e o abdômen do cavalo, que aparentava ser mais alto e robusto do que o normal. Saíam dele novelos de vapor, como se respirasse pela pele. Abaixou a cabeça, estava exausto. O carroceiro, ao lado da carroça, esperava pacientemente, tamborilando as mãos no peito. Quando abrimos junto com Tomasz as folhas do portão, levou a mão sem pressa até o chicote, balançou as rédeas e fez um ruído com os lábios. O cavalo levantou o focinho e chacoalhou o corpo com todas as forças, mas a carroça não se moveu. As rodas dianteiras ficaram presas na sarjeta.

— Pegue pelo focinho, droga, e empurre para trás – eu disse, demonstrando conhecimento. — Já vou colocar uma tábua na sarjeta.

— Para trás – gritou o carroceiro, empurrando a barra de tração. O gendarme de sobretudo azul que vigiava o prédio vizinho da antiga escola municipal, lotada como uma prisão de "voluntários" que seriam enviados para trabalhos forçados na Prússia, veio de perto do poste acompanhado dos baques surdos das botas com pinos nas pedras da calçada. Ele levava uma lanterna pendurada em uma alça. Pressionou o interruptor e gentilmente iluminou a cena.

— Está carregando tralha demais – disse com pragmatismo. Por baixo da aba do capacete, na sombra profunda, seus olhos brilhavam vívidos sob uma faixa de luz, como olhos de lobo. Ele vinha todo dia até o escritório telefonar durante a troca da guarda e, vez após vez, fazia o mesmo relatório: nada de importante havia ocorrido no decorrer da noite.

O cavalo roncou, se apoiou nas patas traseiras, jogou o corpo para cima e a carroça se moveu sobre as pedras do calçamento. Em seguida o cavalo avançou para a frente. A carroça, abarrotada como uma balsa até o topo de trouxas, lençóis, móveis e pratos de alumínio que tilintavam, entrou cambaleando no pátio, passando pelas tábuas. O gendarme apagou a lanterna, ajeitou os cintos e foi embora a passos regulares em direção à escola. Geralmente passava por ela, chegava até a igrejinha dos padres palotinos (parcialmente queimada em setembro de 1939 e renovada de modo zeloso e ininterrupto durante a estação seguinte com os materiais de nossa empresa) e virava a rua na altura do muro apodrecido do abrigo para desempregados localizado nos saguões que haviam sido de uma fábrica, pertinho dos trilhos de trem. Era um porto de cargas bem movimentado, uma vez que passavam por lá, em fardos ou por unidade, cobertores, vales de alimentação, roupas quentes, meias, conservas, jogos de mesa, cortinas, toalhas de banho e de mesa e toda sorte de outros bens roubados dos trens de carga que iam ao front ou comprados do pessoal de serviço nos vagões médicos que frequentemente faziam uma parada na estação tal, como se fosse a doca de um porto, ao voltar do front com relógios, comida, feridos, roupas íntimas, partes para maquinário, móveis e grãos.

O carroceiro estalou mais uma vez o chicote só por diversão, recuou o cavalo e voltou de ré até o galpão de madeira. O animal estava todo ofegante e exalava vapor. Desarreado com uma ternura ríspida pelo carroceiro, ficou parado um instante na haste, como se estivesse exausto além de suas forças; por fim, vigorosamente enxotado, foi lentamente até a torneira e enfiou o focinho no balde. Após beber a água até o fundo, bebericou de outro balde e, arrastando o arreio, seguiu em direção das portas abertas do estaleiro.

— Você trouxe bastante coisa, Olek – eu disse, depois de observar o conteúdo da carroça.

— Ela mandou levar tudo – disse o carroceiro. — Veja só, chefe. Carreguei até os banquinhos da cozinha e as prateleiras do banheiro. A velha ficou em cima de mim vigiando como um carrasco de olho numa boa alma.

— E ela não teve medo de ir assim, em plena luz do dia?

— Foi o genro que arranjou a autorização com um colega – disse Olek. Ele tinha o rosto ossudo, franzino e ressecado

ADEUS, MARIA

pelo frio. Tirou o chapéu. Seus cabelos endurecidos pela cal se alvoroçaram sobre a testa.

— E a filha?

— Ficou com o marido. Ela brigou com a velha dizendo que tinha de ficar mais um dia. – E cuspiu na palma de suas mãos tortas e cheias de veias, carcomidas por cimento, cal e gesso. — Pois vamos descarregar tudo isso então. – E pulou na carroça, desafrouxou as amarras e começou a me passar um item após outro: banquinhos, vasos, travesseiros, cestos com roupa íntima, baús antiquados, livros amarrados com cordões. Eu e Tomasz apanhávamos e, em quatro braços, levávamos até o galpão abafado e escuro, colocando a mercadoria no concreto, entre as sacas e o cimento semiempedrado, a pilha de forro de alcatrão com cheiro forte de piche e um monte de cal seca que havia sido designado para ser vendido a varejo para os camponeses. A cal soltava um pó fino pelo ar e ardia de modo insuportável nas narinas. Tomasz arfava espasmodicamente. Ele sofria do coração.

— Me diga, chefe, por que o diretor trouxe a velha para cá? – perguntou, tendo já descarregado a carga.

— Ela o tornou gente, e por isso está retribuindo. – Cerrei as portas do galpão e as tranquei com cadeado.

— A gratidão é uma coisa linda – disse Tomasz. Ele agora tinha a respiração regular, inspirando o ar profundamente. Pegou um punhado de neve com o qual lavou as mãos, que secou nas calças.

— Ééé... hoje trabalhei feito um condenado – disse o carroceiro ao descer da carroça. Ele não conseguia se movimentar livremente no casaco de pele coberto por uma crosta de cal, piche e alcatrão. Apoiou-se na carroça, assoou aliviado o nariz e secou a testa com a mão. — Seu Tadek, seu Tadek! O senhor não vai acreditar no que foi que eu vi por lá! Criancinhas, mulheres... tudo bem que eram judias, mas ainda assim...

— Mas o senhor conseguiu dar um jeito de sair sem dificuldade?

— O engenheiro nos viu no caminho. Será que vai dar problema?

— Mas o que é que aqueles cabeças de bagre podem fazer contra nós? – eu disse com desdém. — Se o diretor quer comprar uma filial, eles têm de tratá-lo direito, não? Você segue o seu curso ao amanhecer. Um metro de cal por baixo dos panos. Volte antes das sete.

— Pois bem, então preciso tirar da vala de manhã. Vou aprumar o cavalo. – Arrastou-se seguindo as pegadas do animal até o estaleiro. Ao passar do lado do escritório, abaixou o chapéu.

No círculo dourado de luz, como numa auréola, estava Maria, envolta, como se fosse pelas palmas das mãos, pela noite azulada que reluzia com os anéis das estrelas. Ela encostou a porta ao sair, abafando a música e as vozes, e fitava a escuridão à espera. Limpei a poeira das minhas mãos.

ADEUS, MARIA

— E como ficam o envase e a distribuição amanhã? –
Segurei-a por debaixo do braço e levei-a até o portão pelo
caminho batido na neve endurecida, que rangia.

— Que tal você esperar até o meio-dia? Aí distribuímos
juntos.

Ficamos no portão aberto. O gendarme de sobretudo
azul que vigiava a escola caminhava a passos lentos pela
rua vazia, iluminada pela luz do poste, que piscava. Acima
da rua, da luz do poste e do telhado íngreme encaixado no
muro do galpão, o vento soprava ruidosamente, levando
consigo a fumaça dos trens e empurrando as nuvens felpudas; acima do vento e das nuvens, estremecia o céu profundo como o leito de um riacho escuro. A lua brilhava
entre as nuvens como uma faixa dourada de areia.

Maria sorriu com doçura.

— Você sabe muito bem que vou distribuir sozinha –
disse em tom repreensivo, oferecendo-me os lábios para
beijá-la. Seu grande chapéu preto assombrava seu rosto
feito uma asa. Ela era meia cabeça mais alta que eu. Não
gostava quando ela me beijava na frente de estranhos.

— Está vendo só, seu solipsista poético, do que o amor
é capaz – disse Tomasz com ternura. — Porque o amor é
sacrifício. Digo isso do fundo de minhas experiências, pois
tive muitas amantes.

O crepúsculo, que borra os traços das pessoas, lhe deu
um aspecto mais pesado, mais crasso, como se Tomasz

fosse uma pedra polida grosseiramente. A pinta debaixo de seu olho esquerdo se destacava graciosamente em seu rosto monumental, como que esculpido em arenito cinza.

— Mas é claro que é o amor! – Maria desatou numa gargalhada despreocupada, flexionou distintamente os joelhos em nossa direção e foi embora pela rua, acompanhando a grade do lado oposto às nuvens que o vento empurrava por cima de nossas cabeças. Passou pela loja do especulador, onde eu comprava pão e morcela para o café da manhã e onde os camponeses iam buscar os filhos que estavam trancados na escola. Desapareceu ao virar a esquina sem olhar para trás. Eu a observei por mais um instante, como que seguindo seus passos no ar.

— O amor, mas é claro que é o amor! – eu disse, sorrindo para Tomasz.

— Se tiver vodca em algum canto debaixo da cama, dê para o carroceiro – disse Tomasz. — Venha, precisamos nos enturmar com a gente do povo.

Nevou um pouco à noite. Antes de eu abrir oficialmente o portão sinalizando o início do dia comercial, tendo mandado os convidados bêbados embora e limpado o quarto, o carroceiro, que se levantara antes do amanhecer, já tinha retirado a cal do poço, levado até a obra e, uma vez de volta,

ADEUS, MARIA

havia também desarreado o cavalo e removido da praça as marcas das rodas. De manhã tão cedinho o ar ainda estava azulado e a rua, vazia. O ribombar dos trens chegava dos trilhos. O gendarme de patrulha se acinzentava e diminuía na escuridão da madrugada, ficando na margem da rua deserta como uma alga esquecida. Das janelas da antiga escola começavam a despontar as cabeças das pessoas presas. Na loja do especulador, ao lado do armazém, dois policiais poloneses se aqueciam junto ao forno aceso. Piscando os olhos vermelhos de bêbado, o lojista punha com suas mãos trêmulas o queijo, o mingau e o pão atrás do vidro da bancada. A camponesa puxou do cestinho rolos de linguiça, que desapareciam debaixo da bancada. A aurora cinza ia se infiltrando através das vidraças congeladas. Pelas grades enferrujadas, escorriam gotas sujas que pingavam monotonamente no parapeito e, num filete fininho, derramavam-se no chão.

Fosse verão, outono, inverno ou primavera, a ruazinha cega pavimentada de paralelepípedos cheirando à podridão das sarjetas a céu aberto, a ruazinha perdida em meio ao campo viscoso como um cadáver em decomposição e à fileira de casinhas térreas decadentes que comportavam uma lavanderia, uma barbearia, uma botica, uma ou duas lojinhas de comida e um bar imundo se via dia após dia tomada por uma multidão que crescia e ondulava, que vinha até os muros de concreto da escola, virava o rosto para as janelas modernas, para o telhado de telhas vermelhas, erguia a cabeça, acenava com as mãos e gritava. Das janelas abertas da escola as crianças gritavam e faziam sinais com as mãos branquinhas, como se estivessem em um navio que se afasta da costa.

A multidão, contida como num dique por duas colunas de policiais, ia embora pela rua até dar na praça, de onde se abria uma agradável vista para os bancos de areia empilhados no rio, onde cresceram vimeiros esfarrapados cobertos esparsamente por nódoas de neve; para a ponte acima da neblina que cobria o afluente cintilante e as casas amarelo-pastel da cidade, fundindo-se no azul-celeste puro e plácido do céu, a multidão se condensava desesperada na praça e retornava aos gritos.

A lojinha do especulador era um pequeno e pacato oásis. Os policiais se enturmavam com os camponeses bebendo aguardente de beterraba diante do balcão e negociavam as pessoas presas na escola. De noite os policiais retiravam a mercadoria pela janela da escola, e as pessoas desapareciam de imediato nos cantos da rua, ou, cortando-se dolorosamente, atravessavam o arame farpado, arrastando-se até a sede da nossa empresa de construção, onde ficavam perambulando até o amanhecer, uma vez que o escritório estava obviamente fechado. Geralmente eram moças jovens. Elas perambulavam desajeitadas pelo pátio, observando as pilhas de areia, os montes de argila, blocos de tijolo, serragem, peças de couro; entravam nos silos de brita,

ADEUS, MARIA

que, em tons e tamanhos diversos, era utilizada em degraus ou lápides, e, despreocupadas, faziam por lá suas necessidades. Eu, depois de acordar, as enxotava muito altruisticamente para fora do portão. Então, quem levava vantagem com esse procedimento, além dos policiais (e certamente o gendarme intocável e alheio às reles questões humanas), era apenas meu vizinho, o lojista. Ele, entretanto, não via obrigação nem necessidade de expressar gratidão. Dia após dia, eu ia até ele buscar um quarto de broa integral, 100 gramas de morcela e 20 gramas de manteiga. Quase sempre ele roubava na balança e arredondava grosseiramente o preço a seu favor. Sorria acanhado, mas sua mão tremia na hora de juntar o dinheiro.

Além do mais, ele sempre enchia menos do que a dose de 100 mililitros de aguardente, aumentava o peso da manteiga, cortava o pão em partes desiguais e arrancava dinheiro sem dó dos camponeses a cada garota que libertavam às escondidas, porque ele também queria viver, tinha uma esposa, um filhinho no segundo ano do ginásio e uma filha adolescente, aluna do ensino clandestino[4], que já sentia os encantos exasperantes das roupas e dos rapazes, o gosto do aprendizado e o charme da conspiração. Já a firma de construção

4 Durante a ocupação alemã, o ensino do polonês era proibido. Universidades e escolas que utilizavam o idioma nas aulas tinham então caráter clandestino.

vendia tanto para os camponeses quanto para os engenheiros argamassa molhada, cimento empedrado e misturava cal com água e cimento com areia. Ademais, ao receber os vagões com mercadoria, declarava desfalques consideráveis em um tácito acordo com o estoquista ferroviário, imediatamente registrados no livro-caixa. O fornecedor oficial ficava de bico calado, pois tinha contas à parte com a empresa, que não ficavam registradas em lugar algum.

A empresa de construção! Tal como uma paciente vaca leiteira, dava sustento a todos. Seu proprietário, tão trabalhador, era um engenheiro barrigudo que vestia um colete xadrez com uma corrente de relógio de bolso, cabelos grisalhos de patriarca e barba triangular. Apoplético de nervosismo, durante os tempos da grande fome (quando comíamos cascas de batata e o pão com sal racionado) ele faturava uma nota preta, como quem ordenha uma vaca gorda, para poder sustentar sua esposa carola que torrava dinheiro com pedintes, igrejas e monges, assim como seu filho erotômano. Ele expandiu os armazéns na matriz, alugou o espaço de uma empresa incendiada durante a campanha de setembro de 1939 e lá fundou seu empreendimento, comprou uma carruagem, um cavalo de tração com cauda aparada, contratou um cocheiro, adquiriu por meio milhão uma propriedade de terra perto da capital, um tanto malcuidada e decadente, é fato, mas que servia para caçar (afinal de contas, lá tinha um pedaço e tanto de floresta) e para

ADEUS, MARIA

a atividade industrial (possuía argila). Por fim, no terceiro ano da guerra, deu início e perpetuou com êxito negociações com as linhas ferroviárias orientais alemãs para a compra e expansão de seu próprio desvio e alocação de armazéns de redistribuição ao longo do trajeto.

De modo igualmente bem-afortunado viviam os empregados do engenheiro. A bem da verdade, a lei da ocupação alemã proibia o engenheiro de pagar salários semanais que ultrapassassem o valor de 73 *złotys*. Ele, porém, dava por iniciativa própria quase 100 *złotys* por semana para uma dúzia de seu pessoal, sem fazer dedução de custos, impostos e tarifas. Em situações de emergência, como deportação da família para algum campo de concentração, doença ou suborno, ele não negligenciava suas obrigações. Por três meses financiou meus estudos na universidade clandestina, sendo que a única condição que me impôs foi: que eu estudasse pelo bem da pátria.

Agora a filial era administrada de outro jeito. Os carroceiros vendiam cal na rua, trazendo à obra o produto com desfalques. Faziam seus próprios trajetos. Roubavam dos trens. Eu inicialmente tirava argamassa e giz do armazém em um cesto e os vendia para boticas da região; contudo, após estreitar meus laços com o diretor, tornei-me seu sócio, dividimos a área de atuação e uniformizamos o modo de contabilizar. Éramos unidos também pela produção de aguardente caseira, que ocorria às minhas expensas, porém na casa do diretor. Tendo me cedido a mordida dos impostos sobre as vendas de varejo, o diretor mergulhou de cabeça em negócios mais rentáveis, valendo-se da empresa como ponto de passagem e do telefone do galpão como um infalível meio de comunicação. O diretor entendia de ouro e joias de valor, vendia e adquiria móveis, conhecia os endereços dos corretores de imóveis, chegando a comercializar apartamentos pessoalmente. Ele mantinha relações com assaltantes de trem e intermediava o contato com lojas de revenda, fez amizade com motoristas e negociantes de peças de carro, além de conduzir vívidas permutas com o gueto. Fazia negócios com grande temor, como se estivesse sendo forçado a isso, indo contra seu senso de justiça. Sentia uma dolorosa nostalgia dos tempos seguros de antes da guerra. Naquela época trabalhava como estoquista de armazém na empresa de um judeu. Sob o olhar alerta da proprietária, enriqueceu à custa de outras pessoas, comprou um carro esportivo e, usando-o como táxi, embolsava até 300 *złotys* por dia, isso já descontando a diária do motorista. Pouco depois, adquiriu um lote adjacente à estrada e meses antes da guerra comprou outro em um subúrbio próximo. Em seu entendimento, ele agia em harmonia com as leis humanas e vivia uma vida plena, não atormentado por dilemas espirituais incômodos. De suas posses daqueles tempos, conseguiu preservar alguns lotes e dinheiro vivo, além de profundos laços com a viúva do patrão.

ADEUS, MARIA

A velha estava sentada no lugar de Maria, aos pés do sofá de madeira. Tinha o rosto terroso, arruinado e ermo como uma cidade deserta. Estava usando um vestido de seda preto e surrado que brilhava nos cotovelos. No pescoço usava um largo laço de veludo e na cabeça um chapéu antiquado, enfeitado por um buquê de violetas sob as quais escapavam mechas de seus ralos cabelos grisalhos. Segurava sobre os joelhos um casaco com a gola desbotada, cuidadosamente dobrado. Estava vestida de modo demasiadamente pobre para alguém que antes da guerra fora proprietária de um enorme armazém de artigos de construção, de um ou dois caminhões, tivera um ramal ferroviário próprio, dezenas de empregados e um saldo inesgotável em bancos nacionais e suíços. As roupas eram demasiadamente pobres até mesmo para a proprietária de uma carroça com toda sorte de bagagens, múltiplas máquinas de calcular que foram cautelosamente repassadas ao consulado suíço para serem guardadas, isso sem falar no ouro e nos diamantes – que, de acordo com a imaginação das pessoas do lado ariano, todo judeu trazia do gueto. Estava vestida de modo pobre e estava modestamente sentada no canto. Cravou seu olhar no teto, observando a teia de aranha na prateleira de livros mais alta. A teia balançava, pois a aranha estava escalando a parede.

— Jasio querido, mas eles vão telefonar, né? – disse a velha para o diretor após um longo silêncio. Ergui com surpresa a minha cabeça por cima do livro sobre os tempos e as superstições medievais. Ela falava num sussurro rouco, como duas pedras se esfregando. O sussurro sibilante saía pela garganta junto com a expiração. Duas enormes fileiras de dentes de ouro brilhavam em sua boca, parecia que haviam colidido, quase tilintavam. — Porque eles devem avisar se vêm ou não. Não é verdade que deveriam avisar? – virou para ele os olhos empalidecidos, mortos, parecendo congelados.

— Ah, mas aí é melhor aguardar, dona – disse o diretor com firmeza. Ele havia baforado na vidraça coberta de gelo para abrir um espaço e, espichando a cabeça, observava de soslaio o pátio, o portão aberto, a rua que a multidão começava a encher enquanto tamborilava a grade da janela ao esperar pelo cliente. — O gerente havia prometido telefonar. Ele certamente sairá hoje, junto com a filhinha da senhora.

— Você fala isso só por falar. Mas e se eles não conseguirem, Jasio querido? – desviou novamente o olhar do teto para a janela. Apoiou as mãos de palmas secas, murchas e vermiformes sobre o xale amarelo, apertou os dedos como se quisesse arrancá-lo dos ombros e soltou as mãos inertes sobre os joelhos.

— Mas para que é que a senhora me fala uma coisa dessas! – o diretor sibilou, mal conseguindo acreditar. Alisou seus cabelos volumosos, dourados e ondulados, empurrando-os para trás com um movimento impaciente da cabeça. Ao fazer isso, um relógio Longines dourado, afilado, côncavo, ajustado para a circunferência do pulso, uma recordação dos

ADEUS, MARIA

bons tempos na empresa da rua Towarowa, revelou-se por baixo da manga da camisa de popelina.

— O que a senhora acha? Seu genro, gerente dos armazéns, pode sair quando bem entender! Resolve o que for necessário, mete a carteira no bolso e fiuuu! Fim de papo! Por que a senhora fica aí se preocupando com a forma como vão sair de lá? – Puxou uma cadeira para si e se sentou, esticando confortavelmente as pernas enfiadas em botas longas de oficial. — O que a gente tem que pensar agora é onde comprar uma casa! A senhora sabe quanto estão cobrando? Cinquenta mil! Ainda bem que deu para comprar um cantinho próprio no primeiro ano da guerra, porque senão como a gente faria agora? Iria morar num quarto de pensão? Pagaria aluguel?

— O Jasio vai dar um jeito – sussurrou a velha, e deu um sorriso ligeiro de cantinho de boca. — O homem tem, graças a Deus, pernas e braços e pensa como e onde pode arranjar algo. E é graças a isso que ele ainda está vivo! Seu Tadek – virou-se para mim –, a sua noiva preparou 25 litros. A moça sabe economizar! Mande um beijo para ela! E gastou só metade do carvão! Essa aí sabe trabalhar, isso é fato!

— Ela telefonou – bufei sobre os livros. — Foi à cidade distribuir a aguardente. Deve voltar em breve.

Entre o forno e o cabideiro estava meio escuro, mas quentinho. Minhas costas aquecidas pinicavam deliciosamente. Minha cabeça estava pesada e eu tinha um zumbido no ouvido. O gosto da vodca e dos ovos ficava voltando à minha boca. O livro sobre os mosteiros medievais produzia em mim sonhos semidespertos com as celas escuras, onde – em meio às crendices do povo, extermínios de nacionalidades e incêndios das cidades – se levava a cabo o trabalho de salvação da alma humana.

— Jasio querido, está tudo em ordem com as malas? – a velha sussurrou com a voz abafada, como do fundo de um poço. — Porque você sabe que agora esse é o único bem da minha filha. Ela é tão desajeitada e desamparada. Acostumou-se com os cuidados da mãe.

Fitei o chão enquanto me aquecia junto ao forno. O cobertor que pendia do sofá não chegava até as tábuas enceradas de vermelho. Dava para ver a capa negra da Remington sob ele. Tirei a máquina de escrever do galpão para que não pegasse umidade e coloquei, por via das dúvidas, debaixo da cama.

— Dona, aqui entre nós, tudo tem de estar em ordem – o diretor esfregou as mãos por força do hábito e olhou por um instante para mim –, mas na mais absoluta ordem, como numa seguradora. O que é isso agora? A senhora não me conhece?

— Mas e se eles não me acharem aqui? A ruazinha é tão pequena e fica na periferia – inquietou-se a velha de repente. — Vou telefonar – decidiu, e se remexeu no sofá.

— Mas a senhora endoidou depois de velha? – bufou de repente o diretor, e cerrou raivosamente os cordiais olhos azuis, quase os cobrindo com cílios cor de palha. — Chamar os alemães para cá? Deixar eles ouvirem? Tudo bem, mas não aqui!

A velha se arrepiou toda e estufou o peito como uma coruja acordada de repente. Cruzou os braços como se estivesse com frio. De modo maquinal, rodopiava nos dedos um broche pregado no vestido.

— E como foi que a senhora chegou até nós? – perguntei para manter a conversa fluindo.

A porta do escritório se fechou com um estrondo. O cliente bateu os pés no piso, tirando a neve dos sapatos. O diretor chutou a cadeira e foi até o cliente. A velha ergueu os olhos vazios para mim.

— Vinte e sete vezes! Estive na barricada de rua 27 vezes. Você sabe o que é uma barricada? Decerto não muito bem, né? Não faz mal – disse comovida e com a voz rouca, balançando a mão amigavelmente. — Tínhamos um esconderijo atrás do armário em um vão especial. Vinte pessoas! As crianças pequenas aprenderam que, quando os soldados passavam e batiam com as coronhas nas paredes ou atiravam, deviam apenas permanecer caladas e olhar com os olhos bem esbugalhados, entende? Mas será que vão conseguir sair a tempo?

Fui até a prateleira. Guardei o livro na seção de Idade Média. Olhei para a velha.

— As crianças? – Espantei-me.

— Não, não, não! Que crianças o quê? O que importa é se meu genro e minha filha sairão! Ele tem uma grande amizade com o chefe. Ainda dos tempos da faculdade em Heidelberg.

— E por que não saiu com a senhora?

— Ele tem algum negócio por lá. Mais um dia ou dois... Está tudo acabando por lá. É *aus aus aus* o tempo todo. As casas estão vazias, as ruas cheias de penas, e não param de prender e deportar as pessoas.

Ficou ofegante e calou-se.

De trás da porta vinham vozes estridentes que brigavam entre si. O cliente e o diretor estabeleceram o valor da entrega de madeira das casas dos judeus do gueto de Otwock, que foram vendidas em um só lote pelo *Kreishauptmann*[5] para um empreendedor polonês. A porta rangeu, eles foram à lojinha beber uma para celebrar a transação. O diretor era abstêmio, porém cedia à tentação em ocasiões especialmente auspiciosas.

— Eu gostaria de voltar para as minhas coisas – disse a velha de repente. Tirou o casaco dos joelhos e foi com pressa, a passinhos curtos, até o pátio.

---

5 Posto administrativo de liderança na estrutura geral do governo alemão até 1944. Durante a ocupação da Polônia, era o mais alto cargo não militar existente. Seus oficiais, no entanto, estavam abaixo do governador designado para controlar cada área da Polônia ocupada.

ADEUS, MARIA

A contadora do escritório sorriu para mim por trás da mesa. Miúda e magricela, ela cabia confortavelmente em sua poltrona. Ficava o dia todo lendo romances baratos. Foi enviada pelo engenheiro para ficar tomando conta do caixa. De acordo com os cálculos dele, a empresa estava dando lucros pequenos demais. Na segunda semana de gestão da contadora, deram falta de mil *złotys* no caixa. O diretor cobriu esse rombo do próprio bolso e o engenheiro perdeu a confiança na funcionária. Além do mais, ela vinha até o escritório somente por algumas horas, nunca punha os pés no galpão, não sabia nem o que é cimento e o que é betume, mas em compensação me fornecia com a regularidade de um carteiro revistas conspiratórias da resistência enfeitadas com o brasão da espada e do arado[6]. Eu admirava seu engajamento na resistência porque me dava por satisfeito em reproduzir boletins informativos semiprivados e, com minhas vastas leituras, escrever poemas e fazer apresentações em saraus.

— Mas o que foi que deu nessa velha? Tem móvel demais? – puxou conversa de modo sarcástico a contadora. Ela tinha ajeitado os cabelos presos e emaranhados, formando uma crista alta e desengonçada.

---

6 Movimento Espada e Arado foi uma organização de resistência político-militar polonesa fundada em 1939, que se colocava contra os sistemas totalitários fascista e comunista.

— Cada um se salva como pode.

— Com a ajuda dos mais próximos – franziu os olhos com expressão mordaz. Ela estava maquiada com desleixo. O nariz delgado reluzia como se estivesse besuntado com sebo. — Mas e aí, seu estoquista? Como andam seus poemas? A capa já secou?

O diretor conduziu a velha pela mão de volta ao escritório. O carroceiro veio para se esquentar. Agachou diante do forno e, arfando, esticou para perto do fogo as mãos rachadas pelo vento e pelo frio. Seu casaco de pele, que fedia a couro molhado, emanava vapor.

— Tem caminhões pela cidade – disse o carroceiro. — Eu fui na matriz. As ruas estão tão vazias que dá até medo. Dizem que vão nos levar embora depois que acabarem com os judeus. Estão pegando pessoas do lado ariano também. Perto da igreja ortodoxa e da estação, a rua chega a ficar verde de tanto gendarme.

— Ah, mas que beleza! – bufou a contadora miúda. Levantou-se da mesa nervosa. Arrastou os pés nas pantufas fundas demais e, com um charme inconsciente, balançou o quadril ossudo, que transparecia pelo tecido fino.

— Mas como é que eu vou voltar para casa?

— *Per pedes*[7] – eu disse acidamente e, depois de vestir o casaco às pressas, saí do escritório. O vento cortante,

---

7 "A pé." Em latim no original.

misturado com neve, açoitou meu rosto. Um empregado se balançava com ritmo diante de uma caixa de cal. Batendo os pés no chão de frio como um cavalo dormindo, ele misturava com uma enxada a cal que se dissolvia. Novelos de vapor branco erguiam-se da mistura fervente e cobriam seu rosto. Esse empregado trabalhava o inverno inteiro sem trégua, preparando a cal para a temporada de verão. Ele processava, no frio e na neve, até 2 toneladas de cal viva por dia.

O diretor encostou a porta do galpão. Quando a *łapanka* tomava nossa ruazinha, fechávamos o portão com cadeado. Os policiais bêbados estavam limpando a viela dos restos da multidão que seguia para os campos. O gendarme alemão, acima da multidão e de suas preocupações, porém alerta a cada movimento do policial, batia indiferente as botas de sola de ferro na calçada. A praça em torno das casas ainda estava muito movimentada e corria um burburinho. Os joelhos dos vendedores ambulantes tremiam debaixo das janelas e parapeitos. Eles batiam os pés no chão com os tamancos de palha e berravam com voz rouca ao lado do cestinho com pães, cigarros, linguiça de sangue de porco, sonhos e broas brancas e escuras. Tinha-se a impressão de que era a parede negra da casa que tremia e gritava. Nos portões, os ambulantes pesavam a carne suína fresca em balanças rústicas e serviam a aguardente às pressas. No terreno que ficava nos fundos da escola a festa ainda não havia acabado. O carrossel com uma criança boquiaberta no cavalo rodopiava majestosamente ao som de uma música estridente. Os carros de madeira, bicicletas e cisnes de asas abertas vazios iam se arrastando suavemente pelo ar, balançando como uma onda. Os empregados, escondidos por trás de tábuas, andavam nas esteiras do carrossel. O estande de tiro pintado em cores vivas e o zoológico sob uma tenda (que deveria abrigar – conforme anunciava um cartaz lavado pela neve – um crocodilo, um camelo e um lobo) estavam aterradoramente desertos. Meia dúzia de jornaleiros do abrigo, com pilhas de jornais alemães debaixo do braço, perambulava a esmo nas estações. Os bondes vazios davam meia-volta na rotatória em torno da praça e, com as correntes rangendo, arrastavam-se ao longo da avenida. As árvores estavam cobertas de neve, faiscando no sol forte como se fossem talhadas num cristal quebradiço. Era um dia de trabalho como outro qualquer.

O fundo da rua era fechado por blocos de casas de pedra e árvores nuas e raquíticas. A multidão ondulava e fluía rumo ao viaduto protegido por barricadas de madeira, rolos de arame e placas nos trilhos, cercada por um cordão de gendarmes. Emergiram do meio da multidão caminhões bojudos e cobertos de lona que, aplainando a neve com as rodas, seguiam pesadamente em direção à ponte. Uma mulher saiu do meio da multidão e foi correndo atrás do último veículo. Não chegou a tempo. O caminhão já tinha ganhado velocidade. A mulher ergueu as mãos em

ADEUS, MARIA

desespero e teria caído no chão, não fosse pelos braços amigos do gendarme. Ele a enfiou de volta na multidão.

"O amor, mas é claro que é o amor", pensei comovido e fugi para o galpão, pois a praça estava ficando deserta antes da *łapanka* iminente.

— Sua noiva telefonou – disse o diretor. Ele estava de bom humor, cantarolando por baixo do bigode ruivo e traçando semicírculos dançantes com os pés. — Ela está vindo de Ochota, mas não pode chegar mais rápido porque estão prendendo as pessoas por toda parte. Vai chegar à tardinha.

A contadora magricela e de penteado em crista me lançou uma olhadela permeada de maldade.

— Vão começar a fazer conosco o que fazem com os judeus? O senhor está preocupado?

— Ela deve dar conta – eu disse para o diretor. Gelei até os ossos. Remexi a lareira com o espeto e joguei mais turfa. Entrou fumaça no quarto pelas portinholas abertas. — Será que não receberemos vagões este mês? Eles certamente vão reservá-los para o transporte de pessoas, não?

O diretor torceu o nariz com desgosto. Sentou-se na cadeira e tamborilou a mesa delicadamente com os dedos, como um pianista.

— E o que é que a gente ganha se liberarem os vagões? – disse com amargor. — O engenheiro está com medo de ficar segurando o cimento e o gesso; ele guarda cal só para os alemães usarem nos trabalhos do forte Bema. Aí quer o quê? Que a gente cresça e floresça? As fábricas do Grochów receberam três vagões de cimento, o Borowik e o Srebrny têm aquilo que bem desejarem, e a gente fica como? É telha cumeeira, telha de cerâmica, brita, cimento e esteiras de palhas!

— Não exagere – disse a contadora. — Se revirassem os galpões, certamente achariam uma coisa ou outra...

— Mas é claro que achariam uma coisa ou outra! Porque estou dando um jeito por conta própria. Caso contrário alguém mais viria até o galpão? Está certo, o lojista viria para pegar nossos pesos emprestados!

O telefone tocou. O diretor se virou na cadeira e pegou o fone meio segundo antes da secretária miúda. Passou para mim, gesticulando em silêncio.

— É o nosso veículo – sussurrei, cobrindo o fone com a mão –, é para dizer o quê?

— Fale para dar cinquenta.

— *Fünfzig* – disse ao telefone. — *Abends?* Certo, de noite.

— Ótimo, vamos comer algo então – o diretor esfregou as mãos.

A velha estava sentada do mesmo jeito imóvel no sofá, como um animal acuado. O diretor vagou pelo quarto, colocou o caldo no fogão e limpou a mesinha.

— Se o engenheiro tiver menos lucro por nossa culpa, então, em primeiro lugar, vai mandar essa fedelha embora, e em segundo... Mas e aí? Já se decidiu?

— E como é que posso competir com o senhor? – eu disse desesperançoso. — Investimos tudo na bebida. O senhor sabe como é: compramos alguns livros, alguns trapos para vestir e por aí vai. O papel também não foi de graça.

— Mas você pelo menos conseguirá vender esses poemas?

— Não sei. Não escrevi para vender. Não se trata de tijolo de seis furos nem de piche – repliquei ofendido.

— Se é bom, então as pessoas devem comprar – disse o diretor, com ar conciliador, mordendo um pão. — Você devia juntar esses mil e poucos *złotys* para nossa sociedade. Tem a cabeça boa para essas coisas.

A velha comia vagarosamente, mas com grande apetite. A fileira maciça de dentes de ouro afundava com deleite no miolo do pão. Fiquei fitando seu brilho, estimando instintivamente o peso e o valor dos dentes de toda a mandíbula.

Bateram à porta, o cliente entrou. O palotino da igrejinha vizinha usava óculos de armação de ossos e sorria timidamente. Tendo informado sobre a *łapanka*, encomendou meia dúzia de sacas de cimento e brita dourada. Pagou de antemão só com cédulas de *złotys* enroladas em um maço.

— Louvado seja – disse, pôs o chapéu preto e saiu com a batina farfalhando.

— Para sempre seja louvado – respondeu a contadora. Fechou a portinhola do forno e secou os dedos num retalho de jornal. — E o que você acha que essa velha vai fazer?

— O diretor vai arranjar um lugar para ela. A velha tem

grana demais para que ele abra mão dela assim – eu disse a meia-voz.

— Mas então – bufou com desdém – quer dizer que o senhor não está sabendo de nada? Quando o diretor saiu, a velha telefonou para a filha. Eles não conseguem sair do gueto. Já é tarde demais. *Sperre*[8] total. Tudo fechado.

— A velha vai se preocupar durante um tempo e depois esquece.

— É bem possível.

Ela aninhou-se em seu casaco de pele desbotado, ajeitou-se mais confortavelmente na poltrona e voltou para seu livro. Não demonstrava vontade de continuar a conversa.

45

De noite eu ficava sozinho no armazém entre as capas do tomo de poemas que secavam como cuecas molhadas. Apoloniusz as cortou em formato in-fólio, ajustado para os tamanhos do estêncil do mimeógrafo de mão que me foi emprestado para reproduzir comunicados de rádio de valor imensurável e instruções valiosas (acompanhadas de ilustrações) de como conduzir o combate de rua em cidades grandes, mas que serviu também para imprimir hexâmetros majestosamente metafísicos que expressam minha

8 Bloqueio ou fechamento. Em alemão no original.

postura contrária ao vento apocalíptico da história. A capa era decorada de ambos os lados por vinhetas em preto e branco criadas com o uso de uma técnica excepcionalmente nova: pedaços avulsos da matriz que, uma vez em contato com o estêncil, criam as manchas brancas, enquanto a própria grade desenha as manchas negras. A técnica era muito engenhosa, porém gastava tinta demais e as capas estavam secando – sem resultados – já fazia uma semana. Então eu as removi dos barbantes com muito cuidado, enrolei-as em um pergaminho espesso, embalei-as bem firme e enfiei debaixo do sofá de madeira. O cobertor esticado até o chão escondia o rádio quebrado que aguardava pelo técnico, cobria a copiadora portátil, plana como uma caixa de rapé, a maciça máquina de escrever Remington, trazida do galpão para não pegar umidade, e uma coletânea de publicações de certa organização imperialista que fora deixada no armazém por um amigo que tinha de mudar de casa mas não teve forças para se desfazer de suas paixões de colecionador e garimpador de antiquários.

Também à noite, sem me apiedar de minhas costas e joelhos, eu encerava cuidadosamente o piso, limpava a mesa, a janela mais ou menos, e, quando julgava que o quartinho estava devidamente aconchegante, cobria o abajur com sua cúpula céladon e fechava cuidadosamente o quarto para que o calor se acumulasse um pouco. Eu costumava me sentar junto à lareira no escritório. Fazia pequenos registros bibliográficos com os quais abarrotava caixinhas específicas, anotava em folhas soltas frases profundas e aforismos certeiros que tinha encontrado em livros e sabia de cor. Enquanto isso, o crepúsculo caía e se deitava sobre as folhas dos livros. Eu erguia os olhos dos livros até a porta e esperava pela chegada de Maria.

Do lado de lá da janela a neve perdia seu tom celeste, misturando-se com o crepúsculo como que com cimento cinza. A parede alta da casa queimada, vermelha como tijolo úmido, era coberta pela escuridão e ficava imóvel, parecendo calada; o vento silencioso erguia dos trilhos novelos de fumaça rosada e os estilhaçava, lançando-os ao céu azulado como flocos de neve ao tocar a água transparente. Os objetos corriqueiros, o monte de areia da firma, viscoso como um melão podre, o caminho tortuoso, o portão, as calçadas, os muros e as casas da rua sumiam na escuridão à semelhança de uma maré crescente. Restaram apenas o farfalhar impalpável, pelo qual pulsa o mais profundo silêncio, que bate no corpo, e a enorme saudade dos objetos e sentimentos que o homem nunca experimentará.

Ainda havia pessoas zanzando pelo pátio. O carroceiro removia pacotes do interior escuro do galpão, como se fosse de um saco, e os enfiava com vigor na carroça, onde estava um funcionário velho com as pernas bem abertas. Ele agarrava a bagagem com um gemido e a acomodava com perícia na carroça, como se estivesse ajeitando sacas de gesso ou cal hidratada. Ele empurrava a bochecha com a língua de tanto esforço.

O diretor estava atrás da carroça com a velha. Ele se apoiava numa tábua da carroça e distraidamente arrancava uma farpa com a unha.

— Não sei não, hein. Eu fui ensinado de outra maneira – disse para a velha, bufando com os lábios. — Na minha concepção, não deveríamos fazer isso assim de repente. Onde você está com a cabeça? Cadê o bom senso? Para que teve essa preocupação toda?

A velha curvou sobre o ombro a cabeça com chapéu de florzinhas. Nas bochechas terrosas surgiam marcas roxas como beterraba por causa da baixa temperatura. Os lábios tremiam de frio. Os dentes de ouro brilhavam atrás dos lábios.

— É para tomar muito cuidado na hora de embalar – disse rispidamente para o funcionário. Seu rosto estremecia a cada mala jogada, como se fosse ela quem estivesse sendo arremessada na carroça.

— Jasio, você me desculpe – dirigiu-se ao diretor – por ter lhe dado essa dor de cabeça. Mas para você valeu a pena, não foi, Jasio?

— Que é isso, dona – disse o diretor, dando de ombros. — O dinheiro que eu peguei, usei para pagar pela casa. E aquele punhado de roupas que a senhora deixou aqui comigo, sempre dá para... Mas não vou ficar rico com isso, não.

Curvada diante da parede da barraca cinza, a velha estava balançando as pernas de frio nas pantufas desbotadas e surradas. Ela assoava o nariz e, como costumam fazer os míopes, olhava com olhos úmidos para o diretor, piscando as pálpebras avermelhadas. Ela sorria calada.

— Como se a senhora fosse proteger muitos deles lá. De um jeito ou de outro *kaput*[9]– seguiu falando o diretor, olhando para o chão, os aros da roda e a lama sob as rodas. — Ou a senhora não está sabendo como vai ser? Vão matar, queimar, destruir, dar fim neles, e é isso. Não é melhor viver? Eu, cá para mim, acredito que chegará um dia em que deixarão as pessoas fazerem negócios em paz.

Um poderoso trator a diesel ligado a um trailer entrou na rua, cuspindo fumaça, e veio até o portão. O diretor sorriu aliviado e logo foi abrir o segundo galpão; já eu fui ligeiro, passando pela neve até o portão. O trator se enfiou com a traseira na calçada oposta e, tal como um besouro que veio rastejando do meio-fio até o pátio, chegou ao galpão, que estava de portas abertas. O motorista saltou da cabine trajando um macacão sujo e um bibico alemão posto irreverentemente sobre os cabelos brilhantes e negros como plumagem de corvo.

— *Abend*. Cinquenta? – perguntou e, depois de bater as mãos com ímpeto, entrou, balançando o quadril, no galpão. Observou os cantos do galpão com interesse.

9 Destruído, estragado. Do alemão *kaputt*.

ADEUS, MARIA

— *U lá lá!* Venderam tudo? – disse, estalando os lábios. — Quanto mais gente, mais lucro. Mas agora a saca está 10 *złotys* mais cara. Trinta e cinco a unidade então?

— Essa não passa aqui – disse o diretor, cruzando os braços num gesto simbólico.

— Trinta e dois. No mercado está de 55 para cima – disse o soldado sem perder a paciência.

— Ele tem gente para fazer o descarregamento? – perguntou-me o diretor. — Precisa chamar.

— *Keine Leute*[10] – o soldado soltou uma gargalhada larga. Ele tinha dentes como os de um cavalo, saudáveis e brilhantes, e bochechas cuidadosamente barbeadas. Foi até o trailer, desatou a lona e deu a ordem. — *Meine Herren, raus!*[11] Façam o favor – *ausladen!*[12]

Dois trabalhadores que cochilavam sobre as sacas de cimento se desvencilharam das jaquetas que os cobriam, saltaram do fundo do veículo apavorados com o grito e abaixaram a cobertura. Um deles empurrava as sacas até a borda da carroceria, enquanto o outro as pegava com as mãos, pressionava contra o peito, levava até o galpão e lançava ao chão com um baque. Expliquei para ele como se deve ajeitar o cimento, amarrando as sacas para que a maldita pilha não desmorone.

10 "Ninguém." Em alemão no original.
11 "Para fora, meus senhores!" Em alemão no original.
12 "Descarreguem!" Em alemão no original.

O assistente do motorista que estava cochilando na cabine espichou pela janela.

— Eles precisam apertar o passo, Peter. Temos que seguir.

Apoiou-se nos cotovelos e fitou sonolento o interior do galpão. Uma pulseira feminina de ouro pendia frouxamente de seu pulso. Ele tinha as mãos peludas e um rosto escurecido e azulado por causa da barba.

— Acelera, acelera, *du alte Slavine*[13] – resmungou entredentes. Ao encontrar meu olhar inquisitivo sorriu amigavelmente.

No galpão, o trabalhador, coberto de cimento (quando alguém não sabe como manusear a mercadoria, sempre rasga um ou dois sacos durante o transporte e causa prejuízo), ergueu o rosto prateado e perguntou num sussurro, fingindo secar os olhos com a superfície do braço:

— Tem cinco sacas a mais. O senhor vai levar hoje?

— Vinte cada – balbuciei sem mexer os lábios. — *Komm*[14] até o escritório. Vamos acertar o pagamento – disse ao soldado.

Ele apagou o fósforo e o esmagou cuidadosamente com a sola do sapato. Tragou a fumaça com vontade. Um brilho rosa tênue clareou suas bochechas e se refletiu em seus olhos.

— *Fünfzig* peças? Cinquenta? – mostrou para o empregado cinco dedos levantados.

---

13 "Seu eslavo velho." Em alemão no original, com erro na grafia do termo "eslavo". O correto seria *Slawe*.

14 "Venha." Em alemão no original.

— *Ja, ja*[15], chefia, eu estou contando! Nenhuma peça a mais! – bradou fervorosamente debaixo da lona o empregado que entregava o cimento.

O carroceiro estava terminando de carregar a carroça. O empregado estava acabando de amontoar a carga e apertava a corda. Amarraram a carga da carroça cuidadosamente, como se fosse um pacote com vidro. Eles entendiam bem de embalar. Esconderam as coisas mais valiosas no centro, malas de couro e sacos de lona com roupa íntima, e no topo e dos lados colocaram cobertores dobrados, mesinhas e pratos que tilintavam. A carroça estava ali parada pacientemente como uma arca.

A velha estava zanzando em frente ao galpão com as mãos no regalo. Ao avistar o soldado passando por perto, se apavorou e se escondeu atrás da porta do armazém.

— Está de mudança? – perguntou o motorista de modo desinteressado.

— Mudança, claro que é mudança. O que mais poderia ser?

O céu parecia se estreitar, descia silenciosamente sobre a escuridão como um pássaro em voo rasante. A árvore sem folhas junto ao trilho balançava intensamente ao vento como alguém resolvido a não se render.

— Como vocês vivem sossegados – disse o soldado com desprezo bonachão –, enquanto isso nossos rapazes estão lutando pelo sossego de vocês.

---

15 "Sim, sim." Em alemão no original.

O diretor pediu que nos sentássemos. Estava conversando ao telefone com a esposa.

— Mas então o almoço deu certo ou não deu? Beterrabas não, leva repolho – sorriu com ar compreensivo. — E o menino? Está dormindo? Já faz duas horas que ele está dormindo.

— Chegou um monte de livro, hein? – disse o soldado depois de abrir ligeiramente a porta para o quarto.

— Olha só que atmosfera! Só falta ligar uma vitrola! Uma moça, hum, uma moça? – Apontou para o roupão vermelho no cabideiro. Olhou os quadros de Apoloniusz, a pedinte contra o muro áspero que segura pela mãozinha uma criança de olhos esbugalhados, além da natureza-morta com uma jarra amarela. Levou um monte de lama e fedor de soldado para dentro do quarto.

O diretor sacou da carteira um maço de cédulas amarradas com cuidado e, após contá-las sussurrando como quem reza, entregou ao motorista.

— De novo na quarta, semana que vem, *ja?* – perguntou o motorista.

— *Ist gut* – disse o diretor –, *ist sehr gut*[16] – e, virando-se para mim: — Está vendo só, seu Tadek, se a gente tivesse um galpão próprio, não precisaria ficar aí escondendo a mercadoria. Podia segurar por alguns dias que o lucro era certo.

---

16 "Está bom, está muito bom." Em alemão no original.

— E a secretária num instante nos entregaria para o engenheiro.

— Não vai acreditar se não encontrar nada. Vamos abrir mão das fábricas de Czerniaków. Mas de um jeito ou de outro o engenheiro tem de estar em bons termos conosco. Investiu a grana num desvio ferroviário e agora está num beco sem saída – disse o diretor, gabando-se.

— Pois dê um jeito para comprar essa construção que eu ajudo com o que eu tiver.

— E se proibirem mesmo de construir?

— Agora também estão proibindo, mas as pessoas constroem. Porque sobreviver, sobreviver mesmo, o senhor só consegue com aquilo que tem guardado na gaveta. A praça e o galpão continuarão de pé após a guerra. Do mesmo jeito que você encontrou. Vamos lá acompanhar a velha.

— Ela esqueceu a máquina de escrever com o senhor – disse o diretor. Penteou os cabelos para trás com a mão e com certa elegância pôs o chapéu de condutor de bonde. Ele fingia ser condutor de bonde quando andava na rua. Viajava de bonde sem pagar e se sentia protegido das *łapankas*.

— A máquina de escrever será útil para a empresa.

— *Ja, ist gut.* – O soldado terminou de contar o dinheiro, guardou-o no bolso do macacão e, depois de apertar nossas mãos cordialmente, porém sem exagero, foi embora rangendo as botas.

O carroceiro retirou o saco de forragem do cavalo, acendeu o lampião, enganchou-o debaixo da carroceria, pegou as rédeas nas mãos, deu um estalo cerimonioso com os lábios. A carroça, iluminada por um brilho trêmulo e avermelhado, partiu carregada rangendo pelo portão e sumiu na rua como numa avenida assombrada.

Entre as malas bojudas e o edredom púrpura como lábios ressecados, bem amarrado com a linha branca da cortina, estava sentada a velha judia com as pernas dobradas, enrolada em um novelo, encolhida como um cão e coberta pelo tampo da mesa colocado em posição diagonal. As pernas da mesa, como cotocos mortos, espichavam-se para o céu e, chacoalhando junto com o tampo a cada arrancada da carroça, pareciam ameaçá-lo de vingança. A velha estava com os olhos fechados e havia aconchegado a cabeça na gola do casaco de pele. Era evidente que tirava um cochilo. Um ou dois pivetes maltrapilhos correram atrás da carroça na esperança de conseguir roubar algo.

A rua se enchia de vida à noite. A lua dourada no céu azulado rodopiava como uma rodela de abacaxi ao encontro das nuvens felpudas e em um fulgor metálico se deitava sobre os telhados, as coberturas dos muros e a neve da calçada que estalava como uma chapa de prata. O gendarme robusto, azulado pelo anoitecer, caminhava em frente à escola. As senhoritas da lavanderia passavam por baixo do poste roxo e desapareciam na sombra da casa queimada. Os policiais, um pouco embriagados, saíam da loja do especulador indo para o turno da noite. O sino na igreja reformada com nosso cimento e cal começava a badalar alegre como uma criança brincando, afugentando os pombos adormecidos no parapeito da torre que, com o ruflar, erguiam-se e, como pétalas de crisântemos, arrastavam-se sonolentos até o telhado.

O trator com cimento desviou cuidadosamente dos fossos para cal e, depois de se despedir com uma buzinada, deixou o pátio. Saltei até o trailer e dobrei o dinheiro na mão estendida do empregado.

— Tinha dez, dez! – gritou. A tenda fechou-se atrás dele.

— E resolvemos o dia de hoje – disse o diretor, passando a cinta de condutor de bonde em volta do sobretudo. Ele apertava a cinta bem firme, pois gostava de parecer mais magro. — O senhor vai ficar sozinho. O que houve que sua noiva não veio?

— Estou preocupado com ela – respondi. — A *łapanka* está durando o dia todo. Devem ter pegado um monte de gente.

— Fazer o quê? – o diretor deu um suspiro pesado. — A sua noiva certamente não está conseguindo vir até aqui. – Enfiou na maleta um pedaço de carne que havia escolhido para o almoço do dia seguinte.

— Espere, vou comprar algo para o jantar. Depois desse dia idiota, a gente fica com mais fome. – Saímos batendo o portão. O trator alemão estava fechando a saída da rua, vibrando e soltando fumaça. Os pedestres se aglomeraram na calçada e olhavam para a praça. A carroça com os lençóis estava ao lado da sarjeta. O carroceiro aguardava pacientemente abrirem alas.

A noite caía cada vez mais profunda. Além da faixa negra do campo, sobre a corrente prateada do rio, a ponte de pedra se estendia como um arco contra o céu. O concreto negro da cidade na outra borda mergulhava na escuridão viscosa. Sobre ela, postes altos com holofotes riscavam o céu com sua luz de mercúrio e, como braços de marionetes, caíam inertes na terra. O mundo por um instante se limitava a essa única rua, que pulsava como uma veia aberta.

Com um rangido e os faróis brilhando com toda a força, caminhões abarrotados de gente transitavam pela rua, por pouco não derramavam a carga ao passar pelos buracos. Os rostos das pessoas surgiam brancos debaixo da lona, como se polvilhados de farinha, e, como se soprados pelo vento, desapareciam na escuridão. As motocicletas, montadas por soldados de capacete, apareciam debaixo do viaduto e, batendo as asas nas sombras como borboletas monstruosas, sumiam por trás dos carros com estrondo. A fumaça asfixiante dos motores a combustão se condensava na rua. A coluna ia em direção à ponte.

— Pegaram um monte de gente em volta da igreja – disse o lojista atrás de mim. Ele apoiou a mão pesada sobre meu ombro. Emanava um odor forte de vodca e fedia a tabaco barato. — Que a terra os engula.

— Estão vindo atrás da gente – disse taciturno o policial com a tira do capacete presa profissionalmente sob o queixo. Tirou-o e secou a testa com a manga. A marca vermelha, causada pelo objeto sobre sua careca, embranquecia por causa do frio. — Pois é – acrescentou entredentes.

— Essa judia está se mudando daqui? – sussurrou o lojista. — Assim tão depressa?

— Está se mudando para outro lugar.

— E o que vai ser do apartamento? – inquietou-se o lojista. Curvou-se ao meu ouvido. — Eu já conversei com o pessoal. O seu diretor tinha que fazer o pagamento hoje.

— Então procure o diretor – eu disse impaciente e me desvencilhei de suas garras.

— Desculpe – sussurrou o lojista. A luz do holofote passou pelo seu rosto. Suas pálpebras piscaram para se proteger do brilho. O holofote iluminou o centro da rua, e o rosto do lojista se viu envolto pela escuridão.

— Ela está voltando para o gueto. Tem uma filha lá que não consegue sair.

— Ah, sim, certamente – disse o vendedor convicto –, pelo menos morrerá com ela que nem gente... – soltou um suspiro pesado e olhou a rua.

Formou-se um engarrafamento na curva da avenida. A coluna parou, os veículos se aproximaram um do outro. Ressoaram brados guturais. As motocicletas despontaram detrás dos veículos e iluminaram a via, os bondes, a calçada e a multidão. Os holofotes deslizaram pelos rostos das pessoas como por ossos esbranquiçados, espiaram pelas janelas negras e cegas dos apartamentos, cobriram o carrossel que brilhava com as lanternas verdes, congelado na metade do movimento com os cavalos rajados pendendo nas bordas, os cisnes com pescoços suavemente dobrados e os carros e bicicletas de madeira, apalparam as profundezas da praça do cavalo, esbarraram na barraca do zoológico com um crocodilo, um lobo e um camelo, inspecionaram o interior dos bondes parados com as luzes apagadas e oscilaram da esquerda para a direita como a cabeça de uma serpente enfurecida. Retornaram às pessoas, iluminaram mais uma vez seus olhos e se direcionaram aos caminhões.

O rosto de Maria, cercado pela aba larga do chapéu preto, estava branco como cal. Em um gesto de adeus, ela ergueu ao peito, num espasmo, as mãos cadavericamente pálidas como giz. Estava de pé no caminhão, enfiada no meio da multidão, bem pertinho do gendarme. Olhava com intensidade para meu rosto como uma cega, diretamente sob o holofote. Mexeu os lábios como se quisesse me chamar. Ela cambaleou e por pouco não caiu. O veículo balançou, rugiu e de repente deu uma arrancada. Eu não tinha a menor ideia do que fazer.

Como fiquei sabendo depois, Maria, como *mischling*[17] ariano-semita, foi levada junto com o trem judeu para o renomado campo perto do mar. Foi morta na câmara de gás, e seu corpo certamente virou sabão.

---

17 "Mestiça". Em alemão no original. Com sentido ofensivo, foi usada nas Leis de Nuremberg, de 1935, para designar os filhos de judeus com alemães.

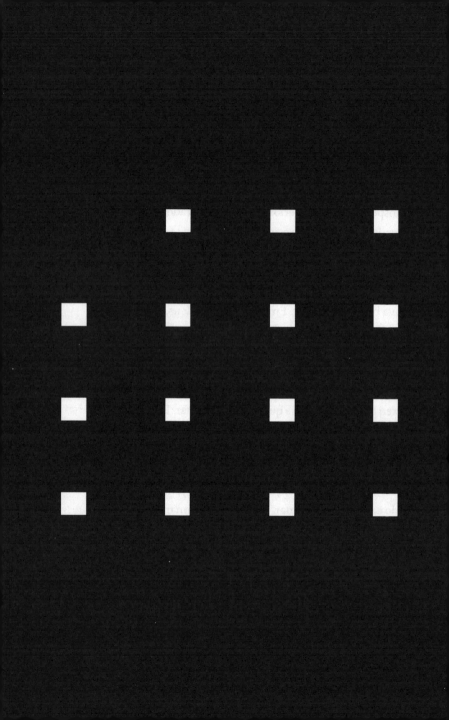

o garoto
com a bíblia

O guarda abriu a porta. Um menino entrou na cela e parou na soleira. A porta fechou-se num estrondo por trás dele.

— Por que te prenderam? – perguntou Kowalski, o tipógrafo da rua Bednarska.

— Por nada – respondeu o garoto, e passou a mão pela cabeça raspada. Estava vestindo um terninho preto e amarrotado de estudante. Trazia um casaco com gola de pele de carneiro pendurado no ombro.

— Pelo que podem ter prendido ele? – disse Kozera, o contrabandista de Małkinia. — Ele é só um pirralho ainda. E certamente judeu.

— Para que dizer uma coisa dessas, Kozera? – perguntou Szrajer, o funcionário público da rua Mokotowska, que estava encostado na parede. — O garoto não se parece nada com isso.

— Parem com esse papo, porque ele vai pensar que só tem bandido aqui – disse o tipógrafo Kowalski. — Sente-se no colchão de palha, menino. Não esquente a cabeça.

— Melhor não se sentar, não, porque esse é o lugar do

O GAROTO COM A BÍBLIA

Mławski. Ele pode voltar logo do interrogatório – disse Szrajer da rua Mokotowska, em cuja casa acharam jornaizinhos.

— Mas você endoidou de vez, foi, meu velho? – surpreendeu-se o tipógrafo Kowalski. Afastou-se, deixando espaço para o garoto, que se sentou e colocou o casaco sobre os joelhos.

— O que é que você tanto olha? É só um porão. Nunca viu, não? – perguntou Matula, que, fingindo ser um funcionário da Gestapo, trajando botas de cano alto e jaqueta de couro, confiscava porcos dos camponeses.

— Nunca vi, não – bufou o garoto.

A cela era pequena e de teto baixo. A umidade nas paredes do porão reluzia na escuridão. A porta suja e entortada estava coberta de datas e nomes encravados com canivete. Havia um balde perto da porta. Junto à parede, no chão de concreto, dois colchões de palha. As pessoas se sentavam curvadas, com os joelhos encostados uns nos outros.

— Olhe, mas olhe bem – gargalhou Matula –, porque não é em qualquer lugar que você vê isso.

Ajeitou-se no colchão de palha.

— Vai sacar mais uma? – perguntou.

— Vou – peguei mais uma carta.

Ele tirou três cartas. Olhou para elas.

— Se foi ou não foi, agora chega.

— Vinte – virei as cartas.

— Perdi – disse Matula. Bateu a poeira do joelho. Seu culote de hipismo havia preservado o vinco. — A fatia de pão é sua. De um jeito ou de outro as cartas estavam marcadas mesmo.

Os interruptores estalaram no corredor. Uma luz desbotada acendeu-se sob o teto. Na janelinha viam-se um pedaço do céu azul-marinho e uma parte do telhado da cozinha. As grades no vão eram completamente pretas.

— Como você se chama, garoto? – perguntou o funcionário público Szrajer. Além dos jornais, também conseguiram achar na casa dele uns recibos de dinheiro arrecadado para a resistência. Ficou o dia todo sem sair do colchão de palha e mascava sem trégua a dentadura. Suas orelhas ficavam ainda mais saltadas por causa da fome.

— E lá importa como me chamo? – disse o garoto com desprezo. — Meu pai é diretor de um banco.

— Então você é filho de um diretor de banco – eu disse, virando-me para ele.

O menino estava curvado sobre um livro. Ele o segurava perto dos olhos. Estava com o casaco dobrado e bem aprumado sobre os joelhos.

— Olha só, um livro. E que livro é esse?

— A Bíblia – disse o garoto sem erguer os olhos.

— A Bíblia? Você acha que ela vai te ajudar aqui? Ajuda tanto quanto uma bala na fuça – disse o contrabandista Kozera. Ele andava a passos largos de uma parede para outra. Dois passos para a frente, dois para trás e meia-volta no mesmo lugar. — De um jeito ou de outro, vai para a vala.

O GAROTO COM A BÍBLIA

— Aí depende de quem estamos falando – eu disse, pegando novamente as cartas de Matula. — Vinte e um.

— Quero só ver quem chamarão da nossa cela hoje – disse Szrajer da rua Mokotowska. Ele ainda estava na expectativa de ser fuzilado.

— De novo? – disse rispidamente o tipógrafo Kowalski.

— Vamos de novo – disse Matula, o funcionário da Gestapo. Seu revólver engasgou durante a última apreensão. — Riscos do ofício, e a gente precisa sobreviver de algum jeito.

As cartas eram feitas do papelão de uma caixa. Os naipes foram desenhados a lápis por aqueles que estiveram aqui antes de nós. Todas as cartas estavam marcadas.

— Ele vai ficar bem – eu disse, embaralhando. — Vai passar um tempo preso. Aí o papai descola o dinheiro, a mamãe sorri para quem for necessário, e soltarão o garoto.

— Eu não tenho mãe – disse o garoto com a Bíblia. Aproximou ainda mais o livro dos olhos.

— Pois é – disse o tipógrafo Kowalski, e colocou a mão pesada sobre a cabeça do garoto. — Quem sabe se amanhã ainda estaremos vivos?

— De novo? – respondeu o funcionário público Szrajer da rua Mokotowska.

— Não se preocupe – eu disse ao garoto. — O importante é que não fiquem preocupados com você. Isso é o pior. Quando te prenderam?

— Não me prenderam – respondeu o garoto.

— Você não foi para a Polizei[18]? – perguntou surpreso Kozera, o contrabandista de Małkinia.

— Não fui – respondeu o garoto.

Fechou cuidadosamente o livro e o guardou no bolso do casaco.

— Fui pego na rua.

— Teve uma *łapanka* hoje? Em qual rua? – perguntou inquieto o funcionário público Szrajer, em cuja casa encontraram jornaizinhos e recibos. Ele tinha duas filhas que frequentavam a escola clandestina. Tinha esperanças de receber um pacote de comida de casa.

— Algo não está certo – disse o tipógrafo Kowalski. — Se tivesse acontecido uma *łapanka*, eles trariam um monte de gente, e não só uma pessoa. A gente aqui teria ouvido falar também.

— E você lá consegue ver o portão daqui desse buraco? – perguntei, apontando com a cabeça na direção da janela junto ao teto. — Dá para ver só o telhado da cozinha e um pedaço da oficina.

Mostrei as cartas para Matula, o funcionário da Gestapo.

— Dezenove.

— Depende de onde você estiver – disse Kozera, o contrabandista de Małkinia. Ele estava levando banha até o

18 "Polícia." Em alemão no original.

O GAROTO COM A BÍBLIA

Governo Geral[19] e foi pego no lugar clássico da fronteira. Estava de pé junto à porta e olhava para a janela. — Aqui da porta dá para ver mais. O *Wachmann*[20] está andando com o cachorro perto da cozinha. Eles estão descarregando as batatas para amanhã.

— Estourei de novo – falou Matula, jogando as cartas no colchão. — Não estou com sorte. Certamente virão atrás de mim. Caso contrário, para que me traziam para cá? Só se for para acabar comigo, não é?

— E você pensou que era para te dar liberdade? – disse o contrabandista Kozera. Ele andava a passos largos da porta até os colchões de palha e vice-versa.

— Pois é – suspirou Matula. — Quem sabe ganho de volta. Se não ganhar, a fatia de amanhã fica contigo.

Começou a dar as cartas feitas de papelão.

— Se vierem te buscar hoje, de que me servirá sua fatia de pão amanhã? – Estendi a mão. — Dê as cartas.

— Um policial me pegou na rua Kozia – disse o garoto.

— Da polícia polonesa? Eu também – disse o contrabandista Kozera.

— Um policial comum. E me trouxe para cá.

19 Refere-se ao Governo Geral para os Territórios Poloneses Ocupados pela Alemanha Nazista. Gerido pela Alemanha, foi instaurado sob o pretexto de que o Estado polonês havia ruído, em setembro de 1939.
20 Guarda, vigia. Em alemão no original.

— Direto para o portão? Passando pelo gueto? Mentira –
disse Szrajer, o funcionário público da rua Mokotowska.

— Trouxe de carroça. Ele disse que já estava muito tarde
para me levar à Polizei. Aí me levou até o portão – disse o
garoto, e sorriu para todos.

— Tinha senso de humor – eu disse ao garoto. — Você
devia estar pichando o muro com tinta, né?

— Com giz – respondeu o garoto.

— E por que você foi inventar de pichar? – perguntou
Kowalski, o tipógrafo da rua Bednarska.

— Agora o zelador da casa terá trabalho por sua causa.
Ah, se eu fosse seu pai. – Acariciou a cabeça raspada do
garoto.

— E você, Kowalski, para que foi inventar de imprimir
seu jornalzinho na rua Bednarska? – perguntou o contrabandista Kozera, que caminhava a passos largos de uma
parede para outra.

— Eu não estava imprimindo jornalzinho nenhum. Fui
comprar um sofá.

— Logo na editora clandestina, foi? Estourei – dei as
cartas ao funcionário da Gestapo Matula.

— "Cairia bem em você tal qual uma coroa francesa na
mão de uma meretriz." É Shakespeare, tipógrafo Kowalski.

— Mais uma vez e eu recupero – disse Matula, e começou a embaralhar as cartas.

— Chega. Duas fatias já são minhas – empurrei as cartas.

O GAROTO COM A BÍBLIA

— Acabei sendo preso injustamente do mesmo jeito que você – disse Kowalski, o tipógrafo da rua Bednarska.

— Você sabe muito bem que só fui procurar minha noiva porque já fazia dois dias que ela não voltava para casa.

— Foi procurar no armeiro, foi? – riu o tipógrafo Kowalski.

Virei-me para o garoto e o toquei com a mão.

— Depois você me deixa dar uma lida?

O garoto balançou a cabeça em negação.

— E, além do mais, como eu poderia saber? – disse o tipógrafo Kowalski. — O anúncio estava pregado no poste.

Ficamos calados. A luz desbotada sob o teto estava acesa. Estávamos sentados em dois colchões de palha rasgados. O funcionário público Szrajer, cujas duas filhas frequentavam as escolas fundamentais clandestinas, estava sentado com a cabeça entre os joelhos no canto debaixo da janela. Suas orelhas se afastavam cada vez mais uma da outra. O funcionário da Gestapo Matula, que fazia apreensões, estava sentado de costas para a porta e virava suas cartas sobre o colchão de palha. Kowalski, o tipógrafo da rua Bednarska, que comprava um sofá na editora clandestina, estava sentado no outro colchão de palha. Ao seu lado estava o garoto que pichava muros a giz lendo a Bíblia. Kozera, o contrabandista de Małkinia, andava dos colchões até a porta e vice-versa.

A porta era preta e baixa e estava cheia de datas e nomes riscados. Do lado de lá das grades negras da janela com o vidro quebrado brilhava um pedaço vermelho do telhado da cozinha, e o céu violeta clareava. Abaixo ficava o muro e nele erguiam-se pequenas torres com metralhadoras.

Do lado de lá do muro ficavam as casas desertas do gueto em cujas janelas vazias voavam penas dos travesseiros e cobertas rasgadas.

O funcionário público Szrajer ergueu a cabeça de entre os joelhos e olhou para o garoto com a Bíblia.

O garoto estava lendo novamente, segurando o livro próximo dos olhos.

Ressoaram passos no corredor. As placas de ferro que cobriam o chão tilintaram. A porta da cela começou a ranger.

— Finalmente chegaram – disse Kowalski, que estava de ouvidos atentos, junto a Szrajer. — Quero só ver quantos.

— Essa mercadoria nunca vai faltar. Não precisa contrabandear. Ela vem sozinha – disse Kozera, o contrabandista de Małkinia.

— Pelo menos tem a vantagem de que contarão o que há de novo no mundo – disse Matula, que fazia apreensões e aguardava pela execução de sua sentença de morte.

— Vocês estavam no mundo duas semanas atrás – disse o funcionário público Szrajer. — E vocês lá sabiam o que havia de novo?

— Mas não sei se daqui a duas semanas ainda estarei no mundo – respondeu Matula.

— Então por que se importa com as notícias? De todo jeito vão te jogar na vala, não é mesmo? – disse Kozera.

O GAROTO COM A BÍBLIA

— Se a guerra terminar em breve, quem sabe não escapo da vala?

— O governo polonês também daria um jeito em você por ter saqueado – disse o tipógrafo Kowalski.

— E para você dará uma cruz de mérito por ir comprar um sofá.

A porta da cela abriu-se novamente. Mławski, que havia ido para o interrogatório, entrou. A porta bateu atrás dele.

— E aí, rapaziada? – perguntou. — Levei um susto hoje. Já estava achando que ia passar a noite lá. Vieram em um outro carro.

— As árvores já devem estar florescendo, hein? As pessoas vão andando pela rua como se tudo estivesse normal? Verdade? – perguntei, virando as cartas na minha mão.

— Você mesmo não viu quando estava vindo? As pessoas vão vivendo.

— Aqui está a sopa para você. – O tipógrafo Kowalski lhe entregou uma tigela com o jantar. — Comeram a sua do almoço.

— No almoço, teve sopa de ervilha com pão. O rango que dão não é ruim, não. Agora, o aquecimento é de primeira. – Ficou de pé junto ao colchão de palha, cortando com colher a sopa que havia endurecido feito geleia.

— E como foi? Você consegue ficar sentado?

— Apanhei só um pouco! Praticamente nada. Só fiquei

no "bonde"[21]. O investigador era meu conhecido. Ele fazia negócios com meu pai em Radom. Você sabe como é, né? – ele pegava colheradas de sopa sem pressa. — Gosto desse *żurek*[22]. Às vezes é gostoso, mesmo frio. Como em casa. Hoje tem bastante batata.

— Disse ao supervisor que era para você. Ele pegou bem do fundo da panela – respondi.

— E o que disse o investigador? – perguntou o funcionário público Szrajer, em cuja casa encontraram o jornalzinho e os recibos.

— Não disse nada – Mławski retrucou asperamente. Empurrou a tigela para o lado do balde e tirou o casaco. — Recebi uma na fuça por causa desse seu casaco. Um caco de vidro caiu da manga. Você está planejando cortar os pulsos ou o quê?

— É por precaução – respondi, e me sentei sobre o casaco. — Ele tinha pegado emprestado para o interrogatório porque estava com medo de que na Polizei tomassem sua jaqueta de couro quase nova. – Mławski sentou-se ao meu lado.

— Sabe – ele disse sussurrando –, ele propôs ao meu pai que se tornasse informante. O que você acha?

---

21 Celas coletivas sem janelas que ficavam na sede da Gestapo em Varsóvia e foram assim chamadas devido à posição de bancos de madeira em relação à parede.
22 Popular sopa fermentada polonesa.

— O que o seu pai acha? – perguntei.

— Meu pai concordou. E o que é que ele podia fazer, me diga?

Dei de ombros. Mławski virou-se para o garoto da Bíblia.

— Você é novo, né? Acho que já te vi na Polizei, não foi? Você não estava preso junto comigo no bonde?

— Não – respondeu o garoto da Bíblia. — Eu não estive em bonde nenhum.

— Ele diz que um tira da polícia polonesa o pegou na rua e o trouxe de coche até a prisão – Kozera, ao lado da porta, disse para Mławski.

— Eu poderia apostar que te vi na Polizei – disse Mławski ao garoto –, mas se você está dizendo que foi um policial que te pegou... Estranho, mas pode ser.

Ficamos calados. Entre o céu e as grades negras estendia-se a noite de primavera, iluminada por baixo pelos postes da prisão. Szrajer estava sentado com o rosto entre as mãos; as orelhas, por causa da fome, se espichavam cada vez mais. Kozera estava indo e voltando da porta até os colchões de palha. O garoto lia a Bíblia.

— Vai jogar vinte e um? – Matula me perguntou. — Está sentado aí parado feito um poste. Quem sabe dessa vez ganho?

— Sosseguem com essa jogatina – disse Szrajer sem erguer o rosto. — Vocês apostariam a própria mãe no jogo. O sujeito aqui...

Calou-se. Sua dentadura mexeu.

— Falou o intelectual do jornal – comentou Matula. — Você vai jogar?

— Alinhem-se para a chamada[23] que é melhor. O preso em serviço já está berrando – disse Kowalski, o tipógrafo da rua Bednarska.

Levantamo-nos dos colchões. Formamos uma fileira, virados com o rosto para a porta.

— Hoje um ucraniano está em serviço. Mas quem sabe será tranquilo – murmurei para Mławski. Ele acenou com a cabeça.

Abriram a porta da nossa cela. Um membro da ss gordo e baixo, de rosto vermelho e quadrado, com cabelos ralos e claros, postou-se junto à porta. Estava com os lábios bem cerrados. Tinha longas botas reluzentes nas pernas tortas. Estava com uma pistola calibre 7.65 no cinto. Segurava na mão um chicote. Atrás dele estava o ucraniano alto com as chaves. Estava com seu bibico negro abaixado sobre a testa de um jeito engraçado. Ao seu lado estavam o supervisor e o *Schreiber*[24], um judeuzinho magricela, um advogado do gueto. O *Schreiber* estava com os papéis na mão.

Szrajer, da rua Mokotowska, balbuciou meia dúzia de palavras decoradas em alemão. A cela tal e tal, com o efetivo de tantos e tantos prisioneiros. Todos presentes.

O *Wachmann* vermelho contou diligentemente com o dedo.

23 No Glossário, o autor dá mais detalhes de como era feita a chamada.
24 "Escrivão." Em alemão no original.

O GAROTO COM A BÍBLIA

— *Ja* – disse – *Stimmt*.[25] *Schreiber*, quem daqui?

O *Schreiber* ergueu os papéis até os olhos.

— Benedykt Matula – leu e lançou seu olhar sobre nós.

— Chagas de Cristo, pessoal! Vão me jogar na vala – sussurrou em voz alta Matula, que, disfarçado de funcionário da Gestapo, fazia apreensões.

— *Los*, saia, *raus!*[26] – bradou o *Wachmann*, e, agarrando-lhe com uma mão a goela, o lançou pela porta até o corredor. A porta ficou escancarada.

Adiante no corredor estavam uns *Wachmann* armados até os dentes. Seus capacetes reluziam sombrios sob a luz tênue da lâmpada. Traziam granadas presas nos cintos.

O guarda virou-se para o *Schreiber*.

— É só isso? Vamos embora?

— Não, ainda não – disse o *Schreiber*, o judeu, advogado do gueto. — Tem mais um. Namokel. Zbigniew Namokel.

— Presente – disse o garoto com a Bíblia.

Foi até o colchão e pegou o casaco. Virou-se para nós ao chegar à porta. Mas não disse nada. Saiu para o corredor. A porta da cela bateu atrás dele.

— E já acabou a chamada! Mais um dia! Duas pessoas a menos! Que venha o dia de amanhã! – gritou Kozera, o contrabandista de Małkinia.

25 "Sim. Está correto, procede." Em alemão no original.
26 "Vamos, para fora!" Em alemão no original.

— Ainda temos muitos deles pela frente – disse Kowalski entediado. — Havia um garoto, já não há.

Abriu as pernas sobre o balde.

— Vão mijar, pessoal, porque agora vamos estender os colchões. Para que depois ninguém fique pisando na cabeça de ninguém. Vamos logo, arrumem enquanto ainda tem luz.

Começamos a estender os colchões de palha.

— Que pena que a Bíblia não ficou – eu disse para Mław-ski. — Teríamos algo para ler.

— Agora a Bíblia não lhe servirá mais para nada. Mas eu o vi hoje na Polizei, juro – disse Mławski. — O que é que ele pode ter feito, assim miúdo? E por que mentiu que foi um policial que o pegou na rua?

— Ele parecia ser judeu, logo certamente era judeu – disse Szrajer junto à janela. Já havia se deitado no colchão de palha e gemia, cobrindo as pernas com o casaco. Ele falava enrolado porque havia removido a dentadura. Embrulhou-a num pedaço de papel e enfiou no bolso.

— Mas, nesse caso, para que ele precisava da Bíblia?

— Certamente era judeu. Se não fosse, não o teriam pegado para acabar com ele – disse Kowalski, deitando-se de lado junto ao Kozera. — Se bem que também pegaram o Matula.

— Bandido desgraçado, confiscador. Saía de noite com um revólver fazendo apreensões – disse Kozera. — Já merecia faz tempo.

O GAROTO COM A BÍBLIA

Eu e Mławski nos deitamos. Cobrimos nossas pernas com sua jaqueta de couro e o resto do corpo com meu casaco. Aconcheguei minha cabeça em sua gola macia de pelo de animal. Emanava um calor gostoso.

Vinha um vento gelado e úmido da janela com o vidro quebrado. O céu já havia enegrecido por completo. O espaço entre o céu e a janela que ficava situada no nível do chão estava coberto por uma luz dourada. Todas as lâmpadas da prisão estavam acesas. Em meio a seu brilho reluziam as estrelas tênues e cintilantes.

— O mundo, meu irmão, é belo. Só que nós não estamos nele – eu disse a meia-voz para Mławski. Estávamos deitados bem perto um do outro para ficar mais quente.

— Estou curioso – sussurrou para mim – se pegaram meu pai.

Virei-me para ele e olhei seu rosto.

— Hoje veio à tona que é judeu – disse Mławski. — O delegado o reconheceu. Eles faziam negócios juntos no gueto de Radom.

— Nesse caso também mexeriam contigo – respondi sussurrando.

— Eu por enquanto não, porque sou mestiço. Minha mãe era polonesa.

— Então como seu pai vai se tornar informante? Não deveriam aceitá-lo.

— Que Deus permita que vire informante. Isso seria bom.

— Fechem a matraca – disse Kozera, erguendo-se do colchão de palha. — Ou vocês querem esporte[27] antes de dormir?

Calamos e começamos a cochilar. Um disparo seco e surdo ressoou de algum lugar próximo. Em seguida mais um. Nós todos nos levantamos dos colchões de palha.

— Pelo jeito não levaram até o bosque. Estão acabando com eles em algum lugar aqui perto da prisão – eu disse a meia-voz, e comecei a contar –, catorze, quinze, dezesseis...

— Estão acabando com eles do lado de lá do portão – disse Mławski. Ele apertava minha mão com toda a força.

— Ele tinha de ser judeu, o garoto com a Bíblia. Qual tiro foi para ele? – perguntou o tipógrafo Kowalski.

— Deitem-se e durmam que é melhor – balbuciou o funcionário público da rua Mokotowska, o Szrajer. — Meu Deus! Deitem-se e durmam que é melhor!

— A gente precisa dormir! – eu disse ao meu camarada.

Deitamo-nos novamente, nos cobrindo com a jaqueta de couro e o casaco. Abraçamo-nos ainda mais forte. Um frio úmido e penetrante vinha da janela.

27 Prática de obrigar os prisioneiros a realizarem diversas variações de exercícios físicos extenuantes como forma de punição.

as pessoas
que iam

Primeiro construímos um campinho de futebol no terreno baldio atrás das barracas do hospital. O terreno era bem situado. À esquerda havia o cigano[28] com sua criançada perambulando pra lá e pra cá, as mulheres sentadas nas latrinas e as belas *Flegers*[29] vestidas com suas melhores roupas. Um pouco adiante ficava a cerca de arame farpado e depois havia a rampa com trilhos largos, sempre repletos de vagões. Além da rampa ficava o campo de concentração feminino. Se bem que não era campo feminino. A gente não falava assim. A gente falava FKL[30] – e bastava. À direita desse terreno ficavam os crematórios, uns posteriores à

28 Campo onde ficavam os ciganos. Ver Glossário do autor ao final do volume.

29 Enfermeiro ou enfermeira. Mais detalhes no Glossário. No original, o autor adaptou para o polonês os termos em alemão usados no campo. Fizemos o mesmo aqui, flexionando *Fleger* com o "s" do plural em português.

30 De *Frauenkonzentrationslager*, termo alemão para campo de concentração para mulheres.

AS PESSOAS QUE IAM

rampa, ao lado do FKL, outros mais perto, juntinho à cerca. Eram construções maciças, bem fincadas no solo. Do lado de lá dos crematórios havia um pequeno bosque pelo qual se ia até a casinha branca.

Construímos o campinho de futebol durante a primavera e, ainda antes de finalizá-lo, começamos a semear flores sob as janelas e montar faixas decorativas vermelhas de cimento triturado ao redor dos blocos[31]. A gente plantava espinafre e alface, girassóis e alho. Preparamos o gramado a partir da relva que foi cortada ao redor do campinho. Ele era regado todo dia com a água trazida em barris do lavatório do campo de concentração.

Quando as flores cresceram um pouco, tínhamos concluído o campinho.

Agora que as flores cresciam sozinhas e os doentes ficavam deitados por conta própria, a gente jogava bola. Todo dia, após servirem as refeições vespertinas, quem quisesse ia ao campinho e chutava bola. Outros iam até a cerca e conversavam por toda a extensão da rampa com as mulheres do FKL.

Uma vez fiquei no gol. Era um domingo, havia um amontoado considerável de *Flegers* e pacientes quase curados em volta do campinho. Alguém corria atrás de outro jogador e certamente atrás da bola também. Eu estava no gol, de

31 Barraca do campo de concentração. Ver Glossário.

costas para a rampa. A bola saiu de campo e foi rolando até a cerca. Enquanto eu a erguia do chão, olhei para a rampa.

Um trem havia acabado de chegar e parou ao lado da rampa. Pessoas começaram a desembarcar dos vagões de carga e iam em direção ao bosque. De longe dava para ver apenas os borrões dos vestidos. Pelo jeito, as mulheres, pela primeira vez naquela temporada, estavam trajando roupas de verão. Os homens haviam tirado seus paletós, e suas camisas brancas reluziam. A marcha avançava vagarosamente e gente saída dos vagões se juntava à fila. Por fim, parou. As pessoas sentaram-se na grama e olharam em nossa direção. Voltei com a bola e chutei para o campinho. Ela passou por várias pernas, e, formando um arco, voltou de novo em direção ao gol. Desviei-a para escanteio. Ela foi parar na grama do lado de fora. E eu de novo fui atrás. Ao erguê-la do chão, fiquei atônito: a rampa estava vazia. Não havia restado nenhuma pessoa da colorida multidão de verão. Os vagões também já tinham partido. Dava para ver perfeitamente os blocos do FKL. Mais uma vez os *Flegers* estavam junto aos arames e gritavam saudações às moças, que respondiam do outro lado da rampa.

Voltei com a bola e joguei para escanteio. No intervalo de um escanteio para o outro, mataram atrás de mim 3 mil pessoas no gás.

Então as pessoas começaram a ir por dois caminhos até o bosque: o que saía da rampa e o que ficava do outro lado do nosso hospital. Ambos levavam ao crematório, mas

AS PESSOAS QUE IAM

algumas pessoas tinham a sorte de ir além, até a *Zauna*[32], que para elas significava não apenas um banho e o despiolhamento, corte de cabelo e novos farrapos com os números pintados a tinta óleo, mas também vida. Tudo bem que é a vida no campo de concentração, mas é vida.

Quando eu me levantava de manhã para lavar o chão, as pessoas iam por esse e aquele caminho. Mulheres, crianças e homens. Eles levavam trouxas nas costas.

Quando eu me sentava para almoçar, e almoçar melhor do que eu costumava almoçar em casa, as pessoas iam por esse e por aquele caminho. Havia muito sol no bloco, então deixávamos as portas e janelas escancaradas. Molhávamos o chão para tirar a poeira. De tarde, eu trazia do armazém as encomendas que haviam chegado de manhã do posto central dos correios do campo de concentração. O escrivão distribuía as cartas. Os doutores faziam curativos e punções e davam injeções. Por sinal, tinham uma única seringa para o bloco inteiro. Nas tardes mais quentes eu me sentava junto às portas dos blocos e lia *Mon Frère Yves*, de Pierre Loti. Já as pessoas iam e iam por esse e por aquele caminho.

Eu saía de noite até a frente do bloco. Em meio à escuridão brilhavam as lâmpadas sobre as cercas de arame. O caminho estava imerso no breu, porém eu ouvia claramente o burburinho longínquo de milhares e milhares de vozes – as pessoas

32 Lavatório. Ver Glossário.

iam e iam. Do bosque erguiam-se chamas que iluminavam os céus, e junto com elas reverberava um grito humano.

Eu fitava as profundezas da noite, atônito, emudecido e imóvel. Meu corpo inteiro estremecia e se mexia involuntariamente. Eu já não o controlava, mas sentia cada um de seus calafrios. Permanecia completamente calmo, porém meu corpo se revoltava.

Pouco tempo depois, fui transferido do hospital para o campo. Os dias eram repletos de acontecimentos grandiosos. As tropas aliadas estavam desembarcando no litoral da França. Diziam que a frente russa iria avançar e chegar até os arredores de Varsóvia.

Mas por aqui fileiras e fileiras de trens carregados de pessoas aguardavam dia e noite na estação. Abriam os vagões e as pessoas começavam a ir – por esse e por aquele caminho.

Ao lado do nosso campo de trabalhos forçados ficava o setor C, desabitado e inacabado. Somente as barracas e as cercas elétricas estavam prontas. Não havia ainda forro sob os telhados, e alguns dos blocos não tinham beliches. Se houvesse beliches de três andares, daria para colocar até quinhentas pessoas num dos blocos colossais do campo de Birkenau. No setor C enfiaram num bloco mil e poucas garotas jovens selecionadas em meio às pessoas que iam. Eram 28 blocos com mais de 30 mil mulheres. Essas mulheres tiveram o cabelo raspado até o couro, e puseram nelas vestidinhos de verão sem mangas. Não receberam roupa íntima.

AS PESSOAS QUE IAM

Nem uma colher, vasilha ou pano para lavar o corpo. Birkenau ficava nos pântanos nos sopés dos morros. De dia podia-se vê-los perfeitamente através do ar transparente. De manhã estavam imersos na neblina e pareciam cobertos de geada, porque as manhãs eram excepcionalmente geladas e nebulosas. Essas manhãs nos refrescavam antes do dia de calor, mas as mulheres a 20 metros, que tinham de ficar em formação para a chamada desde as cinco da manhã, estavam azuladas de frio e ficavam juntinhas como um bando de perdizes.

Batizamos esse campo de bazar persa. Nos dias de clima ameno, as mulheres saíam dos blocos e se aglomeravam na longa via entre eles. Os vibrantes trajes de verão e os lenços coloridos que cobriam suas cabeças raspadas passavam de longe a impressão de um bazar pujante, cheio de movimento e burburinho. Por seu exotismo, o batizamos de persa.

De longe as mulheres não tinham nem rosto nem idade. Eram somente manchas brancas e silhuetas bege em tom pastel.

O bazar persa não era um campo pronto. O *Komando*[33] Wagner estava construindo uma rua de pedra que havia sido aplanada por um grande rolo compressor. Outros ficavam mexendo na canalização e nos lavatórios recém-implantados em todos os setores de Birkenau. Havia os que construíam

---

33 Grupo de prisioneiros que tinham algum trabalho definido a realizar. Adaptação do termo em alemão *Kommando*. Ver Glossário.

os alicerces para o bem-estar do setor: traziam cobertores, edredons e pratos de latão e os colocavam meticulosamente no armazém à disposição do chefe, o membro da ss no controle. É claro, parte dessas coisas imediatamente ia parar no campo, saqueadas pelas pessoas que trabalhavam lá. Afinal de contas, era esta a utilidade dos cobertores, edredons e pratos todos: podíamos roubá-los.

Eu e meus colegas cobrimos todos os telhados das guaritas dos chefes de bloco do bazar persa. Não fizemos isso nem por sermos forçados nem por piedade. Afinal, cobríamos os telhados com papel de alcatrão e colávamos com piche, ambos roubados. Também não fazíamos isso por solidariedade com os números antigos[34] ou as *Flegers* do FKL que haviam assumido todas as funções por aqui. As chefes de bloco tinham de pagar por cada rolo de papel de alcatrão e cada balde de piche. Tinham de pagar ao *kapo*[35], ao *Komandoführer*[36], às figuras de destaque do *Komando*. E pagar de diversas formas: com ouro, comida, mulheres do bloco ou o próprio corpo. Dependia de cada uma.

Do mesmo modo que nós colocávamos a manta asfáltica nos telhados, os eletricistas instalavam a luz, os marceneiros

---

34 Prisioneiro antigo no campo. Ver Glossário.

35 Prisioneiro que gozava de autoridade sobre os demais e era responsável por um *Komando* de prisioneiros. Do italiano *capo*. Ver Glossário.

36 ss que supervisionava um *Komando* de prisioneiros. Adaptado do alemão.

AS PESSOAS QUE IAM

faziam a guarita e montavam utensílios com a madeira roubada; já os pedreiros traziam os forninhos de ferro roubados e os instalavam onde necessário.

Foi então que conheci a verdadeira face desse campo bizarro. Chegávamos de manhã a seu portão, empurrando o carrinho com papel de alcatrão e piche. Junto ao portão ficavam as *Wachmann*, loiras de quadris largos e sapatos de cano alto. As loiras nos revistavam e nos deixavam entrar. Depois iam para a vistoria dos blocos. Não eram poucas as que tinham pedreiros ou marceneiros como amantes. Elas se entregavam a eles nos lavatórios ainda em construção ou nas guaritas dos blocos.

Em seguida íamos pelo meio do campo entre os blocos, acendíamos o fogo e preparávamos o piche na praça. As mulheres imediatamente se juntavam ao redor. Imploravam por um canivete, lenço para o nariz, colher, lápis, pedaço de papel, cadarço, pão.

— Afinal, vocês são homens e podem tudo – diziam. — Vocês vivem nesse campo há tanto tempo e ainda não morreram. Vocês com certeza têm de tudo. Por que não querem dividir com a gente?

Entregávamos para elas todos os pertences miúdos, virávamos nossos bolsos do avesso para mostrar que não tínhamos mais nada. Tirávamos a camisa para dar a elas. Por fim, começamos a chegar de bolsos vazios e não dávamos nada.

Essas mulheres não eram todas iguais como pareciam quando vistas do outro setor, 20 metros à esquerda. Entre elas havia garotinhas miúdas de cabelos não cortados, querubins saídos de um quadro do juízo final.

Havia garotas jovens que fitavam com espanto a multidão de mulheres em torno de nós e olhavam com desprezo para nós, homens rudes e brutais. Havia mulheres casadas que nos pediam, desesperadas, por notícias dos maridos desaparecidos; havia mães à procura de alguma pista sobre o paradeiro dos filhos.

— É tão difícil para a gente. A gente passa frio e fome – choravam. — Mas será que eles estão melhor?

— Com certeza estão melhor, se existir um Deus justo – respondíamos seriamente, sem deboche barato e sem zombaria.

— Mas será que não morreram? – perguntavam as mulheres, olhando-nos nos olhos, desassossegadas.

Íamos embora calados, com pressa para voltar ao trabalho.

As chefes de bloco eram eslovacas que conheciam o idioma dessas mulheres. Elas já estavam havia alguns anos no campo. Recordavam-se do início do FKL, quando cadáveres de mulheres ficavam jogados junto aos blocos e apodreciam nas macas de hospital e fezes humanas se acumulavam em montes tenebrosos.

Apesar da brutalidade exterior, elas conservaram a delicadeza e a bondade femininas. Certamente tinham seus amantes e também roubavam margarina e conservas para

AS PESSOAS QUE IAM

pagar pelos cobertores ou vestidinhos trazidos dos *Effekten-lager*[37], mas... mas me lembro de Mirka, uma moça encorpada e simpática de pele rosada.

Sua guarita também era decorada em tons de rosa e tinha cortininhas rosadas na janela que dava para o bloco. O ar na guarita tocava seu rosto num reflexo também rosado e a moça parecia estar coberta por um delicado véu. Um judeu de dentes podres do nosso *Komando* estava apaixonado por ela. Ele lhe comprava ovos frescos, que juntava no campo todo, e, após embalá-los, passava-os suavemente entre os arames da cerca para não quebrarem. Ficava horas a fio com ela, sem se preocupar nem com as vistorias das ss nem com nosso chefe, que caminhava com um revólver enorme pendurado na farda branca de verão. Apelidamos nosso chefe de Filipek, pois, assim como na canção popular polonesa, sempre aparecia onde não havia sido chamado.

Certo dia Mirka veio correndo até o telhado no qual estávamos instalando o forro. Acenou para o judeu e gritou para mim:

— Desça daí! Quem sabe você também pode ajudar!

Descemos do telhado por cima das portas do bloco. Ela nos pegou pela mão e nos trouxe para perto de si. Levou-nos até os beliches e disse, exaltada, apontando para o

---

37 Depósitos de pertences dos prisioneiros. Ver Glossário.

amontoado de cobertores coloridos e para uma criança deitada no meio:

— Vejam, vejam! Ele logo, logo vai morrer! Me digam o que eu devo fazer. Por que ele ficou doente assim de repente?

A criança dormia intranquilamente. Era como uma rosa em uma moldura dourada: bochechas enrubescidas e a auréola dourada de seus cabelinhos.

— Mas que criança linda – sussurrei.

— Linda! – bradou Mirka –, você está vendo como é linda! Mas ela pode morrer! Tenho que escondê-la para que não seja levada para o gás. A ss não pode encontrá-la, me ajudem!

O judeu colocou a mão em suas costas. Ela chacoalhou de maneira brusca e começou a soluçar. Dei de ombros e saí do bloco.

De longe dava para ver os vagões ao longo da rampa. Traziam pessoas novas, pessoas que também iriam. Um grupo do Canadá[38] que voltava pelo caminho entre os setores cruzou com outro que vinha substituí-lo. Subia fumaça do bosque. Me sentei junto ao caldeirão fervente e, misturando o piche, pensei por um bom tempo. Me peguei pensando que eu gostaria de ter uma criança como essa, de bochechas enrubescidas e cabelinhos bagunçados. Dei risada da ideia esdrúxula e fui cobrir o telhado com manta asfáltica.

---

38 *Komando* que trabalhava nos trens. Ver Glossário.

AS PESSOAS QUE IAM

Lembro-me também de uma outra chefe de bloco[39], uma moçona alta, ruiva, de pés largos e mãos vermelhas. Ela não tinha uma guarita, apenas meia dúzia de cobertores jogados na cama e outros pendurados em barbantes.

— É melhor que elas não achem que a gente está fugindo delas – dizia, apontando para as mulheres deitadas com a cabeça uma ao lado da outra nos beliches. — Não posso lhes dar nada, mas também não tomarei nada.

— Você acredita em vida após a morte? – perguntou-me durante uma conversa jocosa.

— Às vezes, sim – respondi cauteloso. — Uma vez acreditei, quando estava preso, e outra quando estava perto da morte, no campo.

— Mas se a pessoa faz o mal, ela será punida, não é mesmo?

— Acho que sim. A menos que não haja normas de justiça mais elevadas do que as humanas. Você sabe, a revelação das causas, as motivações interiores e a irrelevância da culpa perante o sentido essencial do mundo. Será que um crime cometido neste plano pode ser punido no espaço?

— Mas fale direito, sem afetação! – gritou.

— Deve ser punido, é claro.

— E você faria o bem, caso pudesse?

— Não estou em busca de uma medalha. Eu cubro telhados e quero sobreviver ao campo.

---

39 Prisioneiro que assumia funções de supervisão no bloco. Ver Glossário.

— E você acha que eles – e acenou a cabeça em uma direção indefinida – não devem ser punidos?

— Acho que, para aqueles que sofrem injustamente, a justiça em si não basta. Eles desejam que os algozes também sofram injustamente. É isso que eles entenderão como justiça.

— Como você é um rapaz esperto, hein! Mas você não seria capaz de distribuir sopa de modo justo só para deixar mais para sua amante – disse com sarcasmo, e entrou nas profundezas do bloco.

As mulheres estavam deitadas uma em cima da outra nas *buksas*[40], com as cabeças lado a lado. Os olhos grandes reluziam nos rostos imóveis. A fome já estava se instalando no campo. A chefe de bloco ruiva perambulava entre as *buksas* e puxava papo com as mulheres para que elas não pensassem. Tirava as cantoras dos beliches e mandava cantar. As dançarinas, ela mandava dançar. As recitadoras, mandava declamar poemas.

— Elas me perguntam o tempo todo, o tempo todo, onde estão suas mães, seus pais. Pedem para escrever para eles.

— Também me pedem. Fazer o quê?

— Para você? Você vem e vai embora, mas e eu? Eu peço, imploro, que as grávidas procurem o médico e que os

---

40 Espécie de beliches das barracas dos campos de concentração. Ver Glossário.

doentes fiquem aqui no bloco! A gente só quer o bem delas! Mas como dá para ajudá-las se elas mesmas se enfiam no gás?

Uma moça estava cantando uma música de sucesso em cima do forno. Quando acabou, as mulheres das *buksas* começaram a aplaudir. A moça sorria e curvava-se em agradecimento. A chefe de bloco levou as mãos à cabeça.

— Já não aguento mais isso! É asqueroso – bufou, e pulou sobre o forno!

— Desça daí – gritou para a moça. Baixou o silêncio no bloco. A chefe ergueu a mão.

— Silêncio! – gritou, mesmo que ninguém tivesse dito uma única palavra.

— Vocês me perguntaram onde estão seus pais e seus filhos. Não contei porque tenho pena de vocês. Mas agora vou dizer, já que vão fazer o mesmo com vocês assim que adoecerem! Seus filhos, maridos e pais não estão em outro campo coisa nenhuma. Eles foram enfiados no porão e asfixiados no gás. Estão me entendendo? No gás! Assim como outros milhões e assim como meus pais! Eles são queimados em fogueiras e nos crematórios. Essa fumaça que vocês estão vendo sobre os telhados não é da fábrica de tijolos, como contam. Ela é das suas crianças! Agora continue cantando – disse a chefe calmamente para a cantora apavorada, e em seguida desceu do forno e saiu do bloco.

Como se sabe, Auschwitz e Birkenau vinham melhorando. No início batiam em pessoas dos *Komandos* e matavam sem pensar, depois só esporadicamente. No início as pessoas dormiam de lado no chão e, ao receber a ordem, tinham de virar. Depois dormiam nos beliches quando alguém desejasse e, volta e meia, até mesmo sozinhas em camas normais. No início as pessoas ficavam até dois dias em formação durante a chamada, depois ficavam só até o segundo gongo, às nove horas. Nos primeiros anos do campo, não era permitido receber encomendas; depois foram permitidos 500 gramas e por fim quanto quisessem. Não era permitido ter bolsos; depois permitiram até mesmo usar trajes civis dentro do território de Birkenau. As coisas no campo estavam ficando "cada vez melhores". Após três ou quatro anos ninguém mais acreditava que seria como antigamente e sentiam-se orgulhosos por terem sobrevivido. Quanto pior ficava a situação para os alemães no front, melhor ficava no campo. E as coisas iam ficar cada vez piores para eles...

O tempo voltou para trás no bazar persa. Estávamos assistindo a Auschwitz do ano de 1940, tudo de novo. As mulheres, sedentas, devoravam a sopa que não era tomada por ninguém no nosso bloco. Elas fediam a suor e menstruação. Já estavam de pé às cinco da manhã para a chamada matinal. Até terminarem de contá-las, já eram quase nove horas. Então recebiam seu café frio. Às três da tarde começava a chamada vespertina, e elas recebiam o jantar: pão e acompanhamentos. Uma vez que elas não trabalhavam, não tinham direito ao *Zulage* – o adicional pelo trabalho.

AS PESSOAS QUE IAM

Volta e meia eram enxotadas para fora dos blocos durante o dia, para as chamadas extraordinárias. Elas se organizavam em grupos de cinco, bem próximas umas das outras, e entravam no bloco, uma de cada vez. Loiras corpulentas, as ss de botas de cano longo tiravam de formação as mais magras, feias e barrigudas e as lançavam no meio do "olho". O "olho" eram as chefes de bloco de mãos dadas. Elas formavam um círculo fechado. O "olho" cheio de mulheres se dirigia, como numa dança macabra, até o portão do campo, e era engolido pelo "olho" geral. Quinhentas, seiscentas, mil mulheres selecionadas. Iam todas – por esse caminho.

Às vezes uma ss entrava no bloco. Ela observava as *buksas*. Uma mulher olhando as mulheres. Perguntava: Quem quer ir ao médico? Quem está grávida? Vão receber leite e pão branco no hospital.

As mulheres saíam das *buksas* e, uma vez engolidas pelo "olho", iam rumo ao portão – também para esse caminho.

No tempo livre, fazia-se o possível para que as horas voassem, já que havia pouco material e passávamos o dia no bazar persa junto das chefes, perto dos blocos ou nas latrinas. Com elas tomávamos chá ou íamos à guarita cochilar por uma horinha na cama cedida por camaradagem. Perto dos blocos podia-se conversar com os pedreiros e marceneiros. As mulheres os rodeavam, já de suéter e meias-calças. Era só trazer um farrapo qualquer e podia-se fazer o que quisesse com elas! Desde que o campo é campo, nunca foi tão fácil arranjar mulher!

As latrinas são comuns para os homens e as mulheres, só separadas por uma tábua. Do lado das mulheres reinam o escarcéu e o empurra-empurra, já do nosso prevalecem o silêncio e o frescor agradável das construções de cimento. Dá para passar horas a fio aqui, tendo conversas românticas com Katia, uma faxineira das latrinas bem jeitosa e miúda. Ninguém fica acanhado ou incomodado com essa situação. Afinal, a gente já viu tanta coisa no campo...

E foi assim que junho passou. Durante os dias e noites as pessoas iam por esse e por aquele caminho. Desde o amanhecer até altas horas da noite, o bazar persa inteiro ficava de pé para a chamada. Os dias eram amenos e o piche derretia nos telhados. Depois vieram as chuvas e o vento cortante. As manhãs nasciam com um frio intenso. Depois o tempo bom voltou. Os vagões sempre chegavam à rampa e as pessoas iam. Frequentemente nos levantávamos de manhã e não podíamos trabalhar porque o caminho estava bloqueado. As pessoas iam vagarosamente, em grupos esparsos, e se davam as mãos. Mulheres, velhos e crianças. Iam pelo lado de lá da cerca, virando o rosto silenciosamente em nossa direção. Olhavam para nós com dó e jogavam pão pela cerca.

As mulheres tiravam os relógios dos pulsos e os colocavam perto de nossas pernas, gesticulando para mostrar que podíamos pegá-los.

AS PESSOAS QUE IAM

A orquestra junto ao portão tocava tangos e foxtrotes. O campo olhava para aqueles que iam. O ser humano dispõe de uma pequena escala de reações para grandes emoções e comoções bruscas, que são expressas do mesmo modo que bobagens ordinárias e irrelevantes. As mesmas palavras simples são usadas.

— Quantos deles já passaram? Desde meados de maio já se foram quase dois meses. Contando uns 20 mil por dia... Dá em torno de 1 milhão!

— Mas não foi todo dia que mandaram tudo isso para o gás. Se bem que não dá para saber muito bem, são quatro chaminés e algumas valas.

— Então vejamos de outro jeito: De Košice e Mukachevo dá quase 600 mil, porque já os trouxeram todos. E de Budapeste? Vai dar uns 300 mil?

— E faz alguma diferença pra você?

— *Ja*, mas isso logo, logo deve terminar, não? Afinal, vão acabar com eles todos.

— Gente é o que não falta.

O sujeito dá de ombros e olha para o caminho. Por trás do aglomerado de pessoas vêm vagarosamente os oficiais da ss com sorrisos simpáticos, mandando seguir com a marcha. Demonstram que já não falta muito e dão tapinhas nos ombros de um velhinho que corre até a vala, baixa bruscamente as calças e, movimentando-se comicamente, se agacha. O ss aponta para a multidão se afastando. O velhinho acena com a cabeça, puxa as calças e, saltitando de modo esdrúxulo, corre atrás dela.

A gente sorri ao ver mais uma pessoa com tanta pressa para ir à câmara de gás.

Depois íamos nos *Effektenlager* passar piche nos telhados que estavam novamente com infiltração. Lá, empilhavam-se montes de roupas e trouxas não desfeitas. Os tesouros tomados das pessoas que iam ficavam a céu aberto, desprotegidos do sol e da chuva.

Acendíamos o fogo sob o piche e íamos atrás de comida. Um trazia um balde com água; outro, um saco de cerejas ou ameixas secas; outro, o açúcar. Preparávamos calda de frutas cozidas e levávamos ao telhado para dar de beber àqueles que simulavam estar trabalhando. Outros fritavam lombo com cebola e comiam com pão e milho. Nós roubávamos tudo o que estava à mão e levávamos ao campo.

Dos telhados podiam-se ver perfeitamente as fogueiras ardendo e os crematórios funcionando. A multidão entrava, tirava a roupa e em seguida os SS rapidamente fechavam as janelas, apertando bem os parafusos. Após alguns minutos, que não bastavam nem para dar uma boa preparada num pedaço da manta asfáltica, as janelas e portas laterais eram abertas para ventilar. Chegava o *Sonderkomando*[41] e

---

41 *Komando* especial formado por judeus. Ver Glossário.

AS PESSOAS QUE IAM

arrastava os cadáveres até a pilha. E era assim do amanhecer até o anoitecer – dia após dia, tudo de novo.

Às vezes, depois de levar ao gás, chegavam carros atrasados com doentes e enfermeiras. Não compensava matá-los no gás. Eles eram despidos e o *Oberscharführer*[42] Moll[43] atirava neles com um revólver de baixo calibre ou os empurrava vivos para dentro da vala ardente.

Uma vez veio de carro uma moça jovem que não queria se separar da mãe. Ambas foram despidas na câmara de gás, a mãe foi na frente. O homem que devia conduzir a filha da mulher parou atônito com a beleza exuberante de seu corpo e, admirado, coçou a cabeça. Ao ver esse gesto humano e simplório, a mulher ficou menos tensa. Enrubesceu e o pegou pela mão:

— Me diga, o que eles farão comigo?

— Seja corajosa – respondeu o homem sem soltar a mão dela.

— Eu sou corajosa! Não estou com vergonha de você, está vendo? Então me diga!

— Lembre-se, seja corajosa. Venha. Vou te conduzir. Só não olhe.

---

42 Patente da ss na Alemanha nazista. Em alemão no original.
43 Otto Moll, oficial da ss conhecido pela sua extraordinária brutalidade; cometeu inúmeras atrocidades em Auschwitz-Birkenau. Foi chefe dos crematórios em Auschwitz e supervisionou o extermínio. Foi executado na forca em 1946.

Ele a guiou pela mão, cobrindo seus olhos. O estalar e o odor da gordura sendo queimada e o calor que baforava de baixo a amedrontaram. Tentou se desvencilhar dele. Mas ele curvou delicadamente a cabeça dela, expondo seu pescoço. Nesse momento o *Oberscharführer* atirou, quase sem mirar. O homem empurrou-a para dentro da vala ardente e, enquanto ela caía, ouviu seu grito horripilante e entrecortado.

Quando o bazar persa, o campo cigano e o FKL ficaram cheios de pessoas escolhidas entre aquelas que iam, foi aberto um novo campo, o México, de frente ao bazar persa. Era igualmente desabitado e lá também foram instaladas guaritas para os chefes de bloco, assim como a luz e os vidros nas janelas.

Os dias eram parecidos entre si. As pessoas desembarcavam dos vagões e iam – por esse e por aquele caminho.

As pessoas no campo tinham preocupações próprias: esperavam pelas encomendas e cartas de casa, organizavam isso e aquilo para amigos e amantes, criavam intrigas entre si. As noites caíam após os dias, e as chuvas vinham após as secas.

Com o fim do verão os trens pararam de vir. Cada vez menos gente ia para o crematório. No início as pessoas do campo sentiram certo vazio. Depois se acostumaram. Além do mais, surgiram outros grandes acontecimentos: a ofensiva russa, Varsóvia que se levantou contra o inimigo e agora queimava, os carregamentos do campo que todo dia

AS PESSOAS QUE IAM

partiam rumo ao Ocidente, rumo ao desconhecido, a uma nova doença e à morte; a revolta nos crematórios e a fuga do *Sonderkomando*, que acabou no fuzilamento de todos os fugitivos.

Depois jogavam a gente de um campo para outro, sem colher ou prato, sem um pano para o corpo.

A memória humana armazena apenas imagens. Até hoje, quando penso no último verão de Auschwitz, vejo a multidão colorida sem fim de pessoas que iam de modo solene – por esse e aquele caminho. Vejo a mulher espichando a cabeça sobre a vala ardente, o interior sombrio do bloco ao fundo e diante dele uma moça ruiva, que gritava comigo impacientemente:

— Mas, se a pessoa faz o mal, ela será punida, não é mesmo? Mas fale direito, sem afetação!

Ainda vejo diante de mim o judeu com os dentes podres que ia toda noite até meu beliche e, erguendo a cabeça, invariavelmente perguntava:

— Você recebeu alguma encomenda hoje? Pode me vender ovos para eu dar a Mirka? Eu te pago em marcos. Ela gosta tanto de ovos.

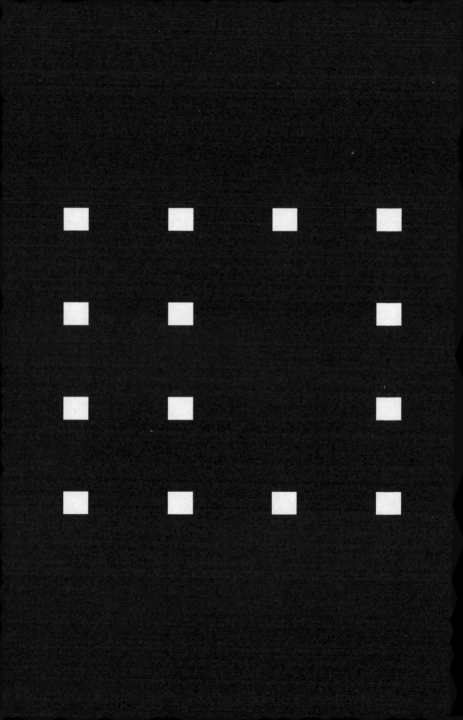

um dia em
harmenze

A sombra das castanheiras era verde e suave. Balançava mansamente pela terra ainda úmida, havia pouco revirada, e se erguia formando uma abóbada verde-acinzentada com cheiro de orvalho matinal. As árvores compunham uma fileira alta junto à rua, e suas extremidades se dissolviam no colorido do céu. O aroma nauseante de pântano vinha das lagoas. A grama verde, como pelúcia, ainda fazia reluzir prateadas as gotas de orvalho, mas a água já evaporava sob o sol. Seria um dia quente.

Mas a sombra das castanheiras era verde e suave. Coberto por ela, eu estava sentado na areia e, com uma grande chave-inglesa, apertava as talas de junção dos trilhos estreitos. A chave estava fria e se acomodava bem nas mãos. Batia seguidamente com ela nos trilhos. O som metálico e duro se alastrava por toda Harmenze e voltava de longe em um eco dissonante. Os gregos, apoiados nas pás, estavam de pé a meu redor. Mas essa gente da Salônica e dos taludes

UM DIA EM HARMENZE

vinícolas da Macedônia tinha medo da sombra. Logo ficavam no sol, sem camisa, e bronzeavam suas costas e ombros extraordinariamente magros, cobertos de sarnas e úlceras.

— Como você está trabalhando duro hoje, Tadek! Bom dia! Você não está com fome?

— Bom dia, srta. Haneczka. De modo algum. Além do mais, estou batendo com força nos trilhos porque o nosso novo *kapo*... Me desculpe por não me levantar dos trilhos, mas a senhorita sabe como é, né? Guerra, *Bewegung*, *Arbeit*[44]...

A srta. Haneczka sorriu.

— Mas é claro que entendo. Eu também não o reconheceria se não soubesse que era você. Lembra como você comeu as batatas com casca que roubei das galinhas?

— Comi mesmo! Ah, srta. Haneczka, mas eu me esbaldei! Atenção, um ss aí atrás.

A srta. Haneczka esparramou um punhado de grãos da peneira para os pintinhos que se aproximavam dela. Depois de olhar ao redor, balançou a mão de modo desdenhoso:

— Ah, esse aí é só o nosso chefe. Ele come na palma da minha mão.

— Nessa mãozinha miúda? A senhorita é uma mulher de ferro mesmo – e com ímpeto golpeei a chave nos trilhos, tocando em sua homenagem a melodia de *La donna è mobile*.

— Rapaz, não faça tanto barulho. Você bem que poderia

---

44 "Movimento", "trabalho". Em alemão no original.

comer alguma coisa, né? Estou indo agora mesmo para o casarão, posso lhe trazer algo.

— Srta. Haneczka, agradeço imensamente. Mas acho que a senhorita já me deu muito de comer quando eu era pobre...

— ... mas honesto – completou ela com leve sarcasmo.

— ... ou no mínimo não sabia me virar muito bem – repliquei como pude. — Ah, e sobre saber se virar: eu tinha dois lindos sabonetes para a senhorita com o mais belo nome possível: "Varsóvia". Mas...

— ... mas roubaram, como sempre?

— Roubaram, como sempre. Quando eu não tinha nada, dormia tranquilo. Agora, não importa quanto eu embrulhe e amarre os pacotes com barbante e arame, eles sempre conseguem desamarrar. Alguns dias atrás deram um sumiço na minha garrafa de mel; agora foi a vez do sabão. Mas ai do larápio quando eu pegar ele.

A srta. Haneczka gargalhou sonoramente.

— Já estou até vendo! Mas você é uma criança mesmo! Agora, quanto aos sabonetes, não precisa se preocupar, recebi hoje do Ivan dois pedaços lindos de sabão. Ah, eu já ia me esquecendo: entregue esse pacotinho para ele. É banha – disse ao colocar um pequeno embrulho junto à árvore. — Mas veja só que sabonetes bonitos.

Ela desembrulhou o pacote, e o conteúdo não me pareceu estranho. Eu me aproximei e observei melhor: em ambos os pedaços grandes dos sabonetes Schicht estava entalhado o busto de Sigismundo[45], acompanhado da inscrição "Varsóvia".

Devolvi o embrulho calado.

— De fato, é um belo sabonete.

Olhei para o campo na direção dos grupos esparsos de pessoas trabalhando. No último deles, já próximo das batatas, avistei Ivan. Tal qual um cachorro pastor em torno de seu rebanho, ele circulava ao redor de um grupo de pessoas, gritava algo cá e acolá, que assim de longe não dava para ouvir, e balançava uma vara grande destacada de um tronco de árvore.

— Mas ai do larápio quando eu... – disse sem me dar conta de estar falando sozinho, porque a srta. Haneczka já havia ido embora e apenas acrescentou, já distante, virando a cabeça por um breve momento:

— E o almoço, como sempre, está debaixo das castanheiras.

— Obrigado!

E comecei novamente a fazer ressoar as chaves contra os trilhos e apertar os parafusos frouxos.

A srta. Haneczka provocava certo furor entre os gregos, já que de vez em quando trazia batatas para eles.

45 Monumento de Varsóvia erguido em 1644 pelo rei Sigismundo III Vasa da Polônia.

— A dona Haneczka *gut*, *extra prima*, boa mulher. É a sua *madonna*?

— Que *madonna* uma ova! – eu disse nervoso, esmagando meu dedo sem querer com a chave. — É uma conhecida, tá, *Camerade*, *filos*, *compris*, *greco bandito*?

— *Greco niks bandito*. *Greco* pessoa *gut*. Mas por que você não comer nada dela? *Patatas*, batatas?

— Não estou com fome. Já tenho o que comer.

— Você *niks gut*, *niks gut* – balançou a cabeça o velho grego, comerciante de Salônica que conhecia doze idiomas do sul. — A gente está faminto, sempre e sempre com fome...

Os braços esqueléticos se espreguiçavam. Por debaixo da pele castigada pelas sarnas e úlceras, moviam-se os músculos estranhamente visíveis, como se estivessem separados uns dos outros. O sorriso abrandava os traços tensos do rosto, porém ele era incapaz de apagar dos olhos a febre que estava à espreita.

— Se vocês estão com fome, peçam a ela. Que ela traga para vocês. Mas agora trabalhem, *laborando*, *laborando*, porque já está chato ficar aqui. Vou pra outro lugar.

— Pois é certo, Tadeusz, que você não fez bem – disse, surgindo de trás dos outros, o judeu velho e gordo. Apoiou a pá no chão e, ficando de pé a meu lado, continuou: — Afinal de contas, você também já passou fome, então é capaz de nos entender. Não te custaria nada pedir que ela trouxesse um balde de batatas.

Pronunciou a palavra balde longamente e com ar sonhador.

— Ô Beker, sai pra lá com essa sua filosofia e vê se cuida da sua terra e sua pá, *compris?* Quero que saiba que, se você estiver morrendo, vou te dar o último empurrãozinho para a morte, entendeu? E sabe por quê?

— E por quê?

— Por Poznań. Ou então é mentira que você foi *Lagerältester*[46] no campo judeu nos arredores de Poznań?

— Mas e daí?

— E você matava gente? Pendurava eles no poste por qualquer tablete de margarina ou pão roubado?

— Eu enforcava bandidos.

— Beker, estão dizendo que seu filho está de quarentena.

As mãos de Beker se agarraram ao cabo da pá instintivamente e seu olhar começou a fitar com atenção meu tronco, pescoço e cabeça.

— Ei, você solte essa pá, não venha com esse olhar sanguinário. Ou então é mentira que foi seu filho quem mandou te matar por causa de Poznań?

---

46 Prisioneiro mais antigo no campo, apontado pela ss para supervisionar o trabalho dos demais. Em alemão no original.

— É verdade – disse baixinho. — O segundo filho eu levei à forca em Poznań, mas não puxando pelas mãos[47], e sim pelo pescoço, por ter roubado pão.

— Seu verme! – exclamei.

Mas Beker, um judeu mais velho e grisalho, um tanto propenso à melancolia, já estava calmo e controlado. Olhou para mim de cima, quase com desprezo.

— Faz quanto tempo que você está no campo?

— Ah... já faz alguns meses.

— Sabe, Tadeusz, gosto bastante de você – disse inesperadamente –, mas você ainda não passou fome de verdade, não é?

— Depende do que você chama de fome.

— A verdadeira fome é quando a pessoa olha para outra pessoa como algo a ser comido. Eu já tive essa fome. Entendeu?

E, enquanto fiquei calado e batia com a chave nos trilhos apenas de tempos em tempos, e involuntariamente olhava para a esquerda e para a direita para ver se nosso *kapo* não estava vindo, ele continuou:

— Nosso campo. Lá. Era pequeno... Ficava bem do lado da estrada. Por ela passavam pessoas bem-vestidas, cada mulher! Às vezes iam à igreja no domingo. Ou casais. E mais adiante havia um vilarejo, um vilarejo comum. Lá as pessoas

47 Refere-se a um tipo de punição adotada nos campos de concentração em que o prisioneiro ficava pendurado pelas mãos.

UM DIA EM HARMENZE

tinham de tudo, isso a meio quilômetro de nós. E a gente comendo nabo... Lá as pessoas estavam a ponto de devorar outras ainda vivas! O que deveria acontecer? Como eu não ia matar os cozinheiros que vendiam manteiga para comprar vodca e trocavam pão por cigarros? Meu filho roubava e eu também tive que matá-lo. Sou carregador, conheço a vida.

Observei-o com curiosidade, como se fosse uma pessoa desconhecida.

— Mas e você? Também comia somente a sua porção?

— Isso é outra história. Eu era *Lagerältester*.

— Atenção! *Laborando, laborando, presto* – berrei de súbito, pois um ss de bicicleta acabava de despontar na esquina e passou ao nosso lado, fitando-nos atentamente. Os pescoços abaixaram-se imediatamente. Ergueram-se as pás, firmemente mantidas em prontidão, e a chave-inglesa bateu nos trilhos.

O ss sumiu por trás das árvores, as pás desceram e ficaram paralisadas. Os gregos caíram no estupor de costume.

— Que horas são?

— Não sei. Ainda falta muito para o almoço. Sabe, Beker, vou te dizer uma última coisa, para encerrar o assunto: hoje haverá uma limpa[48] no campo. Espero que você vá para a chaminé[49] junto com essas suas pústulas.

---

48 Envio dos prisioneiros mais debilitados para as câmaras de gás. Ver Glossário.

49 Câmara de gás. Ver Glossário.

— Uma limpa? Como você sabe que vai ter...?

— Por que ficou todo assustado? Vai ter e pronto. Está com medo, é? Aqui se faz, aqui... – Sorri maliciosamente, contente com essa ideia, e fui embora, cantarolando o tango da moda, chamado de "tango do crematório". Os olhos vazios do homem fitaram imóveis o horizonte diante de si.

Os trilhos nos quais eu estava trabalhando se estendiam e percorriam a campina de uma ponta a outra. Eu levava uma de suas extremidades até o monte de ossadas queimadas trazidas do crematório pelos caminhões; a outra eu afundava na lagoa, onde esses ossos por fim iam parar. Em um ponto eu os estendia sobre um monte de areia que seria distribuído pela campina, para dar uma base seca ao solo pantanoso demais, e em outro canto eu colocava os trilhos rentes na encosta de terra coberta pelo gramado que acabaria cobrindo a areia. Os trilhos iam em ambos os sentidos e onde se cruzavam havia uma enorme placa giratória que carregávamos de um lado para outro.

Uma multidão de pessoas seminuas a cercava, se inclinava e cravava os dedos.

— *Hooooch*, para cima! – bradei, e, para surtir melhor efeito, ergui a mão sugestivamente, como um maestro. As pessoas puxavam uma, duas vezes, e alguém tropeçou feio

UM DIA EM HARMENZE

e caiu na placa, quase não conseguindo parar em pé. Pisoteado por seus camaradas, rastejou para fora do círculo e, erguendo do chão o rosto moído por areia e lágrimas, gemeu:

— *Zu schwer, zu schwer...* pesado demais, amigo, pesado demais. – Enfiou a mão lacerada na boca e a chupou avidamente.

— Ao trabalho! Levante! Vamos de novo! *Hooch.* Para cima!

— Pácima! – a multidão repetia em coro uníssono, se curvava o máximo possível, empinava os arcos dentados de suas colunas semelhantes a espinhas de peixes e contraía a musculatura do tronco. Mas as mãos postas sobre as placas escorregavam frouxas e sem força.

— Para cima!

— Pácima!

E de repente caía uma tempestade de golpes sobre o círculo de costas tensionadas, ombros curvados, cabeças inclinadas até o chão e braços franzinos. O cabo da pá golpeava a pele sobre os ossos e produzia baques surdos contra a barriga. Criava-se um tumulto ao redor da placa. Um horripilante berro humano ressoava e cessava de repente. A placa erguia-se e, balançando pesada, pairava sobre a cabeça das pessoas, movia-se e ameaça cair a qualquer momento.

— Cachorros! – disse o *kapo* aos que iam se afastando. — Vocês vão ver só como vou ajudar vocês.

Com a respiração pesada, secou com a mão vermelha o

rosto inchado e cheio de manchas amarelas e passou seu olhar disperso e vão pela multidão, como se estivesse vendo aquelas pessoas pela primeira vez. Em seguida dirigiu-se a mim:

— Ei, você, ferroviário, tá calor hoje, hein?

— Calor, sim. *Kapo*, devo pôr essa placa junto da terceira incubadora[50], certo? E os trilhos?

— Leve-os diretamente para a vala.

— Mas lá tem uma encosta de terra pelo caminho.

— Então cave. É para ficar pronto até a tarde. E para a noite você me fará quatro pares de macas. Quem sabe levamos alguém para o campo. Que calor hoje, hein?

— Calor, sim. Mas, *kapo*... – e virando-se aos companheiros: — Vamos, vamos logo com essa placa! Até o terceiro prédio! O *kapo* tá olhando!

— Ferroviário, me dê um limão.

— Me mande seu *pipel*[51] mais tarde, *kapo*. Agora não tenho nenhum.

O *kapo* acenou algumas vezes com a cabeça e foi embora mancando. Estava indo ao casarão encher o bucho. Mas sei que lá não lhe dariam nada – ele agredia as pessoas. Colocamos a placa no chão. Com um esforço tenebroso trouxemos

---

50 Trata-se de uma incubadora de ovos de aves. Harmenze, sub-campo de Auschwitz, era uma propriedade agrícola na qual os chamados *Komandos* de produção econômica eram obrigados a trabalhar.

51 Jovem ajudante do *kapo*. Ver Glossário.

os trilhos, erguemos com a picareta e, com os dedos nus, apertamos os parafusos. Umas silhuetas famintas e febris perambulavam indefesas, esbaforidas e ensanguentadas.

O sol se erguia alto no céu e ardia cada vez mais dolorosamente.

— Que horas são, amigo?

— Dez – disse sem erguer os olhos dos trilhos.

— Meu Deus, meu Deus, ainda faltam duas horas para o almoço. E é verdade que hoje terá uma limpa no campo e que vamos para o crematório?

Todos já sabiam da limpa. Cuidavam às escondidas de suas feridas para que ficassem mais asseadas e menores, arrancavam as bandagens, massageavam os músculos, jogavam água no corpo para que ficassem com aspecto mais fresco e vívido para a tarde.

Lutavam pela existência de modo árduo e heroico. Mas para outros tanto fazia. Moviam-se para não apanhar, comiam grama e argila viscosa para não sentir fome e perambulavam letárgicos como cadáveres vivos.

— Nós todos: crematório. Mas todos os alemães serão *kaput*! A guerra *fini*, todos alemães: crematório. Todos: mulheres e crianças. Entendeu?

— Entendeu. *Greco gut*. Mas é mentira. Não haverá uma limpa, *keine Angst*[52].

52 "Sem medo." Em alemão no original.

E segui cavando a encosta. A pá leve e ágil se movia por conta própria nas minhas mãos. Os montinhos de terra úmida se desfaziam com facilidade e voavam suavemente pelo ar. Era bom trabalhar depois de comer um bom pedaço de lombo com pão e alho acompanhado de uma lata de leite condensado.

O *Komandoführer*, um sszinho miúdo e franzino de camisa esfarrapada, se agachou na sombra rala da incubadora cercada por muros, cansado de perambular em meio ao pessoal cavando. Ele sabia açoitar doído com a chibata. No dia anterior me golpeara duas vezes nas costas.

— *Gleisbauer*[53], o que conta de novo?

Trabalhei rapidamente com a pá e bati a terra no topo.

— Trezentos mil bolcheviques caíram nos arredores de Orel.

— E isso é bom, não? O que você acha?

— Decerto que é bom. Porque lá morreu o mesmo tanto de alemães. Se continuar assim, os bolcheviques chegam aqui daqui a um ano.

— Você acha mesmo? – ele sorriu de modo malicioso e fez a pergunta sacramental: — Falta muito pro almoço?

Saquei meu relógio, a velha lataria prateada com simpáticos números romanos. Gostava dele porque era parecido com o relógio do meu pai. Eu o tinha comprado por um pacote de figos.

— Onze horas.

---

53 "Trabalhador ferroviário." Em alemão no original.

UM DIA EM HARMENZE

O raquítico levantou-se do muro e calmamente o tomou minha mão.

— Dê ele pra mim. Gostei bastante.

— Não posso, é meu mesmo, já o usava quando cheguei ao campo.

— Não pode? Se não pode, não pode.

Pegou impulso e tascou o relógio na parede. Em seguida sentou-se na sombra e dobrou as pernas.

— Que calor hoje, hein?

Calado, ergui meu relógio e comecei a assobiar de raiva. No início assobiei o foxtrote, em seguida o velho tango, depois *Warszawianka*[54] e *Rote Fahne*[55] e, para finalizar, o repertório de esquerda.

Estava justamente assobiando a *Internacional* – enquanto na minha mente cantava em russo: *Eto budiet pasliednii i rieshitielnyi boi*[56] –, quando de repente me vi coberto por uma sombra alta, e uma mão corpulenta pesou sobre meu ombro. Ergui a cabeça e fiqui paralisado. Um rosto gigante, vermelho e inchado se estendeu por cima de mim, e o cabo da pá ficou parado no ar, em posição preocupante. As listas imaculadamente brancas de seu uniforme contrastavam

54 Canção patriótica polonesa de 1831 cogitada como o hino da Polônia em 1918.
55 "O estandarte vermelho", canção socialista alemã. Em alemão no original.
56 "Essa será a última e decisiva batalha." Fragmento do hino *A Internacional*. Em russo no original.

nitidamente com o verde longínquo das árvores. O pequeno triângulo vermelho[57] com o número 3.277 costurado no peito balançou estranhamente e cresceu.

— O que você está assobiando? – perguntou o *kapo*, fitando diretamente meus olhos.

— É uma espécie de canção internacional, seu *kapo*.

— E você conhece essa letra?

— É... um pouquinho... aqui e ali... – acrescentei por precaução.

— E essa? Conhece? – perguntou.

E com a voz rouca começou a cantar *Rote Fahne*. Larguei o cabo da pá, seus olhos brilhavam inquietos. De repente parou, ergueu a vara e balançou a cabeça, com uma mistura de desprezo e dó.

— Ah, se um ss de verdade tivesse ouvido isso você já estaria morto. Mas esse aí...

E o raquítico junto ao muro soltou uma gargalhada sonora e sincera.

— E vocês ainda chamam isso de trabalhos forçados! Vocês tinham é que ir ao Cáucaso como eu.

— *Komandoführer*, já enchemos uma lagoa com ossadas humanas. Agora, quanto já foi despejado antes e quanto foi parar no Vístula, isso nem o senhor nem eu sabemos.

---

57 No sistema de marcação dos prisioneiros implementado pelos alemães, o triângulo vermelho simbolizava presos políticos.

UM DIA EM HARMENZE

— Fecha a matraca, seu cachorro imundo – e levantou do muro esticando a mão para alcançar a chibata.

— Pegue o pessoal e vá almoçar.

Larguei a pá e sumi após virar a esquina da incubadora. De longe ainda ouvia a voz rouca e ofegante do *kapo*.

— Sim, sim, são uns cachorros imundos. Tem mesmo que acabar com a raça deles todos. O senhor tem razão, seu *Komandoführer*.

Lancei um olhar cheio de ódio.

Saímos pelo caminho que cruzava Harmenze. As castanheiras altas farfalhavam e sua sombra era ainda mais verde, só que era como se fosse mais seca. Que nem folhas secas. Era a sombra do meio-dia.

Após desembocar nesse caminho era necessário passar do lado de uma casinha miúda de janelas com postigos verdes, que tinha no meio coraçõezinhos talhados desajeitadamente, com cortininhas brancas semicerradas. Abaixo da janela erguiam-se rosas delicadas de cor pálida e turva. Nos vasinhos cresciam umas florzinhas roxas estranhas. Uma menininha miúda estava brincando com um cachorro grande e rabugento nas escadas da marquise coberta de trepadeiras verde-escuras. O cachorro, evidentemente entediado, se deixava puxar pelas orelhas e apenas sacudia a cabeça, espantando as moscas. A menina estava de vestidinho branco e tinha as costas bronzeadas e escuras. O cachorro era da raça doberman, tinha o papo marrom. A menininha era a filha do *Unterscharführer*[58], o senhor de Harmenze. O casarão com rosinhas e cortininhas era onde ele morava.

Antes de chegar à estrada era preciso atravessar alguns metros de lama grudenta e pegajosa e alguns metros de terra misturada com serragem regada com uma substância desinfetante. Isso era para não levar nenhuma praga a Harmenze. Desviei cuidadosamente dessa nojeira e, em conjunto, seguimos pela estrada, onde os caldeirões com sopa estavam dispostos em fileiras. Eles haviam sido trazidos por um carro do campo. Cada *Komando* tinha seus caldeirões marcados a giz. Andei ao redor deles. Chegamos a tempo, ninguém nos roubara ainda. Tínhamos que tentar a sorte nós mesmos.

— Cinco das nossas, perfeito, vamos levar. Essas duas fileiras ficam com as mulheres. Não está certo passar a perna.

— Ah, sim, aqui está – falei em voz alta. Puxei o caldeirão do *Komando* vizinho e coloquei em seu lugar o nosso, que tinha metade do tamanho, e desenhei novas marcações a giz.

— Levem – lancei esse chamado sonoro aos gregos que assistiam a essa cena com cumplicidade.

---

58 Patente de oficial mais rasa na ss alemã. Em alemão no original.

UM DIA EM HARMENZE

— Ei, por que você trocou os caldeirões? Espere, pare aí! – gritaram os do segundo *Komando*, que também estavam vindo pegar o almoço, só que se atrasaram.

— Quem trocou o quê? Cala a boca, cara!

Eles correram, mas os gregos, arrastando os caldeirões pelo chão enquanto gemiam e xingavam em seu idioma – *putare* e *porca* –, empurravam-se e apressavam uns aos outros para então sumir do lado de lá da cancela que separava Harmenze do mundo. Fui o último a passar depois deles e escutei como os que já chegavam aos caldeirões me xingavam e praguejavam até a minha quinta geração. Mas estava tudo em ordem: hoje eu, amanhã eles, quem chegasse primeiro ganhava. Nosso patriotismo de *Komando* nunca ia além das barreiras do esporte.

A sopa borbulhava nos caldeirões. Os gregos os baixavam ao chão a cada meia dúzia de passos. Respiravam com dificuldade como peixes jogados fora da água e às escondidas lambiam dos dedos os filetes finos de líquido grudento e quente que escorriam por debaixo da tampa mal apertada. Conhecia seu sabor, misturado com poeira, sujeira e suor das mãos, porque não fazia tanto tempo assim que eu também carregara os caldeirões.

Largaram os caldeirões no chão e fitaram meu rosto com expectativa. Dirigi-me de modo solene até o caldeirão do meio, afrouxei os parafusos vagarosamente e – após intermináveis dois segundos e meio segurando a tampa na mão – a ergui. Dezenas de pares de olhos esmoreceram desanimados: era urtiga.

O líquido ralo e esbranquiçado borbulhava no caldeirão. Bolas amarelas de margarina flutuavam na superfície. Mas todos já sabiam, pela cor, que embaixo se escondiam caules fibrosos de urtiga, inteiros e não picados, de cor podre e odor asqueroso, e que a sopa toda seria igual: água, água, água. Por um momento o mundo escureceu nos olhos daqueles que vinham carregando o caldeirão. Coloquei a tampa novamente. Calados, levamos os caldeirões para baixo.

Desviamos agora da campina, fazendo um arco rumo ao grupo de Ivan, que arrancava a superfície da várzea perto das batatas. Uma longa fileira de pessoas de roupas listradas estava parada junto da encosta negra de terra. De tempos em tempos movia-se uma pá, alguém se curvava e adormecia por um instante nesse movimento e vagarosamente se endireitava, erguia a pá e congelava por um bom tempo nessa semirrotação, nesse gesto não finalizado, tal qual o animal chamado preguiça. Dentro de instantes alguém mais se mexia, fazia o movimento com a pá e caía igualmente no estupor. Não trabalhavam com as mãos, mas com os olhos. Quando um ss ou o *kapo* despontava no horizonte ou, quando de um nicho no muro, onde reinava a sombra úmida de terra fresca, se espichava o supervisor, as pás ressoavam mais enérgicas, ainda que vazias, pelo tempo que fosse possível. Os membros se moviam como num filme: de modo engraçado e sem fluidez.

Dei logo de cara com Ivan. Ele estava sentado em seu canto, riscando uma tora grossa de árvore com um canivetinho: quadrados, coraçõezinhos, cobrinhas e palavras em ucraniano. A seu lado estava ajoelhado o velho grego de sua confiança, que enfiava algo na bolsa. Consegui avistar as asas de penas brancas e a cabeça vermelha do ganso, torcida de modo estranho para trás, quando Ivan me avistou – e lançou o paletó sobre a bolsa. A banha derreteu no meu bolso e deixou uma mancha feia nas calças.

— Da parte da srta. Haneczka – disse laconicamente.

— Ela não falou nada? Não ficou de trazer ovos?

— Pediu para te agradecer pelos sabões. Gostou bastante.

— *Horosho*[59] então. Eu os comprei ontem do judeu do Canadá. Dei três ovos.

Ivan desembrulhou a banha. Estava toda amassada, derretida e amarela. Fiquei nauseado quando a vi, talvez pelo fato de ter comido lombo demais pela manhã e ainda estar arrotando.

— *O, bliad'!*[60] Por duas peças ela só te deu isso? Não te deu bolo? – Ivan olhou para mim desconfiado.

— Sabe, Ivan, eu vi o sabão e ela realmente te deu pouco.

---

59 "Está bem." Em russo no original.
60 "Vadia!" Em russo no original.

— Você viu? – Ivan se mexeu inquieto no canto. — Bem, eu tenho que ir, tenho que mandar o pessoal trabalhar.

— Eu vi. Ela te deu pouco mesmo. Você merece mais. Especialmente de mim. Vou tentar retribuir.

Olhamos duramente para os olhos um do outro por um instante.

Um cálamo cresceu bem em cima da vala e lá do outro lado – onde ficava o guarda burro de bigode com triângulos na ombreira pelos anos de serviço – cresciam framboeseiras de folhas pálidas como que cobertas de poeira. Uma água turva fluía pelo fundo da vala e por ela se alastravam criaturas verdes e pegajosas. Por vezes, em meio ao barro, capturavam uma enguia negra que se contorcia. Os gregos a comiam crua.

Estiquei minhas pernas, apoiando meus pés nas extremidades da vala, e lentamente arrastei a pá pelo fundo. Fiquei de pé com cuidado para não molhar os sapatos. O guarda se aproximou e me observou calado.

— O que vão fazer aqui?

— Uma barragem. Em seguida vamos limpar a vala, seu guarda.

— De onde vieram esses sapatos bonitos?

Meus sapatos realmente eram bonitos: com solado duplo,

UM DIA EM HARMENZE

costurado à mão; eram sapatos derby perfurados de modo muito engenhoso, ao estilo húngaro. Foram os amigos da rampa que me trouxeram.

— Recebi no campo junto com essa camisa – respondi apontando para minha camisa de seda, pela qual devia ter dado em torno de 1 quilo de tomates.

— E eles dão sapatos assim por aí? Veja só os sapatos com que eu ando. – E me mostrou os sapatos enrugados e rachados. Tinha um remendo na pontinha do pé direito. Acenei a cabeça em sinal de compreensão.

— Você não estaria disposto a me vender esses seus sapatos aí, não?

Ergui a ele meu olhar de infinita surpresa.

— Mas como é que eu vou poder vender ao senhor uma propriedade do campo? Como é que eu poderia fazer isso?

O guarda apoiou o rifle no banco e se aproximou de mim, curvando-se sobre a água que refletia sua imagem. Mexi com a pá e deformei a imagem.

— Tudo é permitido quando ninguém está vendo. Você vai receber pão em troca, tenho aqui na lancheira.

Naquela semana tinha recebido dezesseis broas de Varsóvia. Além do mais, esses sapatos valiam facilmente meio litro de vodca.

Sorri gentilmente.

— Obrigado, mas, com as porções que recebemos no campo, já não estou com fome. Tenho pão e lombo suficientes.

Mas, se o seu guarda tiver pão sobrando, o senhor pode dá-lo aos judeus que trabalham ali ao lado da vala. Dá uma olhada naquele que está carregando um monte de grama – disse, apontando para um judeuzinho bem magro, de olhos avermelhados e lacrimejando –, é um rapaz ponta-firme. Além do mais, esses sapatos não são bons. A sola está descolando.

De fato havia um buraco na sola: às vezes escondia dólares, às vezes meia dúzia de marcos, às vezes uma carta.

O guarda mordeu os lábios e me olhou com as sobrancelhas cerradas.

— E por que te prenderam?

— Eu estava indo pela rua e houve uma *łapanka*. Eles me pegaram, prenderam e trouxeram para cá. Sou completamente inocente.

— Vocês todos dizem isso!

— Mentira. Não são todos! Meu amigo foi preso por cantar desafinado, seu guarda, está entendendo? *Falsch gesungen*.

A pá, que eu vinha constantemente passando pelo fundo lamacento da vala, enroscou em algo duro. Dei uma puxada: arame. Praguejei baixinho, e o guarda olhou desconcertado para mim.

— *Was falsch gesungen?*[61]

— Ah, isso é uma história à parte. Certa vez, em Varsóvia, durante a missa, enquanto entoavam canções litúrgicas,

---

61 "Como assim 'cantar desafinado'?" Em alemão no original.

UM DIA EM HARMENZE

meu amigo começou a cantar o hino nacional. E, como cantava muito desafinado, logo prenderam ele. E disseram que não soltariam enquanto ele não aprendesse as notas direito. Até bateram nele, mas isso não adiantou nada. Certamente vai ficar preso até o fim da guerra, já que tem ouvido ruim. Teve até uma vez que ele confundiu uma marcha alemã com a marcha fúnebre de Chopin.

O guarda resmungou algo e foi em direção ao banco. Sentou-se, ergueu pensativo o rifle e, brincando com o ferrolho, engatilhou a arma. Ergueu a cabeça como se estivesse se recordando de algo.

— Mas, hein, você aí de Varsóvia, venha aqui que te dou pão e você o entrega aos judeus – disse, levando a mão à bolsa.

Sorri do modo mais cordial que consegui.

Do lado de lá da vala se estendia a linha das torres e os guardas tinham permissão para atirar nas pessoas. Eles recebiam três dias de folga e 5 marcos por cabeça.

— Infelizmente é proibido ir até aí. Mas, se seu guarda quiser, pode jogar, por favor, o pão, que eu pego.

Fiquei ali parado em uma pose de pedinte, mas o guarda de repente pôs a bolsa no chão, levantou-se bruscamente e relatou para o chefe da guarda que por ali "não havia nada de novo".

Janek, que trabalhava a meu lado – um rapazote simpático de Varsóvia que não entendia nada do campo, e acho que ficou sem entender até o fim –, estava cavando a lama e empilhando-a cuidadosamente na beira da vala, quase embaixo das pernas do guarda. O chefe da guarda chegou perto e nos olhou como se olha para cavalos puxando uma charrete ou para o gado pastando. Janek abriu um sorriso largo em sua direção e acenou a cabeça de modo sugestivo.

— Estamos limpando a vala, seu *Rottenführer*[62]! Tem muita lama.

O *Rottenführer* despertou e olhou para o prisioneiro com a mesma surpresa com a qual se olha um cavalo de tração que de repente começa a falar ou uma vaca pastando que começa a cantar um tango da moda.

— Mas venha aqui – disse a ele.

Janek largou a pá de lado, pulou a vala e se aproximou do *Rottenführer*. Então ele ergueu a mão e o golpeou no rosto com toda a força. Janek cambaleou, se agarrou a um arbusto de framboesas e caiu na lama. A água borbulhou e eu me engasguei de tanto rir. Já o *Rottenführer* disse:

— Estou pouco me f... para o que você faz na vala. Você pode até não fazer nada. Mas, quando você falar com um ss, tire o gorro e abaixe as mãos.

O *Rottenführer* foi embora. Ajudei Janek a sair da lama.

— Mas por que eu apanhei, por quê? Por quê? – perguntou abismado, sem entender nada.

---

62 Patente militar da ss, equivalente a um comandante de esquadra.

UM DIA EM HARMENZE

— Não banque o voluntário – respondi –, e agora vá se limpar.

Estávamos justamente acabando de tirar toda a sujeira da vala quando chegou o *pipel* do *kapo*. Levei a mão até a lancheira, afastei o pão, o lombo e a cebola e peguei o limão. O guarda nos observou calado do outro lado.

— *Pipel!* Venha cá. Tenho algo aqui. Você sabe para quem é.

— Certo, Tadek. Mas, hein, você não tem nada para comer? Sabe, algo doce. Ou ovos. Não, não, não estou com fome. Já comi no casarão. Recebi um pouco de omelete da dona Haneczka. Dona bacana, ela. O problema é que ela quer saber tudo sobre Ivan. Mas, sabe, quando o *kapo* vai lá no casarão, não dão nada a ele.

— Quem sabe se ele parasse de bater nas pessoas não lhe dessem algo.

— Diga isso a ele.

— Mas é justamente para isso que você serve, *pipel*. Você não sabe arranjar as coisas. Preste bem atenção em como tem gente aqui que consegue gansos e os frita de noite no bloco. E, enquanto isso, seu *kapo* tem que se conformar com sopa. Ele gostou das urtigas de ontem?

O *pipel* me fitou inquisitivamente. Era um rapaz novo, mas muito esperto. Era alemão, já servira no Exército, embora tivesse apenas 16 anos. Prenderam-no por contrabando.

— Tadek, diga de uma vez, afinal a gente se entende. Contra quem você está querendo me colocar?

Dei de ombros.

— Contra ninguém, mas fique de olho nos gansos.

— Mas você ficou sabendo que ontem um ganso sumiu de novo? O *Unterscharführer* deu um tapa na cara do *kapo* e, de tanta raiva, pegou o relógio dele. Bom, vou lá dar uma olhada.

Fomos juntos porque já era hora do almoço. Os prisioneiros apitavam com estridência ao lado dos caldeirões e acenavam com as mãos. Largavam as ferramentas em qualquer lugar. As pás estavam jogadas nas valas. Pessoas cansadas vinham lentamente de toda a campina rumo aos caldeirões, procurando alongar o bendito momento de espera pelo almoço, pois sabiam que logo iriam saciar a fome. O grupo de Ivan se arrastava atrasado por trás de todos os demais. Ivan parou em cima da vala, perto do "meu" guarda, e conversou por um bom tempo com ele. O guarda apontou com o braço. Ivan acenou com a cabeça. Berros e chamados o fizeram apertar o passo. Ao passar por mim, comentou:

— Pelo jeito hoje você não arranja nada.

— O dia ainda não acabou – respondi.

Ele me lançou de soslaio um olhar maldoso e desafiador.

━━ ■

Pipel colocou os pratos na incubadora vazia, limpou os banquinhos e arrumou a mesa para o almoço. O escrivão do *Komando*, o linguista grego, se encolheu no canto com

UM DIA EM HARMENZE

o intuito de parecer menor e não chamar atenção. Dava para ver seu rosto, da cor de caranguejo cozido e com olhos aguados como ovos de sapa, pela porta escancarada. Do lado de fora, os presos eram levados à pracinha rodeada por uma alta encosta de terra. Sentaram-se assim que chegaram, em fileiras e em grupos de cinco, com as pernas cruzadas, de coluna ereta e com as mãos junto ao corpo. Não era permitido que se movessem durante a entrega do almoço. Depois poderiam se curvar para trás e apoiar-se nos joelhos de seu colega, mas ai daquele que quebrasse a ordem das fileiras. Ao lado, na sombra da encosta de terra, os ss sentaram-se de qualquer jeito, apoiando suas submetralhadoras de modo casual nos joelhos; tiraram pão de suas bolsas e lancheiras, passaram a margarina cuidadosamente e comeram de modo vagaroso e solene. Rubin, um judeu do Canadá, sentou-se ao lado de um deles, com quem conversava em voz baixa. Estava fazendo negócios – para si e para o *kapo*. Já o *kapo*, enorme e vermelho, estava de pé ao lado do caldeirão.

Corremos com as vasilhas na mão, tal qual os mais refinados garçons. Servimos a sopa em absoluto silêncio e em silêncio arrancamos à força os pratos das mãos daqueles que queriam e ainda insistiam em achar algo nos fundos vazios, tentando estender o momento da refeição, lambendo o prato e, de modo sorrateiro, passando o dedo no que restava. O *kapo* afastou-se bruscamente do caldeirão e entrou em meio às fileiras. Ele viu. Com um chute no rosto, derrubou aquele que estava lambendo o prato. Chutou-o uma vez e outra, no abdome, e foi embora, pisando em joelhos e mãos, mas desviando com cuidado daqueles que estavam comendo.

Todos os olhos fitaram atentamente o rosto do *kapo*. Ainda havia dois caldeirões: era o repeteco. Dia após dia o *kapo* se deleitava com esse momento. Após dez anos de campo, ele tinha direito a esse poder soberano sobre as pessoas. Com a ponta da colher ele apontava para quem merecia o repeteco. E nunca errava. Tinha direito ao repeteco aquele que trabalhava melhor, o mais forte e mais saudável. O doente, enfraquecido e franzino, não tinha direito a uma segunda vasilha de água com urtiga. Não dava para desperdiçar comida com aqueles que em breve iriam para a chaminé.

Os *Vorarbeiters*[63], de acordo com o regulamento, tinha direito a duas vasilhas cheias de sopa com batatas e carnes puxadas do fundo do caldeirão. Com a vasilha nas mãos, olhei indeciso ao meu redor e senti o olhar incisivo de alguém. Na primeira fileira estava sentado Beker, que cravou na sopa seus olhos esbugalhados e gananciosos.

— Vá, coma, quem sabe você não engasga de uma vez.

Calado, ele pegou a tigela de minhas mãos e começou a comer afoito.

---

63 O prisioneiro mais velho dentro de um *Komando*. Em alemão no original.

UM DIA EM HARMENZE

— E deixe a vasilha do seu lado para que o *pipel* recolha depois, senão o *kapo* te dá uma na fuça.

Entreguei a segunda vasilha para Andrzej, que em troca me trouxe maçãs. Ele trabalhara no pomar.

— Rubin, o que o guarda disse? – perguntei a meia-voz quando passei por ele, indo para a sombra.

— O guarda está dizendo que tomaram Kiev – respondeu baixinho.

Parei surpreso. Ele acenou impacientemente com a mão. Afastei-me da sombra e estendi o paletó no chão para não sujar a camisa de seda e me ajeitei confortavelmente para dormir. Cada um descansa como pode.

O *kapo* foi até a incubadora e, após comer duas tigelas de sopa, pegou no sono. Então o *pipel* tirou um bom pedaço de carne cozida do bolso, cortou-o sobre o pão e começou a comê-lo ostensivamente com cebola, como se fosse uma maçã, diante dos olhos da multidão faminta. As pessoas deitaram-se em fileiras estreitas, uma atrás da outra, e, com a cabeça coberta pelos paletós, caíram num sono pesado e inquieto. Estávamos deitados na sombra. Do lado oposto estendia-se o *Komando* das moças de lenços brancos. Gritaram algo para nós de longe e, gesticulando, narraram histórias inteiras. Aqui e ali alguém acenou de modo sugestivo. Uma das moças estava ajoelhada ao lado do grupo e, nas mãos esticadas acima da cabeça, segurava uma viga grande e pesada. O ss que vigiava o *Komando* volta e meia afrouxava a coleira do cachorro, que avançava até o rosto dela e ladrava ferozmente.

— Roubou alguma coisa? – supus preguiçosamente.

— Não. Pegaram ela no milharal com o Petro. O Petro fugiu – respondeu Andrzej.

— E ela vai aguentar cinco minutos?

— Aguenta. É uma moça forte.

Não aguentou. Dobrou os braços, jogou a viga e caiu no chão, começando a chorar alto. Andrzej se virou e olhou para mim.

— Tadek, você não teria um cigarro aí? Não? Que pena, é a vida!

Em seguida enfiou a cabeça no paletó, ajeitou-se confortavelmente e adormeceu. Eu também já me aprontava para dormir quando o *pipel* me sacudiu:

— O *kapo* está te chamando. Tome cuidado, que ele está bravo.

O *kapo* tinha acordado havia pouco e estava com os olhos vermelhos. Esfregava-os e olhava imóvel para a paisagem.

— Ei, você – me tocou o peito com o dedo, de modo ameaçador. — Por que você deu a sua sopa?

— Tenho comida melhor.

— O que ele te deu por isso?

— Nada.

Sacudiu a cabeça sem conseguir acreditar. Mexeu seus enormes maxilares como uma vaca ruminando o alimento.

UM DIA EM HARMENZE

— Amanhã você não vai receber nada de sopa. Aqueles que não têm mais nada para comer são os que a receberão. Fui claro?

— Está bem, *kapo*.

— E por que você não preparou as quatro *Trages*[64] conforme mandei? Esqueceu?

— Não tive tempo. O *kapo* bem viu o que eu estava fazendo até o meio-dia.

— Então você vai fazê-las de tarde. E tome cuidado para não acabar deitado numa delas. Tenho meios de fazer isso com você.

— Já posso ir?

Foi somente naquele momento que ele olhou para mim. Cravou-me seu olhar morto e vazio, como uma pessoa arrancada de uma reflexão profunda.

— E o que ainda está fazendo aqui? Suma!

Das castanheiras chegou até mim o grito sufocado de alguém. Apanhei as chaves e os parafusos, coloquei uma maca sobre a outra e comentei com Janek:

— Pegue a caixa, senão a mamãe vai ficar brava – e me aproximei da estrada.

64 "Macas." Em alemão no original.

Era Beker que estava deitado no chão, tossindo e cuspindo sangue, e Ivan o chutou por todos os lados: na cara, na barriga, no abdome...

— Vejam o que esse larápio fez! Devorou seu almoço todo! Seu ladrãozinho maldito!

A tigela da srta. Haneczka estava jogada no chão com as sobras de cereais. Beker estava todo lambuzado de cereal.

— Enfiei a cara dele na tigela – disse Ivan, arfando. — Acabe com ele, tenho que ir.

— Lave a tigela – disse a Beker – e deixe debaixo da árvore. Tome cuidado para o *kapo* não te pegar. Acabei de preparar quatro macas. Você sabe o que isso significa?

No caminho, Andrzej treinou dois judeus. Não sabiam marchar. O *kapo* quebrou duas varas na cabeça deles e disse que tinham de aprender. Andrzej amarrou uma vara em cada perna deles e explicou como pôde: *"tchiortovie vy dieti, tai dyvysh, tse leva, a tse prava*[65], *links, links*[66]*"*. Os gregos esbugalharam os olhos e marcharam em círculos, arrastando os pés no chão de medo. Uma grande névoa de poeira se ergueu bem alto. Junto à vala, onde ficava o guarda, aquele dos sapatos, trabalhavam os nossos que aplainavam a terra, batendo-a e passando a pá delicadamente nela, como se

65 "Crianças malditas. Prestem atenção. Esta é a direita, esta é a esquerda." Em ucraniano no original.
66 "Esquerda, esquerda." Em alemão no original.

UM DIA EM HARMENZE

fosse uma massa. Berravam enquanto eu atravessava a campina, deixando pegadas fundas.

— Tadek, quais as novidades?

— Nada especial. Tomaram Kiev.

— Mas isso é verdade?

— Que pergunta ridícula!

E assim, berrando a toda voz, passei por eles e fui para perto da vala. De repente ouvi por trás de mim o chamado:

— *Halt, halt, du, Warschauer!*[67] – e logo em seguida, inesperadamente, em polonês: — *Stój, stój!* Pare, pare!

"Meu" guarda vinha correndo até mim do outro lado da vala, com o rifle em posição de assalto. Estava muito exaltado.

— Pare, pare!

Eu parei. O guarda passou pelo meio dos arbustos de amoras e engatilhou o rifle.

— Mas o que foi que você acabou de dizer? Sobre Kiev? Vocês estão espalhando rumores políticos! Vocês têm uma organização secreta aqui! O número, o número, me dê seu número!

Tremendo de raiva e indignação, sacou um pedaço de papel e procurou longamente por um lápis. Senti a espinha gelar, mas me recuperei.

— Desculpe, mas o seu guarda não entendeu. O seu guarda não entende muito bem polonês. Falei sobre as varas que

67 "Pare, pare, você de Varsóvia!" Em alemão no original.

o Andrzej amarrou nos judeus ali no caminho e como isso é muito engraçado.[68]

— Sim, sim, seu guarda. Foi isso mesmo que ele falou – confirmaram em uníssono.

Do outro lado da vala, o guarda me ameaçava com o rifle, como se quisesse me acertar com a coronha.

— Mas você é doido mesmo! Vou fazer um relatório sobre você ainda hoje! O número, o número!

— Cento e dezenove, cento e...

— Mostre no braço.

— Veja.

Estiquei o braço com o número tatuado e tinha certeza de que de longe ele não conseguia ver.

— Chegue mais perto.

— Não é permitido. O senhor pode fazer o relatório, se quiser, mas não sou o Wańka, o Branco.

Wańka, o Branco, subira alguns dias antes numa bétula na linha dos guardas para pegar galhos e fabricar uma vassoura. Era possível obter pão ou sopa em troca de vassouras. O guarda mirou e disparou. A bala o atravessou: entrou pelo peito e saiu por trás na nuca. Trouxemos o rapaz de volta ao campo. Fui embora enfurecido, mas, logo ao virar a esquina, Rubin me alcançou.

---

68 Em polonês, as palavras "vara" (*kij*) e "Kiev" (*Kijów*) têm sonoridade semelhante.

UM DIA EM HARMENZE

— Tadek! Mas o que é que você fez agora? No que isso vai dar?

— E no que isso pode dar?

— Você vai acabar desembuchando tudo, vai falar que fui eu... Mas o que você aprontou agora? Onde já se viu gritar alto assim? Você está querendo acabar comigo.

— Do que você está com medo? Os nossos não deduram.

— Sei disso e você sabe disso, mas *sicher ist sicher*[69]. Mas, hein, e se você der esses sapatos para o guarda? Ele certamente vai topar. Vou tentar falar com ele. Ainda que saia do meu bolso. Já fiz negócios com ele.

— Ah, veja só. Tem mais isso para incluir no relatório do guarda.

— Tadek, prevejo um futuro sombrio para nós. Você dá os sapatos e eu converso com ele. O guarda é ponta-firme.

— Seu único defeito é já ter vivido tempo demais. Os sapatos eu não dou, porque gosto muito deles. Mas tenho um relógio. Não está funcionando e o visor está quebrado, mas é aí que você entra. Ou então você que dê o seu, já que não te custou nada.

— Ai, ai, Tadek, Tadek...

Rubin escondeu o relógio e, ao longe, escutou alguém me chamar:

— Ferroviário!

69 "Melhor prevenir do que remediar." Em alemão no original.

Atravessei correndo a campina pelo meio. A expressão do *kapo* tornava-se sombria e nos cantos do lábio surgiu uma espuma. Suas mãos, suas enormes mãos de gorila, balançavam ritmicamente, e seus dedos se contraíam nervosos.

— O que é que você estava negociando com Rubin?

— O *kapo* viu. O *kapo* vê tudo. Eu lhe dei um relógio.

— Como? – Suas mãos começaram a se erguer em direção à minha garganta. Fiquei petrificado de medo, completamente imóvel. "É um animal selvagem", pensei, e, sem desviar o olhar dele, disse de um só fôlego:

— Dei o relógio porque o guarda quer me denunciar ao departamento político, alegando que estou conduzindo trabalhos secretos.

As mãos do *kapo* relaxaram lentamente e se abaixaram paralelas ao corpo. Sua mandíbula ficou levemente pendurada, tal qual a de um cachorro que sente muito calor. Ao ouvir minha história, balançou o cabo da pá, demonstrando incerteza.

— Vá trabalhar. Pelo jeito hoje te levarão ao campo.

E nesse instante realizou um movimento veloz, tomou a posição de atenção e tirou o gorro da cabeça. Deu um pulo após ser atingido por trás pela bicicleta. Arranquei meu gorro da cabeça. O *Unterscharführer*, o proprietário de Harmenze, desceu da bicicleta vermelho de raiva:

— Mas o que é que está acontecendo nesse *Komando*? Estão todos malucos? Por que aqueles homens estão caminhando com varas amarradas nas pernas? Agora é horário de trabalho!

UM DIA EM HARMENZE

— É porque não sabem marchar.

— Se não sabem, então mate-os. Ficou sabendo que mais um ganso sumiu?

— E por que você está aí parado feito um cachorro idiota? – berrou o *kapo* comigo. — Andrzej deve dar um jeito neles. *Los!*[70]

Fui correndo pelo caminho.

— Andrzej, *kontchai ich!*[71] O *kapo* mandou!

Andrzej pegou a vara e bateu com ímpeto. O grego se protegeu com a mão, urrou e caiu. Andrzej pôs a vara contra sua garganta, apoiou seu peso na vara e balançou.

Fui embora rapidamente para as minhas bandas.

De longe vi como o *kapo* e o ss foram até meu guarda e conversaram com ele por um bom tempo. O *kapo* gesticulou violentamente com o cabo da pá. Ele estava com o gorro sobre a cara. Após terem ido embora, Rubin foi até o guarda. O guarda se levantou do banco, se aproximou da vala e por fim subiu a encosta. Após um instante Rubin acenou para mim.

— Agradeça ao guarda, e ele não vai te delatar.

Rubin não estava com o relógio no braço. Agradeci e fui embora rumo à oficina. O grego velho, aquele do Ivan, me parou no caminho.

— *Camerade, Camerade*, esse ss é do campo, verdade?

---

70 "Anda logo." Em alemão no original.
71 "Acabe com eles!" Em russo no original.

— E o que é que tem?

— Quer dizer que hoje vai ter uma limpa mesmo?

E o grego grisalho e franzino, comerciante de Salônica, largou a pá e ergueu as mãos aos céus em uma estranha exaltação.

— *Nous sommes les hommes misérables. Ô Dieu, Dieu!*[72]

Seus olhos azuis pálidos olhavam para o céu igualmente azul e pálido.

Levantamos o vagãozinho. Ele estava carregado de areia até o topo. Descarrilou bem na *Scheibe*[73]. Quatro pares de braços magrelos empurravam o vagão, ora para a frente, ora para trás, e balançavam. Tendo-o feito balançar, ergueram o par de rodas dianteiras e o inseriram nos trilhos. Colocamos o pino por baixo e o vagão já estava quase entrando nos trilhos quando de repente o soltamos e nos endireitamos.

— Entrem em formação! – berrou e apitou de longe.

O vagão caiu e cravou suas rodas na terra. Alguém largou a barra de metal já desnecessária e descarregamos a areia do vagão diretamente na *Scheibe*. De todo jeito, tudo seria limpo no dia seguinte.

---

72 "Somos homens miseráveis. Ó Deus, Deus." Em francês no original.
73 Placa de metal rotatória. Em alemão no original.

UM DIA EM HARMENZE

Fomos para o *Antreten*[74]. E só depois de um tempo nos demos conta de que ainda era cedo demais. O sol estava bem alto no céu – ainda faltava muito para alcançar a pontinha das árvores no momento da chamada. Agora eram, no máximo, três horas. As pessoas estavam com uma expressão aflita e interrogativa. Estávamos todos em fileiras de cinco, nos alinhamos, ajeitamos os cintos e bolsas.

O escrivão contava sem parar quantos éramos.

Do lado do casarão vinham os ss e os nossos guardas. Nos cercaram. Estávamos parados. No fim do *Komando* havia macas com dois cadáveres.

A estrada ficou mais movimentada do que de costume. As pessoas de Harmenze iam para lá e para cá, inquietas com nossa partida prematura. Mas, para os prisioneiros de longa data, estava tudo muito claro: realmente haveria uma limpa no campo.

Várias vezes o lencinho claro da srta. Haneczka reluziu, para logo desaparecer.

A mulher nos dirigiu um olhar cheio de indagação. Ela largou seu cesto no chão, se apoiou no celeiro e olhou. Segui seu olhar. Aflita, ela virou-se para Ivan.

Logo depois dos ss, vinham o *kapo* e o *Komandoführer* raquítico.

---

74 "Entrar em formação". Usado aqui como um local, provavelmente onde deveriam se apresentar alinhados. Em alemão no original.

— Dispersem-se e levantem as mãos! – disse o *kapo*.

Então todos entenderam. Revista. Desabotoamos os casacos, abrimos as bolsas. O ss era bem treinado e ligeiro. Passou as mãos pelo corpo, levou-as até a bolsa. Ao lado dos restos de pão, encontrou uma ou duas cebolas, um pedaço de lombo velho e maçãs que com toda a certeza eram do pomar.

— De onde você tirou isso?

Ergui a cabeça: era "meu" guarda quem perguntava.

— Recebi num pacote de casa, seu guarda.

Por um momento ele me olhou nos olhos com sarcasmo.

— Comi maçãs como estas hoje depois do almoço.

Arrancaram dos bolsos pedaços de girassol, espigas de milho, ervas, maçãs. Volta e meia reverberava um breve grito de alguém: estavam batendo.

De repente o *Unterscharführer* entrou bem no meio da fileira e puxou num canto o velho grego, que carregava uma bolsa grande e lotada.

— Abra – disse laconicamente.

O grego abriu a bolsa com as mãos trêmulas. O *Unterscharführer* olhou para seu interior e chamou o *kapo*.

— Veja só, *kapo*, nosso ganso – e retirou da bolsa um ganso de asas enormes e largas.

O *pipel*, que vinha correndo, gritou triunfante para o *kapo*:

— Aí está! Aí está! Eu não disse?

O *kapo* se preparou para bater no grego com a vara.

UM DIA EM HARMENZE

— Não bata – disse o ss segurando sua mão. Sacou o revólver do coldre e se dirigiu ao grego, gesticulando de modo expressivo.

— Onde você pegou isso? Se não responder, te mato.

O grego continuou calado. O ss ergueu o revólver. Olhou para Ivan. Ele estava totalmente pálido. Nossos olhares se cruzaram. Ivan apertou os lábios e saiu da formação. Foi até o ss, tirou o gorro da cabeça e disse:

— Fui eu que dei para ele.

Todos os olhares pairaram sobre Ivan. O *Unterscharführer* ergueu a chibata e o acertou no rosto uma, duas, três vezes. Em seguida começou a bater na cabeça. A chibata assobiou e o rosto do prisioneiro cobriu-se de filetes de sangue, mas Ivan não caiu. Ficou de pé com o gorro nas mãos, firme, com os braços esticados junto ao corpo. Não curvou a cabeça; apenas balançou o corpo todo.

O *Unterscharführer* abaixou a mão.

— Anote o número e faça um relatório sobre o ocorrido. Ordinário, marche!

E fomos todos embora a passos ordenados, de militar. Atrás de nós sobraram um punhado de girassóis, um amontoado de ervas, farrapos e bolsas, maçãs pisoteadas e por trás disso tudo ficou o ganso grandioso de bico vermelho e largas asas brancas. No fim do *Komando* estava Ivan, sem que ninguém o ajudasse a andar. Atrás dele traziam dois cadáveres cobertos por galhos.

Quando passamos pela srta. Haneczka, virei minha cabeça em sua direção. Ela estava parada, pálida, com as mãos postas sobre o peito. Seus lábios tremiam de nervoso. Ergueu o olhar e me fitou. Então percebi que seus grandes olhos negros estavam cheios de lágrimas.

Após a chamada nos enfiaram nos blocos. Estávamos deitados nos beliches, espiando pelas frestas e aguardando pelo fim da limpa.

— Estou me sentindo culpado pela limpa toda, pelo fatalismo bizarro das palavras. Nesse Auschwitz maldito todas as más profecias se cumprem – eu disse.

— Não se preocupe – respondeu Kazik –, me vê alguma coisa para acompanhar esse patê.

— Você não tem tomates?

— Nem todo dia é dia de festa.

Afastei de mim os sanduíches preparados.

— Não consigo comer.

Lá fora no pátio estavam terminando a limpa. O médico da ss, tendo registrado a quantidade e o número dos selecionados, foi embora rumo ao bloco seguinte. Kazik se preparou para sair.

— Vou comprar cigarros. Mas sabe, Tadek, você é um trouxa. Porque, se alguém comesse meu cereal, eu o pegaria e bateria nele até virar geleia.

Nesse instante despontou do canto do andar de baixo da *buksa* uma cabeça enorme e grisalha que nos fitava, os

UM DIA EM HARMENZE

olhos envergonhados, piscando. Em seguida surgiu o rosto amassado e com aspecto ainda mais envelhecido de Beker.

— Tadek, quero te pedir um favor.

— Diga lá – respondi, inclinando-me até ele.

— Tadek, vou pra chaminé.

Inclinei-me ainda mais baixo e olhei em seus olhos de perto: estavam calmos e vazios.

— Tadek, eu já estou faminto há muito tempo, me dê algo para comer. Para essa última noite.

Kazik bateu em meu joelho com a mão.

— Você conhece esse judeu?

— É o Beker – respondi baixinho.

— Ei, judeu, suba aqui na *buksa* e coma à vontade. Quando já estiver de bucho cheio, leve consigo o resto para a chaminé. Suba aqui na *buksa*. Eu é que não vou dormir aqui, vai que você está com piolhos.

— Tadek – ele me puxou pelo ombro. — Venha. Tenho lá no bloco uma torta de maçã fenomenal, minha mãe que fez.

Ao descer do beliche, ele trombou no meu ombro.

— Veja – disse, cochichando.

Olhei para Beker. Ele estava com as pálpebras semi-cerradas e, como um cego, apalpando, tentava alcançar a tábua para poder subir.

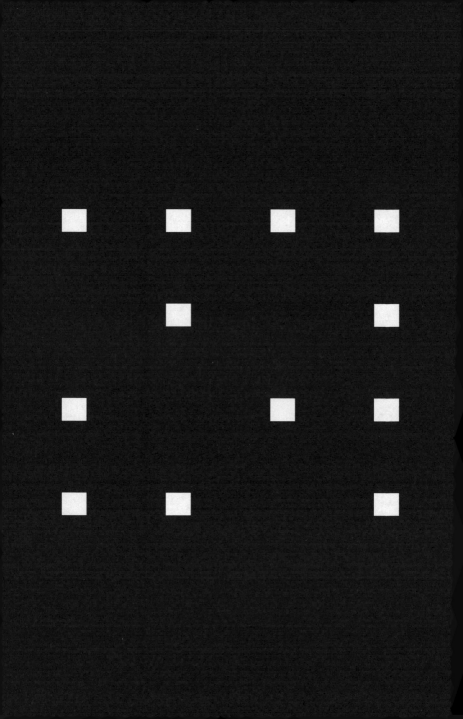

para o gás, senhoras
e senhores, para o gás

Estavam todos nus no campo. Passamos pelo despiolhamento e nos devolveram as nossas roupas, vindas dos tanques cheios de Zyklon[75] diluído na água, que liquidava com grande eficácia tanto os piolhos quanto as pessoas nas câmaras de gás. Apenas os blocos separados de nós pelos cavalos de frisa ainda não haviam recuperado suas roupas, mas tanto os de cá quanto os de lá andavam pelados: estava um calor terrível. O campo de concentração foi rigorosamente fechado.

Prisioneiro ou piolho algum ousaria cruzar o portão. O trabalho dos *Komandos* cessou. Milhares de pessoas nuas perambulavam pelas estradas e praças das chamadas; ficavam de molho junto às paredes e nos telhados durante o dia todo. A gente dormia nas tábuas, já que os colchões de palha e as cobertas estavam na desinfecção. Dos últimos blocos

75 O gás usado nas câmaras. Ver Glossário.

PARA O GÁS, SENHORAS E SENHORES, PARA O GÁS

dava para ver o FKL – lá também faziam despiolhamento. Vinte e oito mil mulheres foram despidas e enxotadas para fora dos blocos – estavam perambulando agora mesmo nas *Wieses*[76], estradas e praças.

Desde manhã cedo a gente esperava pelo almoço, comia os pacotes de víveres e visitava os amigos. As horas passavam devagar como de costume em dias de mormaço. Não havia sequer o entretenimento comum: as largas vias que levavam aos crematórios estavam vazias. Fazia alguns dias que não havia trens. Parte do Canadá foi liquidada e as pessoas de lá incorporadas ao *Komando*. Foram parar em um dos *Komandos* mais árduos, o de Harmenze, uma vez que já estavam bem alimentadas e descansadas. Afinal de contas, no campo de concentração reinava uma justiça invejosa: quando alguém abastado caía, seus amigos se esforçavam para que caísse o mais baixo possível. Era verdade que o Canadá, o nosso Canadá, podia até não cheirar a resina das árvores como o Canadá de Fiedler[77], mas cheirava a perfumes franceses, e naquele Canadá não deviam crescer tantos pinheiros altos quanto no daqui havia diamantes escondidos e moedas coletadas de toda a Europa.

76 Prado, pradaria. Em alemão no original.
77 Alusão ao best-seller do escritor polonês Arkady Fiedler, de 1935, *Kanada żywicą pachnąca* (O Canadá que cheira a resina), no qual o autor conta sua viagem a esse país.

Estávamos sentados em grupos de meia dúzia nas *buksas*, balançando as pernas despreocupados. Partilhávamos o pão branco engenhosamente assado, frágil, esfarelento e de sabor um tanto desagradável, mas que em compensação demorava semanas para embolorar. O pão vinha lá de Varsóvia. Uma semana antes minha mãe ainda o segurava nas mãos. Meu Senhor amado, meu Senhor amado...

Sacamos o lombo e a cebola e abrimos a lata de leite condensado. Henri, enorme e escorrendo suor, sonhava em voz alta com um vinho francês trazido dos trens que vieram de Estrasburgo ou dos arredores de Paris, ou de Marselha...

— Escute, *mon ami*, quando formos para a rampa de novo, trarei para você um champanhe original. Você certamente nunca o bebeu, não é?

— Não. Mas você não vai conseguir passar pelo portão com ele, então não invente. É melhor que arranje sapatos, daqueles com furinhos, com sola dupla. Sobre a camisa, nem vou falar nada, você me prometeu já faz tempo.

— Paciência, paciência. Quando chegarem os trens, trarei de tudo para você. Vamos para a rampa de novo.

— Mas quem sabe não cheguem mais trens para a chaminé? – acrescentei maldosamente. — Você está vendo como as coisas estão mais tranquilas no campo, quantidade ilimitada de pacotes, não podem mais bater em nós. Afinal de contas, vocês até escreveram cartas para casa... Ultimamente muito se fala sobre os decretos, você mesmo

PARA O GÁS, SENHORAS E SENHORES, PARA O GÁS

já ouviu falar. Além disso, ainda vai faltar gente para essa desgraça.

— Não fale besteira – a boca do marselhês obeso de rosto expressivo como de uma das miniaturas de Cosway[78] (ele era meu amigo, mas eu não sabia seu nome) estava empanturrada de sanduíche de sardinha. — Não fale besteira – repetiu, engolindo com esforço ("agora foi, droga!"). — Não fale besteira; se faltar gente, todos nós no campo de concentração vamos morrer. Todo o campo vive daquilo que eles trazem.

— Nem todo mundo, nem todo mundo. Temos os pacotes...

— Quem tem é você, seu amigo e mais uns dez de seus colegas; quem tem são vocês, poloneses, e nem todos. Mas e nós, os judeuzinhos, e os russos? Como ficamos? E se nós não tivéssemos o que comer, aquilo que arranjamos dos trens, vocês continuariam comendo esses seus pacotes tranquilamente? Nós não deixaríamos.

— Deixariam ou morreriam de fome como os gregos. Quem tem comida no campo de concentração tem poder.

— Vocês têm e nós temos, para que ficar discutindo?

Era certo que não havia sobre o que ficar discutindo. Eles tinham e eu tinha, comíamos juntos, dormíamos na mesma *buksa*. Henri fatiava o pão e fazia uma salada de tomates. Ela ficava saborosa com a mostarda do refeitório.

78 Richard Cosway (1742-1821), pintor inglês.

No bloco, abaixo de nós, perambulavam pessoas nuas, com o suor escorrendo. Vagueavam nas passagens entre as *buksas*, rentes à enorme fornalha construída de modo habilidoso, o que transformava o estábulo de cavalos (a placa com os dizeres "*verseuchte Pferde*" – cavalos infectados – ainda estava pendurada na porta) numa casa aconchegante (*gemütlich*) para mais de quinhentas pessoas. Aninhavam-se nos beliches de baixo em grupos de oito ou dez e deitavam pelados, esqueléticos, fedendo a suor e secreções com suas bochechas fundas. Abaixo de mim, lá·embaixo, estava um rabino. Ele cobria a cabeça com um pedaço de pano arrancado de um cobertor e estava lendo um livro de orações em hebraico (ali sobrava leitura desse tipo...) em sua ladainha ruidosa e monótona.

— Não tem como dar um jeito de acalmá-lo, não? Está berrando como se Deus estivesse logo ao virar a esquina.

— Não estou a fim de descer da *buksa*. Que fique ali berrando, vai para a chaminé mais rápido.

— A religião é o ópio do povo. Gosto muito de fumar ópio – acrescentou de modo sentencioso o marselhês à esquerda, que era comunista e vivia de renda ao mesmo tempo.

— Se eles não acreditassem em Deus e na vida após a morte, os crematórios já teriam sido derrubados faz tempo.

— E por que vocês não fazem isso?

A pergunta era apenas retórica, mas o marselhês respondeu.

PARA O GÁS, SENHORAS E SENHORES, PARA O GÁS

— Idiota. – Encheu a boca de tomate e fez um movimento como se fosse falar mais, porém comeu e se calou.

Estávamos justamente terminando a comilança quando começou certo alvoroço nas portas do bloco. Os muçulmanos[79] saltaram do caminho e partiram em fuga em meio às *buksas*, e o mensageiro entrou às pressas na cabine do chefe de bloco. Após um instante, o chefe de bloco saiu majestosamente.

— Canadá! *Antreten!* Mas é para já! Um trem está chegando.

— Meu Senhor! – bradou Henri, saltando da *buksa*.

O marselhês engasgou com o tomate, pegou a jaqueta e berrou *raus*[80] para aqueles sentados nas camas de baixo, que num instante já estavam na porta. Começou um tumulto nas outras *buksas*. O Canadá estava saindo para a rampa.

— Henri, os sapatos! – gritou ao me despedir.

— *Keine Angst!*[81] – respondeu já do lado de fora.

Embalei a comida, amarrei com cordas a mala na qual estavam as sardinhas e a cebola e os tomates do jardim do meu pai em Varsóvia. Já o lombo do Bacutil[82] de Lublin (isto é, do meu irmão) estava misturado às mais autênticas

---

79 Uma pessoa completamente arrasada física e espiritualmente. Ver Glossário.

80 "Para fora!" Em alemão no original.

81 "Não se preocupe!" Em alemão no original.

82 Empresa de processamento de resíduos animais.

frutas secas de Tessalônica. Amarrei, puxei minhas calças e desci da *buksa*.

— *Platz!*[83] – gritei, me apertando entre os gregos. Afastaram-se para o lado. Topei com Henri na porta.

— *Allez, allez, vite, vite!*[84] – ele disse.

— *Was ist los?*[85]

— Você quer ir para a rampa conosco? – Henri perguntou.

— Posso ir, sim.

— Então vamos, pegue sua jaqueta! Estão faltando pessoas, conversei com o *kapo* – disse, me empurrando para fora do bloco.

Entramos em formação, alguém anotou nossos números, outra pessoa na dianteira berrou "marche, marche" e fomos correndo até o portão, conduzidos pelos brados da multidão multilíngue, que estava sendo enfiada dentro dos blocos a chibatadas. Não era qualquer um que podia ir à rampa... Nos despedimos do pessoal e já estávamos no portão.

— *Links, zwei, drei, vier! Mützen ab!*[86]

De postura ereta, com as mãos postas firmemente sobre os quadris, cruzamos o portão a passos ligeiros, enérgicos, quase com graciosidade. O ss sonolento, com uma grande

---

83 "Liberem espaço, saiam da frente!" Em alemão no original.
84 "Vamos, vamos. Rápido, rápido!" Em francês no original.
85 "O que houve?" Em alemão no original.
86 "Esquerda, dois, três, quatro! Tirem o gorro!" Em alemão no original.

PARA O GÁS, SENHORAS E SENHORES, PARA O GÁS

prancheta na mão, nos contabilizou morosamente, separando com gestos cada grupo de cinco pessoas.

— *Hundert!*[87] – gritou quando o último quinteto passou por ele.

— *Stimmt!*[88] – os da dianteira responderam com vozes roucas.

Marchamos velozes, quase correndo. Havia muitos guardas, eram jovens, com metralhadoras. Passamos por todos os setores do campo II B: o campo de concentração inabitado C, o tcheco, a quarentena. Nos emaranhamos entre as pereiras e macieiras do *Truppenlazarett*[89]: no verde desconhecido, como de outro mundo, que se alastrou estranhamente nesses dias de sol. Fizemos um arco para desviar das barracas, atravessamos as correntes da grande *Postenketta*[90], pegamos correndo a estrada e chegamos. Mais algumas dezenas de metros e lá estava a rampa em meio às árvores.

Era uma rampa com ar bucólico, como o das isoladas estações provincianas. A pracinha emoldurada pelo verde das árvores altas era coberta de cascalho. Ao lado, junto à estrada, encontrava-se uma barraquinha miúda de madeira, mais feia e capenga do que a mais feia e capenga das

---

87 "Cem!" Em alemão no original.
88 "Procede, está correto!" Em alemão no original.
89 Hospital de campanha. Em alemão no original. Ver Glossário.
90 Linha dos postos de guarda, dos vigias. Em alemão no original.

cabines de estação. Mais adiante ficavam enormes pilhas de trilhos, dormentes, montes de tábuas, partes de barracas, tijolos, pedras, tubos de concreto. Era dali que carregavam a mercadoria para Birkenau: o material para a expansão do campo de concentração e as pessoas para a câmara de gás. Um dia de trabalho como qualquer outro: chegavam os carros; as tábuas, o cimento; as pessoas eram levadas...

Os guardas se espalhavam pelos trilhos e vigas, sob a sombra verde das castanheiras silesianas, e cercavam a rampa formando um círculo estreito. Secavam o suor da testa, bebiam de seus cantis. Fazia um calor tremendo, o sol estava cravado no zênite, imóvel.

— Fora de forma, marche!

Nos sentamos nas nesgas de sombra junto aos trilhos. Os gregos famintos (meia dúzia deles se esgueirou até ali, sabe Deus como) estavam fuçando em meio aos trilhos, alguém encontrava uma lata de conservas, nacos de pão mofados, sardinhas mordidas pela metade. Eles comeram.

— *Schweinedreck*[91] – um guarda jovem e alto, de cabelos volumosos e claros e olhos azuis sonhadores, cuspiu neles.

— Afinal logo vocês terão tanto para encher o bucho que nem vão dar conta. Vão ficar enfastiados por um bom tempo. – Ajeitou a metralhadora e secou o rosto com um lenço.

— São vermes – concordamos.

91 "Seus porcos." Em alemão no original.

PARA O GÁS, SENHORAS E SENHORES, PARA O GÁS

— Ei, gordão – o sapato do guarda encostou suavemente na nuca de Henri. — *Pass mal auf*[92], você quer beber?

— Quero, mas não tenho marcos – respondeu o francês com traquejo.

— *Schade*, que pena.

— Mas, *Herr Posten*[93], será que minha palavra não vale mais nada? *Herr Posten* já não fez negócios comigo? *Wieviel?*[94]

— Cem. *Gemacht?*[95]

— *Gemacht*.

Bebemos água, insossa e sem gosto, bancada com o dinheiro das pessoas que ainda não chegaram.

— Mas tome cuidado, hein – disse o francês, lançando a garrafa vazia, que se estilhaçou mais adiante, nos trilhos –, não pegue grana porque pode haver uma revista. Além do mais, para que diabos você precisa de dinheiro se já tem o que comer. Não pegue roupas também, porque isso já entra como suspeita de fuga. Pegue uma camisa, mas só se for de seda e com colarinho. Enfie uma camiseta por baixo. E se você achar algo para beber não me chame. Eu me viro, e tome cuidado para não levar uma na fuça.

— Eles batem?

---

92 "Preste atenção." Em alemão no original.
93 "Seu guarda." Em alemão no original.
94 "Quanto?" Em alemão no original.
95 "Feito?" Em alemão no original.

— Faz parte. É preciso ter olhos nas costas, *arschaugen*.

Os gregos estavam sentados ao nosso redor, moviam afoitos suas mandíbulas, tal como enormes insetos humanos que, gulosos, devoravam as bolotas apodrecidas de pão. Estavam apreensivos, não sabiam o que iam fazer. As vigas e trilhos os deixavam inquietos. Não gostavam de carregar peso.

— *Was wir arbeiten?*[96] – perguntaram.

— *Niks. Transport kommen, alles Krematorium, compris?*[97]

— *Alles verstehen*[98] – responderam no esperanto dos crematórios. Acalmaram-se: não iriam carregar trilhos nos caminhões nem levar vigas.

Enquanto isso, havia cada vez mais barulho e gente na rampa. Os *Vorarbeiters* dividiam os grupos entre si, apontando alguns para abrir e descarregar os vagões que deviam chegar, enquanto mandavam outros para as escadas de madeira, explicando a tarefa seguinte. Eram escadas portáteis e firmes, como aquelas usadas para subir numa tribuna. Fazendo um estrondo, chegaram as motocicletas que traziam os suboficiais da ss cobertos de condecorações prateadas. Eram homens robustos, bem alimentados, de

---

96 "O que temos que fazer?" Em alemão, com erros, no original.

97 "Quando o trem chegar, todos para o crematório, entendido?" Em alemão e francês, com erros, no original.

98 "Entendido." Em alemão, com erros, no original.

PARA O GÁS, SENHORAS E SENHORES, PARA O GÁS

botas de cano longo engraxadas e rostos brilhantes e grosseiros. Alguns deles vinham com maletas, outros tinham varas de bambu flexíveis nas mãos. Isso lhes dava um aspecto de prontidão e vivacidade militar. Entraram no refeitório – aquela barraca miserável servia de refeitório –, onde no verão bebiam água mineral Studentenquelle; já no inverno eles se aqueciam com vinho quente. Cumprimentaram-se à moda romana, estendendo oficialmente um braço, e em seguida apertaram cordialmente as mãos, trocaram sorrisos afáveis, conversaram sobre as cartas, as notícias de casa, os filhos, e mostraram fotos uns aos outros. Alguns deles caminharam pomposos pela praça, o cascalho rangeu, suas botas rangeram, os adornos prateados de seus colarinhos reluziram e as varas de bambu assobiaram impacientes.

A multidão de listras variadas estava deitada ao lado dos trilhos nas nesgas estreitas de sombra e, respirando com dificuldade e de modo irregular, papearam, cada um no seu idioma, e olharam com preguiça e indiferença para as majestosas pessoas de fardas verdes, para o verde próximo e inalcançável das árvores, para a torre da igrejinha distante da qual ressoava naquele instante a hora do ângelus atrasada.

— O trem está vindo – disse alguém, e todos se ergueram com expectativa.

Vagões de carga surgiram do lado de lá da curva: o trem estava vindo de ré, o ferroviário de pé no vagão de frenagem se espichava para fora, acenava com a mão e assobiava.

A locomotiva respondeu com outro apito, arrepiante, soltava fumaça, e o trem arrastava-se lentamente ao longo da estação. Nas pequenas janelas gradeadas podiam-se ver rostos pálidos, amassados e com aspecto de quem não dormia havia tempos – mulheres apavoradas e despenteadas e homens com cabelos, o que para nós era algo exótico. Passaram lentamente, calados, observando a estação. Então dentro do vagão começou um alvoroço e as pessoas bateram nas paredes de madeira.

— Água, por favor! Ar! – ouviam-se clamores surdos e desesperados.

Rostos despontaram fora das janelas e bocas aspiraram o ar desesperadas. Assim que captaram bocados de ar, as pessoas à janela desapareceram; outras voltaram a seus lugares e desapareceram de igual modo. Os gritos e estertores tornaram-se cada vez mais ruidosos.

Um sujeito de farda verde, com mais adorno de prata que os demais, torceu os lábios com desgosto. Tragou o cigarro, jogou-o fora num gesto súbito, passou a maleta da mão direita para a esquerda e acenou para o guarda. Este baixou lentamente a metralhadora do ombro, mirou e disparou uma rajada pelos vagões. Caiu o silêncio. Enquanto isso, chegaram os caminhões, banquinhos foram dispostos próximo a eles, e os guardas se posicionaram de modo estratégico junto aos vagões. O gigante com a maleta acenou com a mão.

— Aquele que for pego com ouro ou qualquer coisa que

não seja de comer será fuzilado como ladrão da propriedade do Reich. Entendido? *Verstanden?*

— *Jawohl!*[99] – gritamos de modo desarmonioso, mas vigorosamente.

— *Also loos!*[100]

As cancelas rangeram, abriram-se os vagões. Uma onda de ar fresco invadiu seu interior, atingindo as pessoas como um gás venenoso. Amontoadas de modo terrível, esmagadas pela quantidade monstruosa de bagagem, malas, maletas, malotes, mochilas e trouxas de toda sorte (uma vez que traziam tudo o que configurava sua antiga vida e haveria de servir para dar início a uma nova), elas se aninharam numa compressão assustadora, desmaiando de calor, sufocando a si mesmas e aos demais. Agora se concentravam junto às portas abertas, arfando como peixes jogados na areia.

— Atenção, desembarquem com suas coisas. Levem tudo. Todas as suas tralhas devem ser postas na pilha ao lado do vagão. Entreguem os casacos. Agora é verão. Marchar à esquerda. Entendido?

— Moço, o que será de nós? – as pessoas desceram ao cascalho, inquietas e abaladas.

— Vocês são de onde?

---

99 "Positivo!" Em alemão no original.
100 "Ao trabalho!" Em alemão no original.

— De Sosnowiec, Będzin. Moço, o que acontecerá agora? – repetiam a pergunta com insistência, cravando ansiosamente seus olhares nos exaustos olhos alheios.

— Não sei, não falo polonês.

Esta era a lei do campo: enganar até o último instante as pessoas que estavam indo para a morte. Essa era a única forma de piedade aceitável. Fazia um calorão tremendo. O sol atingiu o zênite, o céu aquecido tremulava e o vento, que volta e meia passava por nós, era como ar escaldante e úmido. Os lábios já estavam todos rachados, sentimos na boca o gosto salgado de sangue. O corpo estava fraco e desobediente de tanto ficar sob o sol. Beber alguma coisa, ah, beber.

Uma onda policromática maciça, similar a um rio cego e desnorteado que busca por um novo leito, se esparramava para fora do vagão. Mas, antes de voltarem a si, atingidos pelo ar fresco e pelo aroma do verde das árvores, já lhes arrancaram as trouxas das mãos, tiraram seus casacos, sacaram as bolsas das mulheres e lhes tomaram os guarda-chuvas.

— Moço, moço, mas isso é para proteger do sol, eu não posso...

— *Verboten*[101] – ladraram entredentes em um sibilo ruidoso.

Atrás de nós estava o ss, calmo, comedido, profissional.

---

101 "Proibido." Em alemão no original.

PARA O GÁS, SENHORAS E SENHORES, PARA O GÁS

— *Meine Herrschaften*, meus senhores, não joguem as coisas desse jeito. É preciso demonstrar um pouquinho de boa vontade – disse, em tom gentil, enquanto a fina chibata de bambu se curvava nervosamente em suas mãos.

— Sim, senhor – responderam as inúmeras vozes ao passar, mais ligeiras, ao longo dos vagões. Uma mulher se curvou rapidamente, erguendo a bolsa. A chibata assobiou, a mulher gritou, tropeçou e caiu em meio às pernas da multidão. Uma criança correndo atrás dela choramingou "*Mamele*"[102] – era uma garotinha miúda e despenteada.

Cresceu a pilha de coisas, malas, trouxas, mochilas, mantas, roupas e bolsas que, ao despencar, se abriram e esparramaram cédulas coloridas e iridescentes, ouro, relógios. Diante das portas dos vagões se amontoaram pão, potes de geleias de várias cores, cresceram os montes de presunto e linguiças, e o açúcar se esparramou pelo cascalho. Os veículos abarrotados de pessoas partiram em um ribombar infernal, em meio aos prantos e gritos das mulheres que lamentavam por seus filhos e ao silêncio desnorteado dos homens que subitamente se viam sozinhos. Estes foram à direita. Eram jovens e saudáveis e iam para o campo de concentração. Não escapariam do gás, mas primeiro iriam trabalhar.

Os veículos partiam e retornavam sem trégua, como que numa horrenda esteira. A ambulância da Cruz Vermelha

102 "Mamãe." Em iídiche no original.

circulava sem parar. A enorme cruz sangrenta no capô do motor se derreteu ao sol. A ambulância se movimentava incansavelmente: era nela que se transportava o gás com o qual as pessoas foram envenenadas.

Aqueles do Canadá que estavam junto às escadas não tinham sequer um momento de trégua. Fazia-se a separação daqueles que iam para o gás dos que iam para o campo de concentração. Os primeiros foram empurrados nas escadas e enfiados nos caminhões em grupos de mais ou menos sessenta pessoas.

Ao lado ficava um homem jovem, de barba feita, um ss com um bloco de notas na mão. Para cada caminhão ele fazia um traço no papel; quando partissem dezesseis veículos seriam mil pessoas, aproximadamente. O homem era comedido e preciso. Não partia caminhão algum sem que ele tomasse nota e fizesse seu traço: *Ordnung muss sein*[103]. Os traços ultrapassavam os milhares, os milhares se tornavam trens inteiros, que eram identificados, brevemente, como "de Salônica", "de Estrasburgo", "de Rotterdam". Este é chamado ainda hoje de "Będzin". Mas em definitivo foi chamado de "Będzin-Sosnowiec". Aqueles do trem que iam para o campo de concentração recebiam os números: 131, 132. É claro que 131 mil e 132 mil, mas para abreviar a gente falava exatamente assim: 131, 132.

---

103 "É preciso haver ordem." Em alemão no original.

PARA O GÁS, SENHORAS E SENHORES, PARA O GÁS

Os trens viraram semanas, meses e anos. Quando acabou a guerra, contaram os incinerados. Contabilizaram 4,5 milhões. A mais sangrenta batalha da guerra, a maior vitória da Alemanha solidária e unida. *Ein Reich, ein Volk, ein Führer*[104] – e quatro crematórios. Mas em Auschwitz havia dezesseis crematórios capazes de queimar 50 mil por dia. O campo de concentração se expandia até beirar sua cerca elétrica no rio Vístula. Nele moraram 300 mil pessoas de uniforme listrado e se chamava Verbrecher-Stadt, isto é, "Cidade dos Criminosos". Não, não faltou gente, não. Queimaram os judeus, queimaram os poloneses, queimaram os russos, veio gente do oeste e do sul, do continente e das ilhas. Veio gente de uniforme listrado, reconstruíram as cidades alemãs destruídas, foram arar a terra inculta, e quando os prisioneiros perderam as forças no trabalho impiedoso, no eterno *Bewegung! Bewegung!*[105] – abriram as portas das câmaras de gás. As câmaras foram aprimoradas, mais econômicas e mais engenhosamente camufladas. Eram como aquelas em Dresden, sobre as quais circularam lendas.

Já esvaziaram os vagões. O ss magro e com cicatrizes da varíola espiava calmamente o interior do vagão, acenou desgostoso com a cabeça, nos abarcou com o olhar e apontou para o interior.

104 "Um império, uma nação, um líder." Em alemão no original.
105 "Movimento! Movimento!" Em alemão no original.

— *Rein*. Limpem!

A gente saltou para dentro. Espalhados pelos cantos em meio aos excrementos humanos e relógios perdidos estavam bebês sufocados e pisoteados, monstrinhos nus de cabeças enormes e barrigas inchadas. A gente os removeu como se fossem pintinhos, levando uns dois ou três em cada mão.

— Não os leve para os caminhões. Entregue às mulheres – disse o ss, acendendo um cigarro. Seu isqueiro emperrou, ele ficou completamente absorto nisso.

— Mas peguem esses bebês, pelo amor de Deus – vociferei, pois as mulheres fugiam de mim apavoradas, abaixando a cabeça.

O nome de Deus foi invocado ali de modo estranho e desnecessário porque as mulheres com crianças foram para o caminhão, todas, sem exceção. Todos nós sabíamos muito bem o que isso significava e olhamos uns para os outros com ódio e pavor.

— Como é? Não querem pegar? – disse com surpresa e em tom repreensivo o ss com cicatrizes de varíola, que começou a desabotoar o coldre do revólver.

— Não precisa atirar. Eu levo.

Uma senhora grisalha e alta pegou os bebês de mim e por um instante me fitou diretamente nos olhos.

— Bebê, bebezinho – sussurrou, sorrindo. Foi embora tropeçando no cascalho.

PARA O GÁS, SENHORAS E SENHORES, PARA O GÁS

Me apoiei na parede do vagão. Estava muito cansado. Alguém me puxou pelo braço.

— *En avant*[106], para junto dos trilhos, venha!

Eu olhei, um rosto saltou diante de meus olhos, se dissolveu e se misturou, enorme e transparente, com as árvores imóveis e, sabe-se lá por quê, negras, e com a multidão que transbordava... Abri e fechei velozmente minhas pálpebras: era Henri.

— Escute, Henri. Será que somos pessoas boas?

— Qual o sentido dessa pergunta idiota?

— Veja só, meu amigo, dentro de mim está crescendo uma raiva completamente incompreensível dessas pessoas, já que por causa delas eu tenho de estar aqui. Não fico com pena de algumas delas por estarem indo para o gás. Que o chão se abra debaixo de todas. Eu seria capaz de avançar aos socos contra elas. Mas isso só pode ser patológico, não consigo entender.

— Ah, pois muito pelo contrário, isso é normal, previsível e esperado. A rampa te deixa exausto, você se revolta, e é mais fácil descontar sua raiva no mais fraco. É até mesmo desejável que você a extravase. Pelo menos é isso que me diz o bom senso, *compris?* – arrematou em francês de modo um tanto irônico, ajeitando-se confortavelmente junto aos trilhos. — Veja só os gregos, esses sabem

106 "Para a frente." Em francês no original.

aproveitar! Devoram tudo no que põem as patas; um deles comeu um pote inteiro de marmelada na minha frente.

— Vermes. Amanhã metade deles vai morrer de caganeira.

— Vermes? Você também já passou fome.

— Vermes – repeti obstinado. Fechei os olhos, ouvi gritos, sentia o tremor da terra e o ar abafado nas pálpebras. Estava com a garganta completamente seca.

As pessoas passavam e passavam sem parar, os veículos rosnavam como cães enfurecidos. Passavam diante de meus olhos cadáveres removidos dos vagões, crianças pisoteadas, aleijados colocados junto aos defuntos, gente e mais gente e mais gente... Os vagões se arrastavam, os montes de farrapos, malas e mochilas cresciam, as pessoas saíam, observavam o sol, respiravam um pouco, mendigavam água, entravam nos caminhões e iam embora. De novo chegavam os vagões, gente de novo... Sentia as imagens se misturando dentro de mim, não sabia se isso estava acontecendo de verdade ou se estava sonhando. De repente vi o verde das árvores, que balançavam junto com a rua toda, com a multidão colorida, mas – eram as avenidas! Estava com um zumbido no ouvido, sentia que ia vomitar.

Henri me sacudiu pelo ombro.

— Não durma. Vamos carregar as tralhas.

Já não havia pessoas. Os últimos caminhões se deslocaram distantes pela estrada, erguendo enormes nuvens de poeira; o trem tinha ido embora, os ss caminhavam

PARA O GÁS, SENHORAS E SENHORES, PARA O GÁS

majestosamente pela rampa deserta, com a prata cintilando nas lapelas. As botas bem engraxadas reluziam e seus rostos corados brilhavam. Em meio a eles, havia uma mulher seca, sem peitos e ossuda, e foi só então que me dei conta de que ela estava ali o tempo todo. Havia penteado para trás os cabelos ralos e sem cor e os amarrou em um nó "nórdico", enfiou as mãos nos bolsos da larga saia. Ela caminhou de um canto a outro da rampa com um sorriso obstinado de ratazana cravado nos lábios secos. Odiava a beleza feminina com o ódio de uma mulher que era consciente da repulsa que causava. Sim, já a tinha visto algumas vezes e me recordava bem dela: era a comandante do FKL, tinha vindo dar uma olhada em suas aquisições, pois parte das mulheres tinha sido afastada dos caminhões e iria a pé para o campo. Os nossos rapazes, barbeiros da *Zauna*, as privariam por completo dos cabelos e se divertiriam com os pudores delas.

Carregamos então as tralhas. Erguemos as malas pesadas, espaçosas, abarrotadas, e as lançamos com esforço no veículo. Lá foram colocadas, amontoadas e empurradas em pilhas densas, e cortamos o que era possível com faca – por prazer e em busca de vodca e perfumes, que despejamos diretamente em nós mesmos. Uma das malas se abriu, jorraram para fora roupas, camisas, livros... Agarrei uma trouxa, estava pesada, desenrolei-a: era ouro, dois bons punhados, caixas de relógio, braceletes, anéis, colares, diamantes.

— *Gib hier*[107] – disse calmamente o ss, estendendo a maleta aberta, cheia de ouro e moedas estrangeiras coloridas. Ele a fechou, entregou ao oficial, pegou uma outra, vazia, e ficou à espreita junto de outro caminhão. Esse ouro iria para o Reich.

Fazia um calorão, um calorão daqueles. O ar estava parado tal como uma viga escaldante. As gargantas estavam secas, cada palavra proferida causava dor. Ah, se pudéssemos beber algo. De modo febril, contanto que fosse rápido, contanto que a gente fosse para a sombra, para descansar. Terminamos de carregar, os últimos caminhões foram embora, recolhemos minuciosamente todo tipo de papelzinho dos trilhos, catamos do meio do cascalho a sujeira miúda que veio no trem "para que não restasse nenhum vestígio dessa nojeira toda" e, no instante em que o último caminhão sumiu por trás das árvores, e nós fomos – finalmente! – para os trilhos descansar e beber algo (quem sabe o francês comprasse do guarda de novo?), do lado de lá da curva ressoou o apito do guarda ferroviário. E devagar, incrivelmente devagar, arrastavam-se os vagões, a locomotiva respondeu com um apito estridente, rostos amarrotados e pálidos, planos – como se fossem recortados de papel, com olhos enormes, ardentes e febris –, olhavam das janelas. Os caminhões já haviam chegado, o homem calmo do bloco de notas já

---

107 "Dê aqui." Em alemão no original.

PARA O GÁS, SENHORAS E SENHORES, PARA O GÁS

chegara, e os ss com as maletas para o ouro e dinheiro já haviam saído do refeitório. Abrimos os vagões.

Não, já não dava para manter o controle. Arrancamos brutalmente as malas das mãos das pessoas, tiramos suas jaquetas aos trancos. Andem, andem, desapareçam. Elas andaram, desapareceram. Homens, mulheres, crianças. Alguns deles já sabiam.

Eis que surgiu uma mulher andando com rapidez, se apressando discretamente, mas de modo febril. Uma criança pequena, de rosto enrubescido e bochechudo de querubim, veio correndo atrás dela, não conseguia alcançá-la e erguia as mãozinhas, chorando:

— Mamãe! Mamãe!

— Ô mulher, pegue logo essa criança!

— Mas, senhor, essa criança não é minha, senhor, ela não é minha! – a mulher gritou histérica e fugiu, cobrindo o rosto com as mãos. Ela queria se esconder para chegar a tempo ao grupo das que não iriam no caminhão, aquelas que iriam a pé, aquelas que viveriam. Ela era jovem, cheia de saúde, bonita, e queria viver.

Mas a criança correu atrás dela, queixando-se a toda a voz:

— Mamãe, mamãe, não fuja.

— Ela não é minha, não é minha!

Até que Andrei, o marinheiro de Sebastopol, a pegou. Estava com as vistas turvas de vodca e por causa do calor.

Ele a atingiu e derrubou com um golpe impetuoso de braço; pegou-a pelos cabelos enquanto ela caía e ergueu-a novamente. Ele estava com o rosto retorcido de raiva.

— *Ah ty, iebit tvoiu mat', bliad' ievrieiskaia!*[108] Está fugindo do próprio filho! Eu vou mostrar para você, sua puta! – Pegou-a pela cintura, esganou com a mão a garganta que queria gritar e a lançou impetuosamente para dentro do caminhão, como se fosse um saco pesado de grãos.

— Toma! E leve isso contigo também! Sua cadela! – e enfiou a criança no meio de suas pernas.

— *Gut gemacht*[109], é assim que se deve punir mães desnaturadas – disse o ss de pé junto ao veículo.

— *Gut, gut ruski.*[110]

— *Maltchi!*[111] – vociferou entredentes Andrei, e afastou-se rumo aos vagões. Pegou um cantil escondido no monte de farrapos, destampou e levou à boca, e depois à minha. O álcool queimou a garganta. Estava com um zumbido na cabeça, minhas pernas bambeavam e sentia ânsia de vômito.

De repente, no meio de toda aquela onda humana que avançava cegamente rumo aos caminhões como um rio movido por uma força invisível, despontou uma moça que

---

108 "Ah, vai se foder, sua puta judia desgraçada!" Em russo no original.
109 "Fez bem." Em alemão no original.
110 "Bom, bom russo." Em alemão no original.
111 "Fique quieto!" Em russo no original.

PARA O GÁS, SENHORAS E SENHORES, PARA O GÁS

saltou com leveza do vagão sobre o cascalho e lançou um olhar observador à sua volta, tal como alguém que estava muito admirada com alguma coisa.

Seus cabelos claros e volumosos se espalharam em uma onda suave pelos ombros, ela os afastou impaciente. Passou as mãos num reflexo impensado pela blusinha e deu uma ajeitada ligeira na saia. Ficou parada assim por um instante. Por fim, desprendeu o olhar da multidão e passou por nossos rostos como se estivesse à procura de alguém. Busquei inconscientemente seu olhar, que cruzou com o meu.

— Moço, moço, me diga, para onde eles nos levarão?

Olhei para ela. Lá estava, de pé, à minha frente, uma garota de blusa de cambraia fresca, cabelos claros maravilhosos e belos seios, com um olhar sábio e maduro. Estava lá parada, olhando bem no meu rosto e esperando. Ali estava a câmara de gás: a morte coletiva, hedionda e repugnante. Ali estava o campo de concentração: todos de cabeça raspada, com as calças soviéticas, revestidas de algodão durante o mormaço, o odor asqueroso e nauseante do corpo feminino sujo e queimado, a fome animalesca, o trabalho desumano e aquela mesma câmara de gás, só que ali a morte era ainda mais hedionda, ainda mais repugnante e ainda mais terrível. Quem ali entrasse nem suas cinzas levaria até o *Postenketta*. Não retornaria à vida de antigamente.

"Para que foi trazer isso, se eles tomarão dela mesmo", pensei involuntariamente ao ver em seu pulso um belo relógio com uma pulseira dourada miudinha. A Tuśka tinha um igualzinho, só que com uma fita preta fininha.

— Responda, moço.

Fiquei calado. Cerrei os lábios.

— Já sei – disse com uma nota de desdém aristocrático na voz, erguendo a cabeça e levantando o queixo. Foi sem medo em direção aos caminhões. Alguém tentou pará-la, mas ela, resoluta, o empurrou para o lado e subiu correndo as escadas do caminhão já quase lotado. Avistei de longe seus cabelos claros volumosos, esvoaçando e balançando com o movimento.

Entrei nos vagões, retirei os bebês e joguei as malas para fora. Encostei em defuntos, mas não conseguia superar aquele pavor selvagem que crescia dentro de mim. Fuji deles, mas eles estavam jogados por toda parte: deitados lado a lado no cascalho, na borda de cimento da plataforma, nos vagões. Bebês, mulheres nuas repulsivas, homens retorcidos em convulsões. Fuji o mais longe possível. Alguém me açoitou com a chibata pelas costas, com o canto do olho avistei o ss praguejando, me afastei dele e me misturei no grupo do Canadá de uniforme listrado. Finalmente consegui me esconder ao longo do trilho. O sol se inclinava sobre o horizonte e inundava a rampa com a luz sangrenta. As sombras das árvores se estendiam tenebrosamente. Em meio ao silêncio que caía na natureza com o entardecer, a gritaria humana reverberava cada vez mais ruidosa e persistente.

PARA O GÁS, SENHORAS E SENHORES, PARA O GÁS

Era só dali, junto aos trilhos, que dava para ver todo o inferno da rampa fervilhante. Um casal caiu no chão, unido num abraço desesperado. Ele agarrava com fúria o corpo dela com os dedos, cravando os dentes em sua roupa. Ela gritava histérica, xingava, praguejava, até que, pisoteada por uma bota, soltou um grito em estertor e silenciou. Eles os desgrudaram como dois pedaços de madeira e os enfiaram como animais dentro do caminhão. Lá estavam quatro do Canadá erguendo um cadáver, uma mulher enorme e inchada. Praguejavam; estavam cobertos de suor pelo esforço, espantavam aos pontapés as crianças perdidas que choravam por todos os cantos da rampa, uivando como cachorros. Eles as pegavam pelo pescoço, pela cabeça, pelos braços e jogavam no monte, no caminhão. Aqueles quatro não davam conta de erguer a mulher até o veículo, chamaram outros e, em uma labuta coletiva, empurraram o monte de carne até a plataforma. Trouxeram cadáveres enormes, bojudos e inchados da rampa toda. Enfiaram os aleijados, paralisados, esmagados e inconscientes. O monte de cadáveres se remexeu, ganiu, uivou. O motorista ligou o motor. Foi embora.

— *Halt! halt!* – berrou de longe o ss. — Pare, pare, que droga!

Estavam arrastando um velhinho de fraque com uma faixa no ombro. O velho bateu a cabeça no cascalho, nas pedras, gemia e sem trégua começou sua lamúria: "*Ich will mit dem Herrn Kommendanten sprechen*"[112]. Ele repetiu isso com insistência senil o caminho todo. Tendo sido jogado no caminhão, tendo sido pisado pelo pé de alguém e esmagado, seguiu arquejando *"Ich will mit dem..."*.

— Acalme-se de uma vez, o que é isso! – um jovem ss disse a ele, gargalhando ruidosamente. — Daqui a meia hora você vai conversar com o maior de todos os comandantes! Só não se esqueça de dizer *Heil Hitler* a ele!

Outros estavam levando uma garotinha sem uma perna: seguraram pela mão e por sua única perna restante. Lágrimas escorreram por seu rosto, ela sussurrava chorosa: "Está doendo, está doendo...". Enfiaram-na no caminhão em meio aos cadáveres. Seria queimada viva junto com eles.

Caiu a noite fresca e estrelada. Estávamos deitados nos trilhos. Fazia um silêncio imensurável. As lâmpadas anêmicas estavam acesas nos postes, a escuridão impenetrável se estendia além do círculo de luz. Bastaria um passo dentro dela e o sujeito desapareceria sem volta. Os olhos dos guardas, porém, fitavam atentos. As metralhadoras estavam prontas para disparar.

— Trocou os sapatos? – me perguntou Henri.

— Não.

— Por quê?

— Para mim já chega, já chega mesmo!

---

112 "Quero falar com o senhor, comandante." Em alemão no original.

PARA O GÁS, SENHORAS E SENHORES, PARA O GÁS

— Logo depois do primeiro trem? Pois imagine eu! Acho que desde o Natal já devem ter passado 1 milhão de pessoas pelas minhas mãos. Os piores trens são os que vêm dos arredores de Paris: a gente sempre topa com algum conhecido.

— E o que você diz a eles?

— Que estão indo tomar banho e que depois nos encontraremos no campo de concentração. Você diria o quê?

Fiquei calado. Bebemos o café misturado com álcool, alguém abriu uma lata de cacau em pó, misturou com açúcar. Pegamos com a mão, o cacau grudou na boca. De novo café, de novo álcool.

— Henri, pelo que estamos esperando?

— Virá mais um trem. Mas não é certeza.

— Se vier, não vou descarregar. Não dou conta.

— Foi demais para você, hein? Prefere o Canadá? – Henri abriu um sorriso bonachão e sumiu em meio às trevas. Retornou após um instante.

— Está bem. Só tome cuidado para que nenhum ss te pegue. Você vai ficar sentado aqui o tempo todo e dou um jeito de arrumar os sapatos para você.

— Não me encha com esses sapatos.

Queria dormir. Era noite profunda.

De novo *Antreten* e de novo um trem. Os vagões emergiam da escuridão, passavam pelo filete de luz e desapareciam novamente nas trevas. A rampa era pequena e o alcance da luz era menor ainda. Íamos descarregar mais um. Os caminhões rugiam em algum lugar, chegavam até as escadas tenebrosamente negras e iluminavam as árvores com holofotes. *Wasser! Luft!*[113] A mesma coisa, tudo de novo, a sessão atrasada daquele mesmo filme: dispararam uma rajada de metralhadora, os vagões se acalmaram. Só que dessa vez uma garotinha que espichou metade do corpo para fora da janelinha do vagão perdeu o equilíbrio e caiu no cascalho. Ficou deitada, desnorteada por um instante, mas por fim se ergueu e começou a andar em círculos, cada vez mais veloz, balançando os braços de maneira rígida como se fizesse exercícios, puxando o ar ruidosamente e berrando de maneira monótona e estridente. Ao se sufocar, teve um ataque de pânico. Ela estava dando nos nervos, logo um ss veio correndo e a chutou nas costas com as botas de biqueira de aço: ela caiu. Pisou nela, sacou o revólver e disparou uma, duas vezes: ela ficou lá, chutando o chão com as pernas até que por fim parou. Começaram a abrir os vagões.

Estava junto aos vagões novamente. Irrompeu um odor abafado e doce. Uma montanha humana, horrendamente emaranhada e imóvel, mas ainda expirando vapor, preencheu o vagão até a metade.

— *Ausladen!*[114] – reverberou a voz do ss que despontou

---

113 "Água! Ar!" Em alemão no original.
114 "Descarreguem!" Em alemão no original.

PARA O GÁS, SENHORAS E SENHORES, PARA O GÁS

da escuridão. Ele tinha um refletor portátil pendurado no peito. Iluminou o interior do vagão.

— Por que é que vocês estão parados aí feito idiotas? Descarreguem! – e a chibata assobiou sobre nossas costas. Peguei um cadáver: sua mão se enlaçou na minha em uma contração involuntária. Desvencilhei-me com um grito e fugi. Meu coração bateu disparado e me deu um nó na garganta. O enjoo me derrubou de vez. Vomitei curvado junto ao vagão. Cambaleando, me esgueirei para o lado dos trilhos.

Estava deitado no ferro bom e frio, sonhando com o retorno ao campo, com o beliche sem colchão de palha, com um pouquinho de sono em meio aos camaradas que de noite não iriam ao gás. De repente o campo de concentração me pareceu um oásis de calmaria. Eram sempre os outros que iam morrendo, enquanto eu seguia vivo de algum jeito, tinha o que comer, tinha forças para trabalhar, tinha pátria, casa, namorada...

As luzes piscavam assombrosamente, a horda de pessoas seguia sem trégua, turva, febril e desnorteada. Elas tinham a impressão de que começariam uma nova vida no campo de concentração e se preparavam psicologicamente para uma luta árdua pela existência. Não sabiam que logo morreriam e que o ouro, o dinheiro, os diamantes que de modo tão precavido escondiam nas costuras e emendas da roupa, nas solas dos sapatos e cavidades do corpo já não lhes seriam necessários. As pessoas profissionais e traquejadas iriam remexer suas entranhas, removeriam o ouro sob a língua e os diamantes do útero e do intestino. Arrancariam seus dentes de ouro. Seriam enviadas em caixas lacradas para Berlim.

As figuras negras dos ss caminhavam calmas, com um ar de profissionalismo. O homem do bloco de notas na mão riscou os últimos traços, terminou de contabilizar os números: 15 mil.

Muitos, muitos caminhões foram ao crematório.

Já estavam acabando. Os cadáveres colocados na rampa foram levados pelo último caminhão e as tralhas já tinham sido carregadas. O Canadá abarrotado de pão, geleias e açúcar, cheirando a perfumes e roupa íntima limpa, se preparou para marchar e ir embora. O *kapo* estava terminando de preencher a caldeira de chá com ouro, seda e café de verdade. Isso era para os *Wachmann* do portão: iam liberar o *Komando* sem fazer vistoria. O campo iria viver desse trem por alguns dias: comeria seus presuntos e linguiças, geleias e frutas, beberia sua vodca e seus licores, andaria em suas roupas íntimas e negociaria seu ouro e suas trouxas. Muito seria levado embora do campo pelos civis, para Silésia, Cracóvia e para mais longe. Trariam cigarros, ovos, vodca e cartas de casa.

O campo de concentração falaria por dias a fio sobre o trem "Sosnowiec-Będzin". Foi um trem bom e rico.

Quando voltamos ao campo de concentração, as estrelas já começaram a empalidecer, o céu estava ficando cada

PARA O GÁS, SENHORAS E SENHORES, PARA O GÁS

vez mais transparente e se ergueu sobre nós, a noite clareou. O dia prometia ser ensolarado e quente.

Pilares robustos de fumaça subiram dos crematórios e se uniram lá em cima em um rio enorme e negro que ia fluindo excepcionalmente vagaroso pelo céu acima de Birkenau, e desapareceu além dos bosques para os lados de Trzebinia. O trem de Sosnowiec já estava queimando.

Passamos por um pelotão das ss que ia com metralhadoras para a troca da guarda. Seguiam a passos firmes, um ao lado do outro, uma massa, uma vontade.

— *Und morgen die ganze Welt*...[115] – cantavam a toda a voz.

— *Rechts ran!* Direita, volver! – ressoou na dianteira do *Komando*. Saímos do caminho deles.

---

115 Fragmento da canção alemã *Es zittern die morschen Knochen*. Os versos citados por Borowski são: "*Denn heute da hört uns Deutschland,/ Und morgen die ganze Welt*" ("Hoje a Alemanha nos ouve,/ amanhã será o mundo todo", em tradução livre).

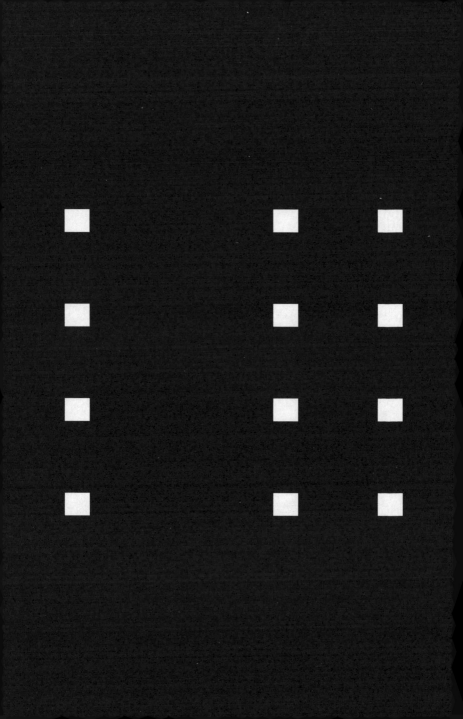

a morte do insurgente de varsóvia

Ao lado da vala, por trás de uma faixa estreita da campina, ficava um campo de beterrabas. Espiando além do monte marrom de argila grudenta escavada havia pouco, dava para ver, quase ao alcance das mãos, folhas verdes e suculentas e, debaixo delas, as colossais beterrabas brancas de veias rosa espalhadas na terra molhada. O campo estendia-se por uma encosta e findava contra um paredão de floresta negra, embaçada pela neblina tênue. Um guarda ficava na beira da floresta. O cano engraçado de uma carabina longa – pelo que diziam, dinamarquesa – se projetava como uma lança. Algumas dezenas de metros à esquerda, debaixo das ameixeiras raquíticas, encontrava-se outro guarda, que, bem enrolado em um sobretudo cinza de piloto e com um bibico que cobria suas orelhas e a testa, olhava para o vale como para o fundo de um tanque.

Mais adiante na encosta, lá onde a mata descia com seus arbustos de salgueiros jovens, entre o riozinho inesperadamente vívido e a estrada que cortava o vale, circulavam

A MORTE DO INSURGENTE DE VARSÓVIA

tratores gigantes, nivelando com arados a terra arrancada pelas escavadoras e transportada em filas de carrinhos de mão. Ali era perigosamente barulhento e abarrotado de gente. As pessoas empurravam os carrinhos abertos, seguidos por tratores que nivelavam o solo, carregavam dormentes e trilhos e arrancavam retalhos do gramado para camuflar as construções.

No fundo desse tanque, cavávamos a vala, finalizada precavidamente nos bons tempos, quando o sol brilhava e debaixo das árvores havia ameixas maduras aos montes derrubadas pelo vento. A vala começou a ceder durante as chuvas e ameaçava desmoronar por completo, uma vez que nos mandaram cavar até os canos da parede, e não, como dizem, obliquamente, sem prever que os noruegueses que ficaram encarregados de instalar os dutos de água nas valas bateriam as botas solidariamente, um após o outro, logo nos primeiros 10 quilômetros. Portanto, não tardou para que fôssemos levados para carregar trilhos e remover as vigas de ferro emaranhadas que ficavam jogadas ao deus-dará em uma pilha na estação e fôssemos enxotados para o fundo do tanque, para aprumar a vala que se aproximava indecentemente do campo de beterrabas.

— Você poderia até pensar que uma vala dessas não deve ter importância nenhuma – eu disse para Romek, um antigo sabotador dos arredores de Radom que fazia dois anos vinha trabalhando para os alemães nos campos de concentração para compensar o que havia aprontado contra eles na Polônia. Trabalhávamos juntos desde quando esse campo miserável foi criado na borda de uma pequena campina, ao sopé de uma das colinas de Württemberg, e ganhamos certa desenvoltura na feitura de valas. Ele esburacava com a picareta e deixava a terra macia como mingau, e eu a lançava com a ponta da pá até a superfície. Enquanto ele se balançava, empunhando preguiçosamente a picareta, eu me apoiava na parede rachada e úmida da vala ou me sentava sobre a pá habilmente estendida no chão. Quando eu começava a trabalhar, ele assumia a função de dar apoio à parede da vala. De longe a impressão era a de que na vala havia uma pessoa que trabalhava devagar, mas dedicadamente e sem descanso.

— Mas o que tem a vala? – Romek manteve a conversa, manejando sem ânimo a picareta. A habilidade de conduzir uma conversa e estendê-la durante o dia todo era quase tão importante quanto a comida. — Cedeu, e é isso. Assim que a consertarmos, vamos seguir adiante – disse, intercalando ritmicamente as palavras com as batidas da picareta. — Tomara que não seja para carregar trilhos ou dormentes como aqueles lá do levante[116]. Trabalhando com a pá e a

---

116 Refere-se ao Levante de Varsóvia, revolta armada de 1944 que tinha por objetivo liberar a Polônia do controle da Alemanha nazista. O movimento encerrou-se com a derrota das forças insurgentes polonesas.

A MORTE DO INSURGENTE DE VARSÓVIA

picareta, ainda dá para aguentar. Mas, se você quer dizer algo, então fale de uma vez e não fique de rodeios.

Olhou para o horizonte. Tinha olhos azuis, quase brancos, e um rosto muito emagrecido e bonachão, com os ossos da bochecha fortemente delineados.

— Não dá nem para ver o sol – constatou preocupado. — Acha que vai chover?

Agachou-se contra a parede de um nicho escavado na argila, numa iniciativa prudente. Lá era seco e parecia ser mais quentinho. Sobre a vala passava o vento tempestuoso de outono e mais acima corriam velozes as nuvens carregadas de chuva, mas embaixo o tempo estava sereno.

— Chuva não é nada – respondi de modo impensado. — E isso por acaso é novidade para nós? Pois veja só a vala; quando começamos a cavar, nós, presos antigos, éramos umas mil pessoas. Pessoas que passaram por diversos campos de concentração, um pior que o outro. Pessoas que já viram de tudo.

Calado, mexi algumas vezes a pá vazia e detive os torrões de terra que deslizavam da superfície.

— Cavamos a vala. O sol brilhou um pouco, choveu um pouquinho, a vala também cedeu um pouco, e sobrou metade de nós. Agora, daqueles lá – apontei com a cabeça para a curva da vala onde trabalhava o resto de nosso grupo, aqueles lá do levante –, não sei nem se a metade está viva. Diziam que os cata-cadáveres receberam ontem duas broas de pão porque levaram cinquenta cadáveres num caixote. E um judeu morreu afogado na lama no meio do campo de concentração. Foi por isso que ficamos tanto tempo de pé para a chamada ontem. Nossa sopa lá no bloco já estava fria.

O ex-sabotador levantou-se do nicho e empunhou a picareta.

— Não foram dois, não foram dois nacos: cada um dos cata-cadáveres recebeu meio naco e um pouco de margarina como recompensa. E, quer saber?, eu não tenho dó coisa nenhuma desses, como você diz, insurgentes do levante. Eu não mandei eles virem para cá. Vieram porque quiseram. São voluntários que no fim da guerra vieram por vontade própria para construir um campo de concentração e industrializar o país – acrescentou de maneira ácida e finalizou com um palavrão.

— Certamente já devem ter arrumado a vala toda, porque não estou ouvindo eles discutindo sobre política. Devem ter se distanciado um pouco mais. Estão trabalhando como tolos desde cedo. Acham que o *Meister*[117] Batsch vai dar casca de pão para eles.

— Ah, e como vai dar! Não tema, nosso croata vai olhar bem, calcular e só então vai te dar como se fosse linguiça! Ele tem lá o sistema dele, sabe incitar ao trabalho, bater ele

---

117 Chefe, mestre ou supervisor. Em alemão no original.

A MORTE DO INSURGENTE DE VARSÓVIA

não bate, mas provoca com as cascas de pão. Sabe comandar, e você, seu burro, que trabalhe. Quem quiser morrer é só ficar esperando pelas cascas de pão. Já eu prefiro comer menos e não fazer nada.

— Alguém assim faz o trabalho que vale um pão inteiro e no fim come um pedaço da casca – confirmei de modo afoito. — Acho que vou atrás de beterrabas. A gente bem que poderia comer um pouquinho, né? Agora é uma boa hora, porque o *Meister* foi até o vilarejo.

— Pois mande ver. É a sua vez agora. Ontem e anteontem fui eu quem trouxe para você. Mas tome cuidado com o *kapo*, ele fica rondando ali perto da escavadora – avisou Romek. — Traga umas duas, quem sabe a gente faz alguma troca. Aqui está cheio de otário. Só não dê para ninguém.

— Até parece! O velho com certeza virá. Ele prefere deixar de comer o pão direito porque precisa se empanturrar de verduras, e muito. O que é que ele não come? Serrralha, salsinha da campina, alho selvagem... Estou te falando que ele vai bater as botas.

Cravei atentamente a pá na terra para que não rolasse na lama e fui me arrastando sorrateiramente pela vala em meio às poças da última chuva.

O segredo estava em arrancar as beterrabas não do campo ali embaixo do nosso nariz, mas sim do outro, mais próximo dos tratores e do alarido das pessoas que empurravam os vagões carregados de terra, do *kapo*, nervoso como um peixe no anzol e, é claro, do guarda, que vez ou outra, por tédio, atirava em alguém. As punições por arrancar beterrabas são severas, pois que culpa têm os pacatos moradores da roça de Württemberg se um bando de prisioneiros chegou à sua terra e se distribuiu em pequenos campos de concentração, de Stuttgart até Balingen, para tirar leite de pedra? De todo modo, já sofreram o suficiente; suas campinas foram grosseiramente aradas; seus pastos, submetidos à jurisdição de fábricas provisórias; já os soldados e *Meisters* do Exército da Organização Todt[118] rapinam com prazer os jardins e pomares e, com prazer maior ainda, as noivas dos homens ausentes porque foram deslocados para o front *zur Zeit*[119].

Ao dobrar a curva da vala, a certa distância de nós, trabalhava o grupo dos velhos senhores do levante de Varsóvia, vestidos de uniformes listrados, com certas variações individuais. Um estava com a jaqueta para dentro das calças, outro, com um saco de cimento saindo da jaqueta, uma ótima proteção contra a chuva e o vento, outro ainda usou papel de alcatrão como cobertura com buracos para a cabeça e os braços.

— Senhores, permitam-me passar, Deus os abençoe no trabalho – eu disse educadamente. — E você aí do levante

118 Grupo paramilitar de engenharia alemão que construía as infraestruturas de comunicação e defesa durante a guerra, com o trabalho forçado dos prisioneiros dos campos de concentração.
119 Por ora, atualmente. Em alemão no original.

A MORTE DO INSURGENTE DE VARSÓVIA

bem que poderia tirar esse papel de alcatrão de cima do corpo. Não viu ontem como o ss espancou até a morte o judeu porque o encontrou coberto de palha?

— E eu lá sou judeu? Eles podem espancar os judeus, mas os arianos não. Além do mais, preocupe-se consigo. Se eu tivesse três camisas, também daria uma de inteligente e andaria por aí sem papel de alcatrão.

— Moço, o senhor está indo buscar beterraba? – me perguntou aquele das botinas encardidas outrora elegantes.

— E daí? E se for para buscar beterrabas, o que tem?

— O senhor poderia trazer uma para nós.

— Mas beterraba faz mal para o estômago. O senhor vai ter uma *Durchfall*[120] e bater as botas em dois tempos. Não é melhor continuar vivo?

— Mas, moço, a gente quer comer. Quando o sujeito está faminto, não faz tanta questão de viver – disse sabiamente o velho.

Observei bem o velho muçulmano. Ele havia amarrado uma corda remendada espessa em volta do casaco, que encheu grosseiramente de palha. A palha saltava para fora do colarinho demasiado curto que ele havia deixado erguido, como se esse pedaço de urtiga saturada de umidade pudesse mantê-lo aquecido. Não teve, porém, a ideia de colocar as calças para dentro das botinas outrora elegantes

---

120 "Diarreia." Em alemão no original. Ver Glossário.

lá de Varsóvia. Elas estavam fortemente respingadas de lama antiga e seca e de uma densa massa de argila recentemente adquirida.

— Ê, meu velho – eu disse com desprezo –, você não sabe se dar ao respeito. É preciso se virar um pouco, cuidar de si mesmo, afinal de contas o campo de concentração não é um hotel onde te servem de tudo, não é como na casa da mamãe. Assim que você sacudir a lama e se virar, logo vai ficar mais cheio de saúde do que se comesse uma fatia de pão. O que acha que vai acontecer se ficar comendo só beterraba e trocando meia tigela de sopa por um cigarro todo dia? Acha que vai aguentar? Vão te jogar num caixote, mandar embora e já era. Agora mesmo você já está parecendo uma desgraça ambulante.

— Se você tivesse tomado só um litro de sopinha aguada e uma fatia de pão também ficaria como nós – aquele coberto de papel de alcatrão interrompeu o fluxo da minha fala.

— E eu lá estou comendo mais do que vocês, por acaso? – fiquei sinceramente indignado. — Só não sou mal acostumado com as iguarias de vocês aí de Varsóvia. E sei me dar ao respeito.

— E quem foi que levou uma tigela de sopa do nosso bloco ontem, se não foi você? Ou vai dizer que é mentira?

— Ontem eu vendi uma vassoura para o chefe de bloco de vocês e por isso ele me deu uma tigela de sopa. Todo mundo aqui trabalhou perto do vimeiro. Eu por acaso

A MORTE DO INSURGENTE DE VARSÓVIA

proibi vocês de fazerem vassouras? Vocês ficaram lá confortavelmente deitados ao meio-dia enquanto eu enrolava os galhos.

— Sei, sei, eu também não sou otário. E o chefe de bloco vai aceitar uma vassoura feita por mim? Ele prefere dar sopa de graça para algum de vocês de Auschwitz.

— Se você ficar preso alguns aninhos como nós todos, eles também te darão uma segunda tigela de sopa em qualquer lugar – respondi irritado, e fui correndo até as beterrabas, me amaldiçoando pelo atraso desnecessário.

Uns 200 metros adiante, a vala fazia uma curva na direção de um quadrado negro de terra revirada por tratores e escavadoras. O monte de terra da beira havia sido removido logo antes da curva, e na parede da vala foram escavados dois buracos rasos que serviam perfeitamente de degraus. Tendo apoiado minhas pernas nesses buracos e agarrado as bordas da vala com os dedos, me ergui com esforço, sem me importar que minha jaqueta ficasse toda suja de lama, e rastejei cautelosamente até o meio das beterrabas. Coberto parcialmente pelas folhas de beterraba, me senti um pouco mais à vontade. Num lance de olhos, escolhi o bulbo mais gordo, fui arrancando sem pressa as folhas e o puxei para fora da terra. Procurei também um nabo, mas não consegui avistar nada senão cabeças bojudas de beterraba de cor branco-rosada. Arranjei mais uma beterraba por lá. Enfiei ambas debaixo da jaqueta e, segurando algumas folhas na mão como camuflagem para despistar o olhar do *kapo* ou do guarda, comecei a recuar em direção à vala. Por fim, me enfiei entre as paredes úmidas e rachadas e respirei aliviado.

Limpei a jaqueta e as calças com a pazinha de madeira que tirei do bolso, raspei muito cuidadosamente as mãos e os sapatos e, segurando as beterrabas sob as bainhas da jaqueta, rumei para minhas bandas. Estava bem animado e arfava feito um cão esbaforido.

— Moço, moço, dê uma aqui, moço, dê um pedaço – tentaram me convencer os insurgentes do levante quando passei perto deles.

— Mas que coisa, me deixem em paz! – bradei quase em desespero, pressionando as beterrabas repugnantemente úmidas contra minha barriga. — Ah, vá lá arrancar as suas! Cresce beterraba para todo mundo! Só tem eu no mundo agora?

— Mas para você é mais fácil, porque é jovem! – disse aquele da coberta de papel de alcatrão.

— Pois então morram, se já estão velhos e têm medo. Se eu tivesse medo, a grama já estaria crescendo em cima do meu corpo faz tempo!

— Então engasgue e morra, seu filho da puta! – gritou hostilmente por trás de mim o sujeito coberto de papel de alcatrão.

Esgueirei-me até o ex-sabotador. Romek estava lá, agachado na vala, se apoiando no cabo da picareta.

A MORTE DO INSURGENTE DE VARSÓVIA

— Ninguém está olhando mesmo, então para que se esforçar? – ele disse de modo muito racional.

Tirei as beterrabas de baixo da jaqueta. O sabotador cravou a picareta no fundo da vala, cavou um pequeno buraco, sacou do fundo de seu traje algo de imensurável valor, um canivete, e descascou cuidadosamente as beterrabas, jogando as cascas no buraco.

— Sabe, certa vez a gente foi dar um jeito num prefeito, perto de Radom – ele disse, cortando das beterrabas as partes mais fibrosas, que não apetecem os paladares mais exigentes. — O nome da vila era Jeżyny ou Dzierżyny, ou coisa que o valha. A gente cercou a casinha de qualquer jeito e o Lobo (em todas as historinhas do Romek o lobo tinha o papel principal) se esgueirou para dentro da casa pela janela e a gente estava ali esperando que alguma coisa acontecesse. Mas ele nada, até que me chamou. Eu entro, veja bem, e eu olho ao meu redor, porque está meio escuro e o prefeito está lá, deitado com a mulher na cama, e não quer sair. Mas venha para o interrogatório, diz o Lobo. Eu não solto ele, vocês que interroguem ele na cama, diz a mulher. E o prefeito lá, calado de medo. Atire, eu digo, no travesseiro mesmo, fazer o quê? O que é que a gente não faz pela pátria? Os dois juntos mandamos bala no sujeito, voou pena até o teto. E você acha que a mulher gritou por ele? Que nada! Vocês, *partisans*, filhos da mãe, ela disse, arruinaram de vez meu travesseiro e meu edredom!

— Balela isso tudo – declarei, usando a pá para tapar o buraco com as cascas. — Mas o que o prefeito tem a ver com as beterrabas?

— Pois tem, e muito – o sabotador me passou a beterraba cortada em pedaços, que eu imediatamente guardei no bolso –, porque lá na despensa do velho arranjamos um enorme cordão de linguiças – e fez com a mão um círculo de tamanho inverossímil.

— E qual linguiça seria, meu rapaz? Porque eu entendo um pouco de carnes defumadas – disse de modo inesperado o velho das botinas enlameadas outrora elegantes. Ele havia se aproximado em silêncio de nós e, se apoiando na pá, escutava solenemente as historinhas do sabotador, enquanto com ar não menos solene acompanhava o corte das beterrabas.

— Qual linguiça? Pode ter certeza que não era da curada de porco. Da comum, da roça, com alho – respondeu Romek rispidamente. — Com certeza melhor que essas beterrabas. Disso você pode ter certeza!

Deu-me uma fatia de beterraba e cortou outra para si. Elas tinham o sabor doce, nauseante e irritante da sacarina, e um frio desagradável percorria o nosso corpo ao comê-las. Por isso eram comidas com cautela e em doses pequenas.

— Ah, me dê um pedaço, moço. Não seja assim.

O sujeito de botinas ainda pairava sobre nós com uma teimosia senil.

A MORTE DO INSURGENTE DE VARSÓVIA

— Era só ter arrancado para você mesmo – disse Romek.

— Você bem que queria que alguém arriscasse o traseiro por você como lá em Varsóvia, não é verdade? Tem medo, é?

— Como é que eu poderia ter lutado em Varsóvia se os alemães logo me deportaram?

— Vá trabalhar, velho, e continue se esforçando, quem sabe o *Meister* Batsch te dá casca de pão – eu disse caçoando, mas ele não se afastou e continuou sem conseguir tirar os olhos das fatias que mascávamos de modo irreverente. Acrescentei, perdendo a paciência: — Mas preste atenção, velho, beterraba faz mal para o estômago. Tem água demais nelas. E você devora elas inteiras. Suas pernas não doem?

— Doem coisa nenhuma, só estão um pouco inchadas – disse animado o velho, puxando para cima as pernas sujas de lama das calças listradas. Canelas enormes, com um branco doentio quase azulado, despontaram das botinas enlameadas outrora elegantes e dos farrapos e panos extraordinariamente emaranhados.

Curvei-me e passei o dedo em sua pele. O sabotador mexia a terra com a picareta, indiferente. Não era qualquer perna inchada que o impressionaria.

— Você está vendo, meu velho, o dedo entrou no seu corpo como numa massa de bolo. E você sabe por quê? Água. Não tem nada, só água. Quando for das pernas ao coração, aí *kaput*: você não pode beber nada, nem café.

Também não é para comer verduras, é claro. E você aí, querendo beterraba.

O velho lançou um olhar crítico à canela, mas em seguida ergueu os olhos para mim, com expressão indiferente.

— Dou a vocês um pedaço de pão, mas pela beterraba inteira – disse baixinho, e sacou do bolso mais ou menos meia fatia do pão daquela manhã, como pude veloz e profissionalmente aferir, embrulhada num pano sujo. O sabotador se apoiou na picareta e levou a outra mão à cintura.

— Está vendo, meu velho, você é sempre assim. Todo dia é a mesma história. Era só sacar o pão logo de cara e só depois contar firulas. E você ainda consegue se aguentar, guardando o pão desde cedo – acrescentou com uma mistura de desprezo, reconhecimento e inveja.

— Quando precisa, consigo sim. Com uma beterraba dessas dá pelo menos para encher o bucho. Passem logo para cá porque tenho de voltar ao batente. Estamos aqui de papo enquanto os outros estão lá cavando por mim.

— Você dá uma quantidade de pão que vale uma unha e espera ganhar uma mão toda de beterraba – disse Romek por uma questão de princípios. — Mas que seja, para que você não fique aí resmungando.

Pegou o pão e o colocou no nicho. Em seguida, tendo tirado os pedaços de beterraba do bolso, juntou-os em um montinho, para deixar claro que não havia nenhuma tramoia e que se tratava da beterraba inteira e não fatiada, e

A MORTE DO INSURGENTE DE VARSÓVIA

a entregou ao velho, que, recolhendo os pedaços na barra da blusa, foi embora apressado até a curva da vala, arrastando a pá.

Então Romek levou a mão até o nicho, pegou o pão, dividiu-o de modo justo em duas partes iguaizinhas e me deu uma. Nós dois começamos a mascar, misturando cuidadosamente o pão com a saliva e engolindo sem pressa. Por fim, Romek sacou do bolso duas ameixas amassadas e murchas. Com um sorriso malandro, me lançou uma. Peguei no ar.

— Está vendo só, é preciso ter paciência e guardar o rango até a hora certa. Encontrei ameixas de manhã, quando a gente foi à guarita buscar ferramentas. Ah, se eu conseguisse guardar o pão assim... Mas você comeria tudo de uma vez.

— Claro que comeria – concordei. E, sem precisar dizer uma única palavra, retornamos ao nosso antigo sistema de trabalho. Ele se movia junto com a picareta, esmagando os restos dos torrões que caíram da beirada. Já eu me apoiava no nicho, onde parecia ser um pouco mais quente do que no restante da vala. Talvez porque o vento passava por cima e havia um pouco de terra sobre a cabeça, tal como um telhado.

— Sabe, quando eu recebia pacotes em Auschwitz, bebia o leite condensado todo de uma vez – eu disse todo sonhador. — Nunca soube racionar. As porções aqui também: como tudo de uma vez. Ou você já me viu carregando pão comigo? Como em três tempos, bebo um pouco de café, mas não muito, e passo o dia todo de pé com a pá. O importante é não exagerar no trabalho.

— A melhor estratégia é não carregar comida no bolso. O que está no estômago nem o ladrão rouba, nem o fogo queima, nem ninguém toma como pedágio. Quem fica racionando, remexendo e enrolando com a comida logo bate as botas. Estratégia de judeu, essa.

— E de Varsóvia – acrescentei, pensando sobre a transação que acabara de ocorrer.

— E de Varsóvia – concordou o antigo sabotador.

Cravou a picareta na terra e apoiou-se na parede da vala. A vala era estreita, porém desproporcionalmente profunda. A terra úmida tinha o cheiro de grama apodrecendo. De um lado da vala erguia-se o monte de terra; além dele estendia-se o campo de beterrabas e mais adiante ficavam os tratores, a fileira de torres de vigia e o bosque. Do outro lado ficava a campina, onde, aqui e ali, cresciam ameixas selvagens. As ameixas chegavam até a aldeia, que já ficava no vale, num nível abaixo do fundo do tanque. Daqui conseguíamos ver a pontinha da igreja que se erguia no meio da aldeia, acima da cachoeira do rio, que transbordou no outono. Os telhados vermelhos das casas descreviam uma descida progressiva. Mais adiante subia pelo monte um bosque de abetos jovens. Depois do bosque ficava nosso pequeno e recém-inaugurado campo de concentração, onde 3 mil pessoas morreram no decorrer de dois

A MORTE DO INSURGENTE DE VARSÓVIA

meses. A partir do bosque estendia-se uma faixa branca de estrada que sumia no vilarejo e emergia de novo junto das ameixeiras.

De longe, cortando a campina pelo meio, o *Meister* vinha na estrada, destoando do verde umedecido da grama com a cor viva da farda do Exército do Trabalho de Todt. Ele era um grande especialista em encanamento, transporte de trilhos, carregamento de sacas de cimento e um ótimo surrupiador de toda sorte de alimento pelas roças das redondezas, inigualado até pelos de Auschwitz. Tomava conta do seu pessoal, e havia cerca de vinte de nós. Diariamente ele recolhia as cascas de pão de seus colegas e as distribuía para aqueles que trabalhavam com mais afinco.

Empunhei a pá e comecei a jogar para fora a terra esfarelada. O antigo sabotador pegou a picareta e, afastando-se de mim a uma boa distância de alguns metros, para não ficarmos amontoados, ergueu a picareta na altura das margens da vala, deixando-a cair de volta com o próprio peso.

— Antes você tinha começado a falar algo sobre a vala, não é mesmo? – ele puxou assunto, uma vez que o silêncio crescia perigosamente. Era necessário conversar o dia todo, pois assim o sujeito perde a noção do tempo e não tem chance de ficar sustentando sonhos destrutivos sobre comida. — Pois fale, então! Como é que era? – e novamente baixou a picareta, tomando cuidado para que ela reluzisse sobre a vala.

— É que, veja só, a gente fica mexendo e cavando para o bem dos alemães, ora na Silésia, ora em algum canto das montanhas Beskidy, outra vez em Württemberg, ou de novo na fronteira suíça, volta e meia algum de nossos chegados morre, eles mandam outros, e assim vai, meu irmão, vez após vez. Não dá nem para prever o fim dessa história. E quando chegar o inverno...

— Fique quieto. Encoste o ouvido na parede, que você vai ouvir como a terra está roncando com a artilharia. Estão batendo lá no Ocidente, estão batendo...

— Já faz um mês que estão batendo assim. Nesse tempo já morreu um tanto de gente por aqui, já carregamos um monte de cal, tijolos, cimento, trilhos, ferro e sei lá mais o quê, cavamos valas, buracos, construímos linhas de trem; e aí? A gente está passando cada vez mais fome e frio. E chove cada vez mais. Antes a gente ainda se agarrava à esperança de voltar, mas e agora? Voltar para quem? Podem estar cavando valas em algum canto, como esses nossos insurgentes aí. Mas, mesmo que não, você acha que vai conseguir viver? Ou vai ficar para sempre com medo sabe-se lá do quê, ou vai roubar com ambas as mãos sempre que for possível, porque, afinal de contas, no que é que você vai acreditar? Dizer o quê? Eu aqui estou pensando em comida desde manhã cedo. E não é nada de outro mundo, não, dessas coisas que a gente lê em livros. É só pão à vontade e manteiga de sobra.

A MORTE DO INSURGENTE DE VARSÓVIA

— Pois eu nem fico pensando sobre o que virá – disse rispidamente o sabotador. — O importante é sobreviver ao dia de hoje. Quero voltar para a minha esposa, meu filho, já guerreei o que chega pelo mundo. Certamente será melhor para você do que agora, não? Ou será que você gostaria de continuar assim até o fim da vida? – e começou a rir com acidez.

— Desce, desce a picareta – alertei. — O *Meister* está ao lado da vala, não está vendo?

E, fingindo que não o estávamos enxergando, trabalhamos fervorosamente, fazendo de conta que estávamos imersos numa conversa. Gemendo de esforço, eu jogava pazadas cheias e de respeito até o alto do monte de terra. O *Meister* Batsch ficou de pé acima de nós por um tempo. Tendo posto as mãos para trás, olhou como que de uma altura imensurável e lentamente foi até a borda da vala, reluzindo o preto de suas botas altas. Ele estava com a borda do sobretudo militar bastante enlameada.

— *Kapo*, *kapo* – gritou o *Meister* Batsch para mim, ficando acima do grupo dos insurgentes do levante –, venha cá! Por que esse homem está deitado no chão? Por que não está trabalhando?

Os *Meisters* chamavam todo mundo que sabia alemão de *kapo*. O que era engraçado para os presos muito antigos de Auschwitz ou, para dizer bem a verdade, era até motivo de indignação porque, afinal de contas, *kapo* é *kapo*.

Fui correndo pela vala. O velho das botinas enlameadas outrora elegantes estava sentado depois da curva no fundo da vala e, dobrado, gemia, apertando a barriga com as mãos. O *Meister* se agachou na beira da vala, fitando o rosto do prisioneiro com atenção, porém de longe.

— Está doente? – perguntou.

Ele estava segurando nas mãos um pacotinho considerável embrulhado em jornal.

Despontaram gotas de suor esparsas no rosto assustadoramente pálido do velho insurgente. Estava com os olhos cerrados. Suas pálpebras tremiam volta e meia. Ele devia estar com calor, pois havia desabotoado o colarinho. A palha escapava de dentro da blusa e pairava diante de seu rosto.

— Que houve, meu velho? As beterrabas, pelo jeito, te fizeram mal? – perguntei com pena.

Seu colega com a picareta, aquele da coberta de papel de alcatrão, me lançou um olhar odioso e disse de modo desajeitado ao *Meister* Batsch:

— *Krank*.[121] Ele está doente, doente – repetiu de modo enfático, na esperança de que o *Meister* entendesse polonês. — *Hunger, verstehen?*[122]

— Ah sim, está totalmente claro – acrescentei às pressas.

— Ele se empanturrou de beterraba e agora está com dor de

---

121 "Doente." Em alemão no original.
122 "Fome, entender?" Em alemão no original.

A MORTE DO INSURGENTE DE VARSÓVIA

barriga. Acabou de chegar ao campo de concentração e por isso não sabe que vegetais fazem mal. Para gula e fome, é difícil achar remédio, seu *Meister*.

— Beterrabas? Daquele campo lá? Ah, muito feio. *Klauen*[123], verdade? – o *Meister* Batsch fez com a mão o gesto universal de esconder algo no bolso.

— Ele não é capaz disso, não! – eu disse com desdém. — Ele troca todo dia pão por beterraba.

O *Meister* Batsch balançou a cabeça para mostrar que entendeu, observando o insurgente do levante com tristeza, do alto da vala como que da borda de um outro mundo. O colega do velho, aquele da cobertura de papel de alcatrão, se moveu inquieto.

— Pois diga para ele que quem sabe o levam ao campo, afinal de contas, ele está doente, seriamente doente.

— Seriamente doente? – eu disse surpreso. — Então você viu muito pouco até agora neste mundo. Ele pode esperar até a noite. Ou o quê? Você é tão infantil que não sabe que nenhum guarda vai sair daqui agora? Ou este é seu primeiro dia no *Komando*? E tire esse papel de alcatrão de cima de você, porque alguém ainda vai te dar uma coça. Eu já disse uma vez. Depois vocês ficam dizendo que a gente é ruim, que a gente não avisa.

E afastei-me em direção à minha pá. O sabotador, apro-

---

123 "Roubar." Em alemão no original.

veitando-se do fato de que o *Meister* estava ocupado com outra coisa, ajoelhou-se calmamente no nicho, apoiando-se com destreza na picareta. Quando eu empunhei a pá, ele saiu do nicho e também ficou de pé na posição de trabalho.

— É o velho, né? – puxou papo desinteressadamente.

— Não vai aguentar nem até o anoitecer – respondi. — Já vi mais de uma centena desses. Pernas inchadas, *Durchfall*, e ainda foi se empanturrar de beterraba de novo. A situação não é nada boa.

— Ah, pois é um a menos... Eu não mandei ele vir para cá. Podiam ter ficado defendendo Varsóvia, já que começaram a fazer isso mesmo, né?

— Certamente. Além do mais, quando estavam vindo para Auschwitz, ninguém ficou vigiando eles. Estavam achando que era para trabalhar. Foram correndo atrás do trabalho que nem um careca atrás de um pente.

De raiva lancei um torrão inteiro de terra no aterro, e o cabo da pá até se curvou.

— E para que ficar se preocupando com aquele lá? Se alguém quer servir os alemães, que se dane – disse o sabotador. — Em Auschwitz eles berravam que não eram políticos e um em cada três ficava contando vantagem que tinha um tio *Volksdeutsche*[124]. Já aqui está ruim para eles porque dão pou-

---

124 Pessoa de etnia alemã que nascera e vivia fora da Alemanha, mas que gozava de certos privilégios junto ao Terceiro Reich. Em alemão no original.

A MORTE DO INSURGENTE DE VARSÓVIA

ca coisa para comer. Chegaram faz três semanas e já queriam ganhar umas três tigelas de sopa!

— E você comeu muito hoje além da porção? – perguntei interessado. A comida era assunto nos momentos de grandes emoções.

— Comi coisa nenhuma! – indignou-se o antigo sabotador dos arredores de Radom. — Foi ontem que eu comi. De manhã uma porção de pão e o que havia de acompanhamento; o que era mesmo?

— Margarina e queijo – soprei a resposta.

— Margarina e queijo. Nada durante o dia todo. Ao entardecer a gente vendeu a beterraba aos judeus. Deu meia fatia de pão para os dois. Já de noite, recebi sopa em troca da sua vassoura. E depois recebi mais sopa na cozinha porque levei os caldeirões.

— E você não podia ter me chamado? – perguntei ressentido.

— Não, porque tive de comer na cozinha. Mas hoje – continuou – uma fatia de pão de manhã, uns 30 gramas de margarina, depois uma ou duas ameixas, depois o pão de novo e um pouco de beterraba. Mas quem sabe a gente ainda...

Interrompeu e pegou a picareta. O *Meister* Batsch estava de pé, calado, acima de nós. Olhou com simpatia para nosso trabalho harmônico e habilidoso e jogou um pacotinho embalado em jornal entre nós dois. As cascas de pão se espalharam no meio de nossas pernas.

— Era justamente nisso que eu estava pensando – disse Romek energicamente.

E com ímpeto ergueu a picareta acima da cabeça, tomando especial cuidado para que ela reluzisse sobre a borda da vala, enquanto eu me virei afoitamente para a terra.

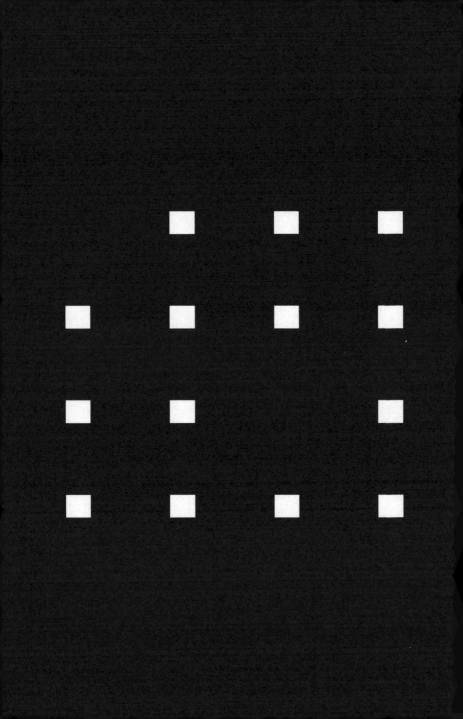

aqui em auschwitz...

... pois então, já estou fazendo os cursos médicos. Escolheram algumas dezenas de nós, de Birkenau todo, e nos formarão como quase doutores. Temos de saber quantos ossos tem uma pessoa, como o sangue circula, o que é o peritônio, como se combatem os estafilococos e como se combatem os estreptococos, como conduzir uma operação esterilizada de apendicectomia e para que serve a cirurgia de pneumotórax.

Temos uma missão muito nobre: vamos tratar os colegas que por "má sina" se viram atacados por doença, apatia ou falta de vontade de viver. Nós temos a tarefa – e justamente nós, pouco mais de algumas dezenas de pessoas para 20 mil homens em Birkenau – de reduzir a taxa de mortalidade no campo de concentração e elevar o moral dos prisioneiros. Foi isso o que nos disse o *Lagerarzt*[125] ao ir embora. Ele também perguntou a cada um a idade e a ocupação. E quando respondi "estudante universitário" ele ergueu as sobrancelhas surpreso.

125 Médico do campo de concentração. Em alemão no original.

AQUI EM AUSCHWITZ...

— E o que você estudava?

— História da literatura – respondi modestamente.

Ele balançou a cabeça desanimado, entrou no carro e foi embora.

Depois fomos por uma estrada muito bonita até Auschwitz e vimos muita coisa do interior do país; em seguida alguém nos designou como *Flegers* convidados para um bloco hospitalar em algum canto, mas eu não estava muito interessado porque fui com o Staszek (sabe, aquele que me deu as calças marrons) até o campo de concentração. Fui procurar alguém que pudesse levar esta carta para você, e o Staszek foi até a despensa da cozinha para providenciar um jantar de pão branco, um tablete de margarina e ao menos uma linguiça que fosse, porque somos cinco.

É claro que não encontrei ninguém, porque sou o milionésimo, e aqui só há pessoas de números antigos que olham para mim por cima do ombro. Mas o Staszek prometeu enviar a carta por meio de seus contatos, desde que não seja longa, "porque deve ser chato ficar escrevendo todo dia para a namorada assim".

Então, quando eu aprender quantos ossos tem o ser humano e o que é o peritônio, quem sabe dou um jeito em sua piodermia e na febre da sua companheira de cama. Estou receoso, porém, de que, mesmo sabendo como se trata a úlcera duodenal, não serei capaz de roubar para você a droga da pomada Wilkinson para sarna, porque ela atualmente está em falta em todo o Birkenau. A gente aqui banhava os doentes com chá de hortelã, conjurando certos feitiços excepcionalmente eficazes, infelizmente impossíveis de serem reproduzidos.

Agora, no que diz respeito a diminuir a mortalidade: um mandachuva[126] adoeceu no meu bloco; estava mal, com febre, falava cada vez mais sobre a morte. Certa vez me chamou. Sentei-me na beiradinha da cama.

— Tive lá alguma fama no campo, não tive? – perguntou, fitando inquieto meus olhos.

— Ah, e como é que alguém poderia não te conhecer... e não se lembrar de você? – respondi inocentemente.

— Veja – disse, apontando para as vidraças das janelas avermelhadas pelo fogo. Algo além do bosque estava queimando. — Sabe, eu gostaria que me enterrassem separadamente. Não junto com os outros. Não no monte. Entende?

— Não tenha medo – eu disse a ele, cordial. — Eu te darei até um lençol. E vou falar também com os cata-cadáveres.

Apertou minha mão calado. Mas tudo isso em vão. Ele melhorou e me enviou um tablete de margarina do campo de concentração. Uso para engraxar meus sapatos, porque é aquela feita de peixe. E foi assim que fiz minha parte

---

126 Prisioneiro que desempenha uma função privilegiada dentro de um *Komando*.

AQUI EM AUSCHWITZ...

para reduzir a mortalidade no campo. Mas vamos mudar de assunto, porque isso está focado demais no campo.

Já faz quase um mês que não recebo uma carta de casa...

■■■■ ■■

Dias de deleite: sem chamadas, sem obrigações. O campo inteiro está de pé para a chamada, e nós, na janela, parcialmente inclinados para fora, espectadores de um outro mundo. As pessoas sorriem para nós e nós sorrimos para elas. Elas nos chamam de "colegas de Birkenau", com um pouco de compadecimento pelo nosso destino ser tão miserável e com um pouco de vergonha pelo delas ser tão bom. A vista daqui é inocente, não dá para ver os cremos[127]. As pessoas são apaixonadas por Auschwitz, com orgulho dizem "aqui em Auschwitz"...

Mas no fim das contas elas têm do que se vangloriar. Imagine só o que é Auschwitz. Pegue o Pawiak[128], aquele prédio horrível, acrescente a Serbia[129], multiplique por 28 e coloque tudo junto de tal modo que entre os Pawiaks reste apenas um pouco de espaço. Passe uma cerca de arame

127 Crematórios.
128 Prisão que funcionou de 1939 a 1944 na rua Dzielna, em Varsóvia. O Pawiak foi a maior prisão política alemã no território ocupado da Polônia durante esse período.
129 Nome dado ao setor feminino da prisão Pawiak.

dupla ao redor de tudo e levante muros de concreto em três lados, pavimente a lama, plante umas arvorezinhas anêmicas – e no meio de tudo coloque dezenas de milhares de pessoas que já passaram alguns anos no campo, sofreram magnificamente, sobreviveram ao pior período e agora têm as calças passadas com vincos pontudos como flechas e andam com os quadris balançando. Tendo feito isso tudo, você entenderá por que eles têm o maior desprezo e pena de nós, pessoas de Birkenau, onde há apenas barracas de madeira para cavalos, não existem calçadas e, em vez de um banheiro com água quente, há quatro crematórios.

Lá da enfermaria, que tem as paredes muito brancas, daquelas um tanto rurais, e o piso de concreto como de uma prisão, e muitos, muitos beliches de três andares, dá para ver perfeitamente a estrada da liberdade pela qual volta e meia passam pessoas, às vezes um carro ou uma carroça e às vezes alguém de bicicleta, certamente voltando do trabalho. Mais adiante, mas muito mesmo (você não faz ideia da quantidade de espaço que cabe numa janela pequena dessas; depois da guerra eu gostaria de morar, caso sobreviva, em uma casa alta com janelas para o campo), existem umas casas e depois um bosque azulado. A terra é negra e parece ser úmida. Assim como naquele soneto do Staff[130]: lembra do *Passeio da primavera*?

130 Leopold Henryk Staff (1878-1957), poeta polonês.

AQUI EM AUSCHWITZ...

Mas na nossa enfermaria há também coisas mais civilizadas: um forno de ladrilhos coloridos de maiólica, como aqueles do nosso armazém em Varsóvia. Esse forno tem grelhas montadas muito engenhosamente: pode não parecer, mas dá para assar até um leitão nele. Nos beliches há cobertores do Canadá, felpudos como pelo de gato. Lençóis brancos e sem rugas. Tem uma mesa às vezes coberta por uma toalha, mas só para refeições e datas comemorativas.

A janela dá para a estrada de bétulas – a *Birkenweg*. É uma pena que seja inverno e que as bétulas "choronas" sem folhas fiquem pendendo para baixo como vassouras esfarrapadas, e que, em vez de gramado embaixo delas, haja uma lama viscosa, certamente igual à que há no mundo "de lá", além da estrada; só que aqui temos de batê-la com os pés.

Passeamos pela estradinha das bétulas de noitinha após a chamada, cheios de dignidade e com ar solene, cumprimentando os conhecidos, curvando a cabeça. Em uma das encruzilhadas há uma placa com um baixo-relevo de duas pessoas sentadas em um banco, sussurrando uma no ouvido da outra, e uma terceira que, curvando-se até elas, também estica a orelha e escuta. É um alerta: todas as conversas estão sendo ouvidas, comentadas e denunciadas à autoridade devida. Aqui todos sabem tudo sobre o outro: quando passou pela fase muçulmana, o que e quando conseguiu arranjar algo e de quem, quem esganou e quem delatou, e todo mundo sorri com deboche quando você elogia alguém.

Imagine então o Pawiak, multiplicado sabe-se lá quantas vezes, rodeado por uma cerca de arame farpado dupla. Não é como em Birkenau, onde as torres de observação parecem cegonhas em varas altas e as lâmpadas estão acesas a cada três postes, com uma única cerca. Mas em compensação o número de setores é tal que não dá nem para contar nos dedos.

Pois aqui em Auschwitz não é assim. As lâmpadas ficam acesas a cada dois postes, as torres se erguem em bases maciças, o arame da cerca é duplo e ainda tem o muro.

Vamos andando então pela *Birkenweg* em nossos trajes civis, que acabaram de chegar da *Zauna* – os únicos cinco que não têm uniformes listrados.

Andamos pela *Birkenweg* de barba feita, ágeis e despreocupados. A pequena multidão perambula em grupos pequenos e desponta à frente do bloco número 10, onde, por trás das grades e das janelas cobertas de sólidas tábuas, ficam as moças – cobaias de experimentos que frequentemente se aglomeram na frente do bloco *Szrajbsztuba*[131] –, não porque é onde ficam a sala da orquestra, a biblioteca e o museu, mas simplesmente porque no térreo está o *Puff*[132]. Deixo para te contar o que é o *Puff* em outra ocasião; por enquanto pode ficar curiosa...

---

131 "Escritório." Derivado do alemão *Schreibstube*.
132 "Bordel" em alemão e na linguagem dos campos de concentração.

AQUI EM AUSCHWITZ...

Você sabe como é estranho escrever para alguém cujo rosto não vejo faz tempo. Sua imagem se desmancha em minha memória e, mesmo com grande empenho e força de vontade, não consigo recordá-la. Há algo de incrível nos sonhos, porque sonho contigo tão nítida e vivamente. Sabe, os sonhos não são só imagem, mas uma experiência em que dá para sentir o peso dos objetos e o calor do seu corpo...

É difícil te imaginar num beliche de campo de concentração, com os cabelos raspados após pegar tifo... Me recordo de você como na época do Pawiak: uma jovem alta, esbelta, de sorriso suave e olhar tristonho. Estava sentada com a cabeça curvada na avenida Szucha[133] e vi apenas seus cabelos escuros, que agora estão raspados.

E isso é a coisa mais poderosa que restou em mim de lá, do mundo de lá: sua imagem, por mais que seja tão difícil me recordar de você. É por isso que escrevo cartas tão longas: porque são como as nossas conversas noturnas de antigamente na rua Skaryszewska. E é por isso que essas cartas são serenas. Preservei muita serenidade dentro de mim e sei que você também. Apesar de tudo. Apesar da cabeça curvada na Gestapo, apesar do tifo, da pneumonia e dos cabelos raspados.

Mas essas pessoas... Veja bem, elas passaram desde o começo pela terrível escola do campo de concentração, sobre

---

133 Avenida no centro de Varsóvia onde funcionava a sede da Gestapo.

o qual circulam lendas. As pessoas pesavam uns 30 quilos, eram espancadas e escolhidas para a câmara de gás – você entende agora por que eles usam jaquetas engraçadas de cintura fina, têm esse andar gingado e exaltam Auschwitz a cada cinco minutos?

É assim que são as coisas... Estamos andando pela Birkenweg, elegantes, de trajes civis. Mas fazer o quê? Somos milionésimos[134]! Cento e três mil, cento e dezenove mil. Mas que tristeza aterradora por não termos chegado a tempo de receber os números mais antigos! Um sujeito de uniforme listrado veio até nós com o número 27 mil, tão antigo que dá tontura imaginar. É um jovem com o olhar turvo de onanista e o andar de animal que pressente perigo.

— Amigos, de onde vocês são?

— De Birkenau, meu amigo.

— De Birkenau? – nos lançou um olhar crítico. — E estão tão bem assim? Mas lá é terrível... Como conseguem aguentar?

Witek, meu amigo alto e exímio músico, respondeu, ajeitando os punhos do terno.

— Piano, infelizmente, a gente não tem! Mas dá para aguentar.

---

134 Prisioneiro novo no campo de concentração, cujo número tatuado é elevado.

AQUI EM AUSCHWITZ...

O número antigo olhou para nós como se estivesse olhando através de uma névoa:

— É que a gente tem medo de Birkenau...

As aulas continuam sendo adiadas, porque estamos esperando pelos *Flegers* dos campos de concentração da região: Janina, Jaworzno e Buna. Também devem vir *Flegers* de Gliwice e Mysłowice, de campos mais distantes que ainda são filiais sob a jurisdição de Auschwitz. Enquanto isso, já ouvimos meia dúzia de discursos solenes do diretor do curso, um Adolf de cabelos negros, miúdo e magricela, que veio há pouco tempo de Dachau e está imbuído de uma *Kameradschaft*[135] que sai até pelos ouvidos. Ele melhorará o estado de saúde no campo de concentração educando os *Flegers* e reduzirá a taxa de mortalidade ensinando o que é o sistema nervoso. O Adolf é excepcionalmente simpático e de outro mundo, mas, como alemão, não conhece a relação entre as coisas e os fenômenos e se atém ao significado das palavras como se elas fossem a própria realidade. Ele diz *Kameraden*[136] e pensa que isso é possível. No portão do campo de concentração forjaram em ferro os dizeres "O trabalho liberta". Esses ss e

135 "Camaradagem." Em alemão no original.
136 "Camaradas." Em alemão no original.

os prisioneiros alemães devem mesmo acreditar nisso. Eles, que cresceram educados por Lutero, Fichte, Hegel e Nietzsche. Portanto, por ora não há aulas e eu fico vagando pelo campo de concentração em excursões de natureza paisagístico-psicológica. Para ser mais exato, vagamos em trio: Staszek, Witek e eu. Staszek geralmente fica rondando a cozinha e a despensa, procurando quem já recebeu algo dele e agora está em dívida. Dito e feito: à noite começa uma procissão. Aglomeram-se uns sujeitos mal-encarados que sorriem cordialmente com as mandíbulas de barba feita e sacam coisas de suas jaquetas justas na cintura: um pega um tablete de margarina, outro, o pão branco do hospital, o de lá, um cigarro, e o de cá, uma linguiça. Jogam isso tudo na cama debaixo do beliche e desaparecem como num filme. Dividimos os ganhos, completamos com o que temos dos pacotes e cozinhamos no forno de ladrilhos coloridos de maiólica.

O Witek fica perto do piano. Há um caixote preto na sala musical do bloco, onde fica o *Puff*, mas, durante o *Arbeitszeit*[137], não é permitido tocar, e depois da chamada se apresentam os músicos que também dão concertos sinfônicos todo domingo. Eu definitivamente vou assistir.

Do lado oposto da sala musical deparamos com uma porta com a inscrição "Biblioteca", mas os mais inteirados afirmam

137 "Horário de trabalho." Em alemão no original.

AQUI EM AUSCHWITZ...

que é só para os *Reichdeustches*[138] e que há apenas alguns livros de detetive. Não chequei porque a porta fica fechada a sete chaves.

Nesse bloco cultural ao lado da biblioteca fica o setor político, e a seu lado está a sala do museu. Lá ficam fotografias confiscadas das cartas e, pelo que dizem, nada além disso. Mas é uma pena, porque poderiam colocar lá aquele fígado humano semicru que levou meu amigo grego a receber 25 chibatadas na b... por ter dado umas mordidas.

Mas o mais importante de tudo fica no térreo. É o *Puff*. *Puff* consiste em janelas semiabertas, até mesmo durante o inverno. Dessas janelas, após a chamada, despontam as cabecinhas de tons variados das moças e, por baixo dos robes azuis, cor-de-rosa e céladon (gosto muito dessa cor), os braços branquinhos como a espuma do mar. Há por lá, pelo que parece, umas quinze cabeças e trinta braços, se não contarmos a velha madame de seios imponentes, épicos e lendários que vigia por sobre as cabecinhas, pescocinhos, bracinhos etc... A madame não espia da janela, mas em compensação fica de guarda no térreo como um Cérbero na entrada do *Puff*.

Uma multidão de mandachuvas do campo está ao redor do *Puff*. Se há dez Julietas, deve haver uns mil Romeus (e não é qualquer Romeu). Por isso o empurra-empurra e a competição pelas Julietas. Os Romeus ficam nas janelas do

138 Termo que define o cidadão que habita o território do Reich.

bloco oposto, gritam, gesticulam com as mãos, seduzem. Estão entre eles o *Lagerältester* e o *Lagerkapo*[139], e também os médicos do hospital e os *kapos* dos *Komandos*. Diversas Julietas têm admiradores fixos e, além dos juramentos de amor eterno, da próspera vida em casal prometida após o campo de concentração, além das broncas e picuinhas, ouvem-se informações mais concretas a respeito de sabão, perfumes, calcinhas de seda e cigarros.

Há uma enorme camaradagem entre os homens: não concorrem entre si de modo desleal. As mulheres das janelas são muito meigas e atraentes, mas estão além do alcance, como peixinhos dourados num aquário.

Por fora o *Puff* é assim. Só é possível entrar passando pela *Szrajbsztuba* graças a um passe de recompensa pelo trabalho bom e diligente. É verdade que, como convidados de Birkenau, temos prioridade aqui também, mas abrimos mão. A gente tem o *winkiel*[140] vermelho, então deixemos os criminosos aproveitarem aquilo que é deles. Portanto, não fique triste, mas esta será uma descrição indireta, ainda que baseada em testemunhas e números antigos tão bons quanto o *Fleger* (já honorário) M... do nosso bloco, que tem o

---

139 A patente mais elevada dos *kapos*, responsável pelo trabalho dos *Komandos* no campo de concentração inteiro.

140 Triângulo que designava, pela cor, o crime cometido pelo prisioneiro. Ver Glossário.

AQUI EM AUSCHWITZ...

número quase três vezes menor que os últimos dois dígitos do meu. Está entendendo? Um membro fundador! Por isso ele se balança feito um pato e tem calças largas com vincos, presos na frente com alfinetes. Ele volta à noite todo animado e alegre. Lá vai ele até a *Szrajbsztuba* e, quando chamam os números dos que receberam permissão, fica à espera de que seja algum ausente; então grita *hier*[141], pega o passe e corre até a madame. Enfia uma ou duas caixas de cigarro nas mãos dela, que realiza uma série de procedimentos de natureza higiênica, e o *Fleger* já está todo borrifado e saltita veloz para o andar de cima. As Julietas das janelas perambulam pelo corredorzinho em robes despretensiosamente jogados sobre o corpo. Volta e meia uma passa ao lado do *Fleger* e pergunta, como quem não quer nada:

— Qual é o seu número?

— Oito – responde o *Fleger*, olhando o cartãozinho para ter certeza.

— Então não é comigo, é com a Irma, a loirinha – murmura desapontada, e a passos vagarosos se afasta rumo à janela.

Então o *Fleger* chega até o número oito. Na porta ele ainda lê que não é permitido realizar tais e tais devassidões, caso contrário é mandado para o *bunker*[142], e que só isso é permitido (listagem minuciosa), e apenas por tantos e

141 "Aqui." Em alemão no original.
142 Uma das celas de punição do bloco 11, o "bloco da morte".

tantos minutos. Ele suspira voltado para o olho-mágico da porta pelo qual volta e meia espiam as amigas, às vezes a madame, às vezes o *Komandoführer* do *Puff* e às vezes até o próprio comandante do campo. Ele larga o maço de cigarros na mesa e... olha só, se dá conta de que há dois maços de cigarros ingleses no armarinho. E só então acontece aquilo... E depois o *Fleger* vai embora colocando no bolso, por distração, os dois maços de cigarros ingleses. Passa novamente pela desinfecção e, todo alegre e feliz, nos conta tudo.

Mas a desinfecção às vezes falha, e por isso eclodiu outrora um surto no *Puff*. Fecharam o *Puff*, pelos números foi possível checar quem esteve lá, fizeram a convocação oficial e aplicaram o tratamento. Mas, como o comércio de senhas é algo amplamente praticado, pessoas erradas receberam tratamento. É, a vida é assim. As mulheres do *Puff* também faziam viagens ao campo de concentração. Saíam à noite pela escada, trajando roupas masculinas, rumo a bebedeiras e orgias. Mas o vigia da guarita mais próxima não gostou nada disso, e tudo foi ladeira abaixo.

Também há mulheres em outros lugares: o bloco número 10, de experimentos. Lá as inseminam artificialmente (assim dizem), as infectam com tifo e malária, realizam procedimentos cirúrgicos. Eu vi de relance aquele que conduz esse trabalho: estava de roupa de caçador, com um chapeuzinho tirolês abarrotado de condecorações

AQUI EM AUSCHWITZ...

esportivas e com um rosto de sátiro bonachão. Pelo que dizem, ele é professor universitário.

As mulheres são protegidas por grades e tábuas, mas frequentemente há os que conseguem entrar à força e as inseminam de modo nada artificial. O velho professor deve ficar furioso.

Entenda uma coisa: não são pessoas pervertidas que fazem isso. O campo de concentração inteiro, após comer e dormir bem, fala sobre mulheres; o campo inteiro sonha com mulheres; o campo inteiro corre atrás delas. O *Lageräl-tester* foi expulso daqui como punição, junto com um grupo de pessoas, porque sempre se esgueirava pela janela para dentro do *Puff*. Um SS de 19 anos pegou o maestro da orquestra, um sujeito gordo e sério, mais meia dúzia de médicos no ambulatório em posições nada dúbias com suas parceiras, que haviam ido extrair alguns dentes. Com a chibata em mãos, aplicou uma coça nos locais devidos. Um acontecimento desses não é motivo de vexame para ninguém. Simplesmente não tiveram sorte.

Uma obsessão psicótica pelas mulheres cresce no campo. Por isso as mulheres do *Puff* são tratadas como normais, com as quais se fala de amor e vida doméstica. Essas devem ser uma dezena, já o campo é formado por algumas dezenas de milhares.

É por isso que há tanta avidez em entrar no FKL, em Birkenau. Essas pessoas estão doentes. E pense só: não há apenas um Auschwitz. Há centenas de "grandes campos" de concentração, há os *Oflags*[143], os *Stalags*[144], os...

Sabe o que estou pensando enquanto escrevo isso tudo para você?

Já é noite profunda; estou aqui, separado por um armário do cômodo grande cheio de doentes respirando com dificuldade durante o sono, sentado em um quartinho pequeno junto à janela que reflete meu rosto, a cúpula do abajur verde-acinzentada e a folha branca de papel em cima da mesa. Franz, um rapaz jovem de Viena, fez um acordo comigo já na primeira noite e agora estou sentado à mesa dele, acendendo seu abajur e escrevendo para você no papel que era dele. Mas não escrevo sobre aquilo que ele e eu conversamos hoje: a literatura alemã, o vinho, a filosofia romântica e os problemas do materialismo.

Sabe sobre o que estou pensando enquanto escrevo isso para você?

Penso na rua Skaryszewska. Olho para a janela escura e vejo meu rosto refletido no vidro, e além dele vejo a noite e os clarões súbitos dos holofotes das guaritas de vigia, que recortam fragmentos de objetos das trevas. Olho e penso

---

143 Campo de prisioneiros de guerra para oficiais. Abreviação do alemão *Offizierslager*.

144 Campo de prisioneiros de guerra para soldados e suboficiais. Abreviação do alemão *Stammlager*.

AQUI EM AUSCHWITZ...

na rua Skaryszewska. Recordo-me do céu pálido e cheio de faíscas, da casa queimada do outro lado da rua e das grades da janela que cortavam a vista como um vitral.

Penso que sentia muitas saudades do seu corpo naqueles dias e às vezes esboço um sorriso ligeiro quando me vem à mente como deve ter sido grande o baque quando, após nossa prisão, encontraram em casa, ao lado de meus livros e poemas, seus perfumes e seu robe vermelho, pesado e comprido, como o brocado dos quadros de Velázquez. (Eu o adorava, você ficava linda nele, embora eu nunca tenha dito isso.)

Penso em como você foi madura e em quanta boa vontade e – me perdoe por estar escrevendo isso só agora – dedicação você investiu em nossa relação; como entrou por espontânea vontade em minha vida, meu quartinho miúdo sem água, penso nas noites com chá frio, uma ou duas flores já meio murchas, o cachorro que sempre mordia e o lampião na casa dos meus pais.

Penso sobre isso e sorrio com complacência quando me falam sobre moral, leis, tradições, deveres... ou quando renegam toda e qualquer delicadeza e sentimentalismo e, mostrando o punho, falam sobre a era da rispidez. Sorrio e penso que o ser humano sempre redescobre o ser humano – pelo amor. E que isso é a coisa mais importante e duradoura na vida humana.

Penso sobre isso e me recordo da cela no Pawiak. Na primeira semana eu era incapaz de imaginar o dia sem um livro, sem o círculo de luz da noite, sem uma folha de papel, sem você...

E veja só o que o hábito não faz: eu andava pela cela e compunha poemas no ritmo dos passos. Anotei um deles na Bíblia de um companheiro de cela, mas dos outros – eram canções horacianas – me recordo somente de algumas estrofes, como essa do poema para os amigos em liberdade:

Amigos em liberdade! Faço da canção do cárcere
   minha despedida
para que saibam que eu não parto em agonia pois sei
que meu amor e poesia ainda vivem após minha partida
e enquanto vocês vivem em suas memórias viverei.

Hoje é domingo. De manhã saímos para um passeio, olhamos de cima o bloco experimental feminino (elas espicham a cabeça pelas grades igualzinho aos coelhos do meu pai, você lembra?, aqueles cinza com uma orelha dobrada) e em seguida observamos atentamente o bloco SK^{145} (no pátio fica aquela parede preta, na qual antigamente faziam os fuzilamentos; atualmente fazem isso de modo mais silencioso

---

145 *Strafkompanie*, companhia penal para a qual os prisioneiros eram enviados como punição por tentativas de fuga, contato com a população civil, trabalho vagaroso etc. Eles eram encarregados dos trabalhos mais extenuantes, frequentemente espancados pelos oficiais da ss e isolados dos demais prisioneiros.

AQUI EM AUSCHWITZ...

e discreto – no crematório). Vimos um ou dois civis, duas mulheres de casacos de pele apavoradas e um homem com o rosto amarrotado e cara de sono. Um ss os conduzia, mas não se assuste, pois era só até o centro de detenção municipal temporário localizado justamente no bloco sk. As mulheres olhavam com pavor para as pessoas vestidas com roupas listradas e para as construções imponentes do campo de concentração: os edifícios de vários andares, as cercas duplas, um muro além da cerca, as robustas guaritas de vigilância. Ah, e se soubessem que o muro ainda entra – como dizem – 2 metros para dentro do chão para que ninguém escave por baixo! Apenas sorrimos para elas, porque é bobagem: vão ficar presas uma ou duas semanas e logo saem. A não ser que realmente fique comprovado que elas estavam fazendo negócios no mercado paralelo. Aí vão para o crematório. Esses civis são engraçados. Reagem ao campo de concentração como homens selvagens ao verem uma arma de fogo. Não entendem o mecanismo de nossa vida e farejam nisso tudo algo inimaginável, místico, algo que vai além das forças humanas. Lembra-se de como ficou apavorada quando te prenderam e você me escreveu sobre isso? Eu estava lendo o *Lobo da estepe* na casa da Maria (ela também escolhia os livros a dedo), mas eu não tinha uma ideia muito clara do que se tratava.

Hoje já estou bem íntimo do inimaginável e do místico, convivendo dia a dia com o crematório, casos de tuberculose e flegmão aos milhares, tendo sentido na pele o que são a chuva e o vento, o sol, o pão, a sopa de rutabaga, o trabalho para não levantar suspeitas, a escravidão, o poder – estando, digamos assim, lado a lado da besta. Olho para tudo isso com um tanto de condescendência, como um erudito olha para o laico, um iniciado para um profano.

Destile dos acontecimentos cotidianos toda a sua essência corriqueira, descarte o pavor, o asco e o desprezo, e encontrará a fórmula filosófica para isso tudo. Para a câmara de gás e o ouro, para as chamadas e o *Puff*, para o civil e o número antigo.

Se eu tivesse dito a você, quando dançávamos no pequeno quartinho com a luz alaranjada: ouça, você tem 1 ou 2, ou 3 milhões de pessoas. Mate-as de tal modo que ninguém saiba disso, nem elas mesmas. Aprisione umas centenas de milhares, abale sua solidariedade, incite um homem contra o outro e... você certamente me tomaria por um doido e sabe-se lá se não interromperíamos nossa dança. Mas eu certamente não diria isso, ainda que conhecesse o campo de concentração, para não arruinar a atmosfera.

E aqui veja só: de início um celeiro rural pintado de branco – e nele asfixiam as pessoas. Depois quatro construções maiores – e lá se vão 20 mil como se não fosse nada. Sem feitiços, sem veneno, sem hipnose. Um grupo de meia dúzia controlando o fluxo para que não haja empurra-empurra, e as pessoas fluem como água ao abrir a torneira. Isso tudo ocorre em meio às árvores anêmicas do bosque

AQUI EM AUSCHWITZ...

enfumaçado. Caminhões comuns trazem as pessoas e voltam como numa esteira, trazendo outra leva. Sem feitiços, sem veneno, sem hipnose.

Como é possível que ninguém grite, ninguém cuspa no rosto ou avance contra o peito do outro? Tiramos o chapéu diante dos ss quando voltam de perto do bosque, quando nos chamam; vamos com eles para a morte, e nada? Passamos fome, nos encharcamos na chuva e levam embora nossos entes mais queridos. Está vendo só: é místico. Essa é a estranha possessão do homem pelo homem. É a passividade selvagem que ninguém é capaz de quebrar. E a única arma é nosso número, que as câmaras de gás não comportam.

Ou ainda assim: um cabo de pá no meio da goela e lá se vão umas cem pessoas por dia. Ou sopa de urtiga e pão com margarina, e depois o ss jovem e robusto com um pedaço de papel amassado nas mãos, o número tatuado no braço, depois o caminhão, um daqueles...

... você sabe quando foi a última vez que arianos foram escolhidos para o gás? Dia 4 de abril. E você se lembra de quando chegamos ao campo de concentração? Dia 29 de abril. O que seria de você com essa sua pneumonia se tivéssemos chegado três meses antes?

... eu sei que você está deitada no beliche comum com suas amigas, que certamente muito se espantam com minhas palavras. "Você tinha dito que esse Tadeusz é bem--humorado, mas veja só, ele só escreve coisas sombrias."

Certamente estão muito indignadas comigo. Mas, afinal de contas, podemos falar sobre as coisas que ocorrem ao nosso redor. Não estamos invocando o mal em vão e de modo irresponsável, pois, afinal de contas, estamos imersos nele...

... você está vendo, já caiu novamente a noite profunda depois de um dia cheio de acontecimentos bizarros.

De tarde fui a uma luta de boxe na barraca grande do *Waschraum*[146], de onde partiam inicialmente os trens para o gás. Deixaram-nos entrar no meio da luta, por mais que a sala estivesse abarrotada até as bordas. Organizaram um ringue na grande sala de espera. Com luzes por cima, um juiz (*nota bene*, juiz olímpico polonês), boxeadores de renome internacional, mas somente arianos, porque os judeus são proibidos de participar. E aquelas mesmas pessoas, que no dia a dia quebravam dezenas de dentes, pessoas das quais há várias andando por aí com a própria mandíbula inteira desdentada – se deleitavam assistindo Czortek[147], Walter de Hamburgo e um garotinho jovem que, tendo sido treinado no campo de concentração, se tornou, como dizem, de alto nível. Por aqui ainda vive a

---

146 Local destinado a diversos fins, como palco para lutas de boxe. Ver Glossário.

147 Antoni Czortek (1915-2004), boxeador polonês já renomado antes do início da Segunda Guerra Mundial.

AQUI EM AUSCHWITZ...

memória do número 77[148], que outrora batia nos alemães como se quisesse se vingar no ringue daquilo que outros sofreram no campo de trabalhos forçados. A sala estava enfumaçada pelos cigarros, e os boxeadores se esmurravam o quanto dava. Faziam isso de um jeito amador, ainda que com grande afinco.

— Mas esse Walter aí – diz o Staszek –, vejam só! Lá no *Komando*, quando quer, derruba um muçulmano com um golpe! Mas aqui, olha só, três rounds e nada! E ainda acabou levando uma na fuça. Pelo visto, tem plateia demais, né?

Os espectadores, por sinal, estavam no sétimo céu, e nós aqui na primeira fileira, sabe como é, convidados.

Logo após o boxe eu fui ver a concorrência, um concerto. Vocês aí nesse seu Birkenau não fazem nem ideia das maravilhas culturais que ocorrem aqui, a alguns quilômetros das chaminés. Imagine só, eles tocam a abertura de Tancredi, uma coisa ou outra de Berlioz e mais algumas danças finlandesas de um compositor que tinha muitos As no sobrenome. Varsóvia nem sequer sonha com uma orquestra dessas! Mas calma lá, vou te contar uma coisa de cada vez e você escute bem, porque vale a pena. Então eu saí do boxe animado e alegre e imediatamente adentrei o bloco onde também fica o *Puff*. O barulho e o aperto lá

148 Referência a Tadeusz Pietrzykowski (1917-1991), pugilista polonês que também lutou em Auschwitz.

eram grandes; havia ouvintes até encostados nas paredes, e os músicos afinavam os instrumentos sentados por toda a extensão da sala. Em frente à janela – havia um pedestal no qual subiu o *kapo* da cozinha (que é também o maestro) e o pessoal da batata e da *rollwaga*[149] (esqueci de escrever para você que a orquestra descasca batatas e empurra as carroças durante o trabalho) começou a tocar. Rapidamente me enfiei entre o segundo clarinete e o fagote. Ajoelhei--me junto à cadeirinha desocupada do primeiro clarinete e fiquei todo ouvidos. Você nunca imaginaria como soa poderosa uma orquestra sinfônica de trinta pessoas em um quarto grande! O mestre de capela gesticulava moderadamente, para não bater a mão na parede, e ameaçava visivelmente aqueles que erravam as notas. Eles iriam ver só na hora de descascar as batatas. Aqueles do fundo da sala (de um dos lados o tambor e do outro o violoncelo) compensavam como podiam. O fagote abafava tudo, talvez porque eu estivesse sentado bem ao lado. Mas que violoncelo! Os quinze ouvintes (porque não coube mais gente), como se fossem especialistas, se embeveciam com a música e recompensavam a orquestra com parcos aplausos.

Alguém batizou nosso campo de concentração de *Betrugslager*, o campo dos embustes. Uma cerca-viva esparsa em torno da casinha branca, o pátio com aspecto rural,

---

149 "Carroça." Ver Glossário.

AQUI EM AUSCHWITZ...

placas com os dizeres "banho" – bastam para ludibriar milhões de pessoas, para enganar até a morte. Um pouco de boxe, um gramadinho, 2 marcos mensais para os prisioneiros mais dedicados, mostarda no refeitório, um controle semanal de piolhos e a abertura de Tancredi são suficientes para enganar o mundo e a nós. Os que estão lá fora pensam que os campos são monstruosos, mas que não deve ser tão ruim assim, uma vez que têm orquestra, boxe, os gramados e os cobertores nas camas... Enganosa é a ração de pão à qual é preciso acrescentar algo para sobreviver.

Enganoso é o período de trabalho, quando não é permitido falar, sentar e descansar. Enganoso é cada golpe de pá de terra, cheia pela metade, que lançamos ao lado da vala.

Observe atentamente isso tudo e não perca as forças quando as coisas estiverem ruins para você.

Porque talvez tenhamos de prestar testemunho aos vivos sobre esse campo, sobre esse tempo de embustes, e defender os mortos.

Houve uma época em que íamos em *Komandos* para o campo de concentração. A orquestra tocava ao ritmo da marcha das colunas que iam. Vieram o DAW[150] e dezenas de outros *Komandos* e ficaram esperando na frente do portão:

---

150 *Komando* que cuidava do desmonte de aviões abatidos. Abreviação do alemão *Deutsche Abrüstungswerke*. Ver Glossário.

10 mil homens. E então vieram do FKL veículos cheios de mulheres nuas. As mulheres erguiam os braços e gritavam:

— Socorro! Estamos indo para o gás! Socorro, nos salvem! Elas passaram ao nosso redor, 10 mil homens em profundo silêncio. Nem um único homem se moveu, nem uma única mão se ergueu.

Porque os vivos sempre têm razão perante os mortos.

━━━ ━━

Já estamos no curso faz tempo, só que não te escrevi sobre isso porque é no sótão, e lá faz muito frio. Sentamo-nos em banquinhos que foram surrupiados para nós e temos diversão de sobra, especialmente com os grandes mapas do corpo humano. Os curiosos veem como funcionam as coisas, mas eu e Witek ficamos jogando a esponja um para o outro e brincando de esgrima com as réguas, o que deixa Adolf querendo arrancar seus cabelos negros. Ele agita as mãos para nós e fala sobre a *Kameradschaft* e o campo de concentração. Estamos quietos num canto; Witek saca uma fotografia da esposa e pergunta a meia-voz:

— Vai saber quantos ele não matou lá em Dachau[151]. Caso contrário, não ficaria aí se promovendo... Você o esganaria, se pudesse?

151 Campo de concentração na cidade alemã de Dachau.

AQUI EM AUSCHWITZ...

— Hum... mas que mulher bonita. Como você a conquistou?

— Certa vez estávamos fazendo um passeio em Pruszków. Sabe como é, o verde da natureza, estradinhas de terra, o bosque no horizonte. Íamos agarradinhos um no outro quando de repente um cachorro da ss surge de um dos lados...

— Não invente. Afinal, isso foi em Pruszków, e não em Auschwitz.

— É verdade, ao lado havia uma casa de campo ocupada pela ss. E aquela peste foi logo para cima da moça! O que é que você faria? Disparei o revólver na fera, peguei a mulher pela mão e disse: "Vamos embora, Irka!", mas ela ficou lá, grudada no chão, olhando para a arma. "De onde você tirou isso?" Consegui tirar ela de lá a tempo, porque já dava para ouvir vozes na casa. Cruzamos o campo correndo como duas lebres. Tive de ficar explicando por um bom tempo que aquele pedaço de ferro é necessário no meu ofício.

Enquanto isso, um dos outros doutores está falando sobre esôfagos e essas coisas que ficam dentro do ser humano. Já Witek segue contando, despreocupado.

— Certa vez briguei com um amigo. É ele ou eu, pensei. Ele, por sinal, pensou o mesmo, eu o conheço bem. Eu o segui por uns três dias e fiquei o tempo todo vendo se alguém vinha atrás de mim. Peguei ele na rua Chmielna, à tardinha, e dei-lhe uma facada, mas não consegui acertar onde devia. Volto no dia seguinte e ele está com a mão enfaixada, me olhando com a cara amarrada. "É que eu caí" – ele diz.

— E o que você fez? – pergunto, porque é uma história bem recente.

— Nada; logo depois me prenderam.

Agora, se foi esse colega o culpado disso ou não, é difícil afirmar, mas Witek não se deu por vencido. Ele foi chefe de um setor ou encarregado do banheiro – tipo um *pipel* do Kronszmidt – que, junto com certo ucraniano, torturava os judeus em cada turno. Você conhece os porões do Pawiak? Aqueles pisos de ferro? Pois então, os judeus nus, com a pele queimada após o banho, rastejavam por eles de um lado para outro e vice-versa. Você já viu a sola de uma bota de oficial alguma vez? A quantidade de pinos? Pois o Kronszmidt subia nos corpos nus com essas botas e andava sobre as pessoas. Para os arianos as coisas eram mais amenas – é verdade que eu rastejava, mas era em outro setor e ninguém subia em mim. E não deixavam de fazer isso por princípio; me fariam rastejar se eu entregasse um relatório malfeito. A gente tinha a ginástica: dia sim, dia não. Uma hora de corrida em volta do pátio e em seguida "Ao chão" para flexões, exercício bom de escola.

Meu recorde: 76 vezes, e fiquei com dor nos braços até a vez seguinte. O melhor exercício que eu conheço é o exercício coletivo "Avião, procure abrigo!". Uma coluna

AQUI EM AUSCHWITZ...

dupla de pessoas em fila leva uma escada nas costas, segurando com uma mão. Ao comando "avião, procure abrigo", elas se jogam no chão sem deixar a escada cair das costas. Aquele que soltar morre pela chibata ou pelos dentes do cão. Em seguida o ss começa a andar para lá e para cá pelos degraus da escada em cima das pessoas. Depois as pessoas têm de se levantar e, sem quebrar a formação, se jogar no chão de novo.

Está vendo, tudo isso é inimaginável: ficar dando cambalhotas quilômetros a fio como em Sachsenhausen, rolar no chão durante horas, fazer centenas de agachamentos, ficar dias e noites de pé em um lugar, meses sentado em um caixão de cimento, no bunker, pendurado num poste amarrado pelas mãos ou em uma barra posta sobre duas cadeiras, saltitar como sapo e se arrastar como cobra, beber baldes inteiros de água até se afogar, ser espancado por milhares dos mais diversos chicotes e varas, por milhares de pessoas de toda sorte – sabe, escuto com avidez as histórias das prisões provincianas completamente desconhecidas de Małkinia, Suwałki, Radom, Puławy e Lublin, as histórias sobre a tecnologia monstruosamente desenvolvida para torturar o homem, e não consigo acreditar que ela tenha saltado de repente da cabeça de um ser humano, como Minerva da cabeça de Júpiter. Não consigo entender esse deleite súbito em matar, essa erupção de atavismo aparentemente esquecido.

E ainda tem isto: a morte. Contaram-me sobre um *Lager*[152] aonde todo dia chegavam trens de novos prisioneiros, algumas dezenas deles a cada vez. Mas o campo tinha um número fixo de rações, não me lembro mais quantas, 2 mil ou talvez 3 mil, e o comandante não gostaria que os prisioneiros passassem fome. Todo preso tinha de receber uma ração. Todo dia, portanto, havia dezenas de pessoas em excesso. Toda noite realizavam sorteios em todos os blocos com cartõezinhos ou bolinhas feitas de pão, e os sorteados não iam trabalhar no dia seguinte. Ao meio-dia eram conduzidos para fora das cercas e fuzilados.

E, em meio a essa enxurrada de atavismo, encontra-se o homem de outro mundo, o homem que conspira para que não haja conspirações entre os homens, aquele que rouba para que não haja saques na terra e aquele que mata para que não assassinem as pessoas.

O Witek, então, era desse outro mundo e foi *pipel* do Kronszmidt, o pior carrasco do Pawiak. Agora está aqui sentado ao meu lado ouvindo o que existe dentro do corpo e como consertá-lo com meios caseiros quando alguma coisa dá errado. Depois houve uma confusão nas aulas. O doutor dirigiu-se ao Staszek, que sabe surrupiar com enorme destreza, e mandou ele repetir o conteúdo sobre o fígado. Staszek respondeu errado. O doutor disse:

152 Campo de concentração. Em alemão no original. Ver Glossário.

AQUI EM AUSCHWITZ...

— Suas respostas são estúpidas. E, além do mais, você bem que poderia ficar de pé.

— Já que tenho de ficar preso no campo mesmo, então pelo menos vou me sentar durante as aulas – respondeu Staszek, enrubescendo. — E peço que não me insulte.

— Cale-se, você está em aula.

— Mas é claro que você quer que eu fique calado, afinal, eu poderia falar demais sobre aquilo que você fazia aqui no campo de concentração.

E então nós começamos a bater nas carteiras e gritar "Isso! Isso aí!", e o doutor saiu correndo pela porta. Veio Adolf, que começou a tagarelar sobre *Kameradschaft* em nosso ouvido, depois fomos ao bloco, e isso tudo bem no meio do sistema digestivo. Staszek logo foi atrás de seus colegas para que o doutor não lhe puxasse o tapete depois. Mas certamente não o fará, porque o Staszek tem amigos influentes. Se há algo que aprendemos nas aulas de anatomia é: aquele que tem costas quentes dificilmente cai quando lhe puxam o tapete. Mas com esse doutor aí realmente acontecia de tudo; ele aprendeu a fazer cirurgias usando os pacientes. Quantos ele mutilou em prol da ciência e quantos por ignorância é difícil estimar. Mas devem ter sido muitos, porque o hospital sempre estava abarrotado e o necrotério, cheio.

Lendo isso você vai pensar que abdiquei por completo daquele mundo lá de casa. Fico aqui escrevendo e escrevendo para você apenas sobre o campo de concentração, seus acontecimentos diminutos dos quais tiro significado, como se já não houvesse mais nada a nossa espera.

Você se lembra do nosso quartinho? A garrafa térmica de 1 litro que você comprou para mim? Não cabia no bolso e por fim – para sua revolta – foi parar debaixo da cama. E da história da *łapanka* no bairro de Żoliborz, sobre a qual você ficou me enviando relatos pelo telefone durante o dia todo? Que tiraram as pessoas dos bondes, mas você tinha descido uma parada antes, e que cercaram o prédio, mas você tinha saído para os campos e foi até o Vístula? E o que você me dizia quando eu reclamava da guerra, da barbárie, da geração de ignorantes que nos tornaremos:

— Pense naqueles que estão nos campos de concentração. A gente só está perdendo tempo; eles estão sofrendo.

Havia muita inocência naquilo que eu dizia, muita imaturidade e busca por uma saída mais cômoda. Mas não me parece que estivéssemos perdendo nosso tempo. Contrariando as paixões da guerra, nós vivíamos em outro mundo. Talvez em prol desse mundo que ainda virá. Caso essas palavras sejam ousadas demais, me perdoe. O fato de estarmos aqui agora, isso também deve ser em prol desse outro mundo. Ou você acha que, se não fosse pela esperança de que esse outro mundo há de vir, de que os direitos humanos serão restabelecidos, viveríamos um dia sequer no campo de concentração? É justamente a esperança que faz as pessoas se encaminharem apáticas à câmara de gás,

AQUI EM AUSCHWITZ...

que faz com que não arrisquem uma revolta e que as mergulha no torpor. É a esperança que destrói os laços familiares, ordena que as mães reneguem seus filhos, obriga as esposas a se venderem por pão e os maridos a matarem gente. É a esperança que os faz lutar por cada dia da vida, porque, talvez, justamente esse será o dia que trará a libertação. E já não é sequer a esperança por um outro mundo, por um mundo melhor, mas simplesmente a esperança de viver uma vida na qual haverá paz, sossego e descanso. Nunca na história da humanidade a esperança foi tão mais poderosa do que o homem, mas também nunca causou tamanho mal como nessa guerra, nesse campo de concentração. Não fomos ensinados a abrir mão da esperança e por isso morremos na câmara de gás.

Veja só como é original o mundo em que vivemos: como são poucas as pessoas na Europa que não mataram alguém! E poucos são aqueles que outros não desejaram assassinar.

Enquanto isso, nós ansiamos por um mundo em que haja o amor ao próximo, em que as outras pessoas nos deixem em paz e nossos instintos tenham descanso. Pelo visto, essa é a lei do amor e da juventude.

p. s.: Mas, sabe, antes disso eu cortaria com muito prazer o pescoço de um ou dois para descarregar o trauma do campo de concentração, o trauma de ter de tirar o gorro, de olhar passivamente os outros serem espancados e assassinados, do trauma do terror do campo. Tenho medo, porém, de que esse trauma pese sobre nós. Não sei se sobreviveremos, mas eu gostaria de algum dia sermos capazes de chamar as coisas pelo verdadeiro nome, como fazem os bravos.

Há alguns dias temos uma forma de entretenimento fixa à tarde: do bloco Für Deutsche marcha uma coluna de pessoas que percorre várias vezes o campo de concentração cantando *Morgen nach Heimat*. O *Lagerältester* comanda e marca o passo com uma chibata *Schritt und Tritt*[153].

Eles são criminosos, isto é, "voluntários" do Exército. Separaram todos os *winkiels* verdes e enviarão os mais leves para o front. Aquele sujeito que cortou a garganta da esposa e da sogra – mas soltou o canarinho ao ar livre para que não ficasse sofrendo na gaiola – tem sorte, porque vai ficar. Por enquanto, porém, estão todos juntos.

Estão sendo treinados para marchar e aguardam para ver se também demonstrarão compreensão da vida em sociedade ou não. Eles, por sua vez, revelam sociabilidade como podem. Estão juntos aqui faz apenas alguns dias e já arrombaram a despensa, pegaram vários pacotes, detonaram o refeitório e arrasaram com o *Puff* (que, consequentemente,

153 "A cada passo." Em alemão no original.

AQUI EM AUSCHWITZ...

para o ressentimento geral, foi fechado mais uma vez). Para que, dizem sabiamente, temos de ir guerrear e arriscar o pescoço pelos ss? Quem é que vai limpar nossos sapatos se aqui estamos bem? *Vaterland*[154] isso, *Vaterland* aquilo, já está afundando com ou sem nossa participação. E quem é que limpará nossos sapatos no front? E lá há jovenzinhos?

Essa corja caminha então pela rua cantando "Amanhã vamos para casa". São todos assassinos famosos, um mais famoso que o outro. Tem o Seppel, o terror dos *Dachdeckers*[155], aquele que impiedosamente obriga a trabalhar debaixo de chuva, na neve e no frio e que arremessa do telhado quem não bater um prego direito. Há o Arno Böhm, o número 8, chefe de bloco, *kapo* e *Lagerkapo* de muitos anos, aquele que matava os chefes de *Sztuba*[156] caso vendessem chá e dava 25 golpes por cada minuto de atraso e cada palavra proferida após o gongo noturno. Aquele mesmo que costumava escrever cartas breves, porém comoventes, a seus velhos pais em Frankfurt, falando da distância que os separa e seu futuro retorno. Reconhecemos todos eles: este esteve no DAW, aquele é o terror de Buna, esse aí é um desengonçado, mas, quando estava doente, fazia viagens até a guarita do chefe de bloco atrás de tabaco, até que

154 "Pátria." Em alemão no original.
155 Aquele que conserta telhados. Em alemão no original.
156 Sala ou parte do bloco. Ver Glossário.

o pegaram e deixaram todo roxo de pancada. Ele foi mandado para o campo de concentração e um *Komando* infeliz foi parar em suas garras criminosas. Andam em formação pederastas conhecidos, alcoólatras, viciados em drogas, sadistas – e, bem no finalzinho, vai o Kurt: vestido elegantemente, olhando ao redor, ele erra o passo e não canta.

Pensei: no fim das contas foi ele que encontrou você para mim e fez a entrega de nossas cartas. Portanto, desci correndo num piscar de olhos, o peguei pela gola e disse:

— Kurt, você deve estar faminto. Vá, seu criminoso-voluntário, lá para cima – e mostrei a janela que pertence a nós.

Ele apareceu aqui de tarde, bem na hora do almoço preparado no forno de ladrilhos de maiólica. Kurt é muito simpático (isso soa estranho, mas é difícil usar outro termo aqui) e bom contador de histórias. Ele queria se tornar músico, mas seu pai, um lojista rico, o expulsou de casa. Kurt foi embora para Berlim, conheceu uma moça por lá, filha de outro dono de comércio, morou com ela e escrevia para revistas esportivas. Foi parar no xilindró por um mês por brigar com um *Stahlhelm*[157] e depois nem sequer deu as caras na casa da moça. Ele conseguiu um carro esportivo e contrabandeava moedas estrangeiras. Topou com a namorada durante um passeio, mas não ousou abordá-la. Em

---

157 Capacete de aço de formato característico, facilmente reconhecível. Aqui é usado para designar soldados alemães de modo geral.

AQUI EM AUSCHWITZ...

seguida passou a viajar para a Áustria e Iugoslávia, até que o prenderam. E, como era reincidente (aquele mês infeliz), logo foi da prisão para o campo, e agora vai ter de esperar até o fim da guerra.

Está caindo a noite, já acabou a chamada no campo. Meia dúzia de nós estamos sentados à mesa contando histórias. As pessoas contam histórias por toda parte, no caminho ao *Komando*, voltando ao campo, trabalhando com a pá ou no vagão, de noite nos beliches, de pé durante a chamada. Contamos o enredo de romances e falamos sobre a vida. Isso e aquilo do lado de lá das cercas. Hoje nos deu vontade de falar do campo, talvez porque Kurt logo vai embora.

— A verdade é que ninguém sabia direito o que se passava no campo de concentração. Circulavam algumas bobagens sobre o trabalho sem sentido; por exemplo, arrancar e colocar o asfalto de novo ou juntar areia. Claro que se dizia também que o campo era horrível. Espalhavam-se boatos. Mas Deus é testemunha quando digo que ninguém estava ligando muito. Todos sabiam que, uma vez pegos, não sairiam mais.

— Se você tivesse chegado dois anos atrás, certamente o vento o teria levado pela chaminé – interrompeu ceticamente Staszek, que sabe surrupiar com destreza.

Dei de ombros, indisposto.

— Ou talvez não. O vento não te levou, então também não me levaria. Mas, sabem, lá no Pawiak havia um sujeito de Auschwitz...

— Certamente foi para ser interrogado.

— Exato. A gente o questionou e ele nada, era como se o gato tivesse comido sua língua. Disse apenas: "Quando vocês chegarem, verão. Mas para que ficar contando isso para vocês? É como falar com crianças".

— Você tinha medo do campo de concentração?

— Tinha. Saímos do Pawiak de manhã. Fomos em carros até a estação. Mau sinal: o sol brilhava atrás de nós. Isso quer dizer que íamos à estação do lado ocidental de Varsóvia. Para Auschwitz. Rapidamente nos puseram nos vagões, e lá íamos nós! Viajamos em ordem alfabética, em grupos de sessenta. E mesmo assim não estava apertado.

— Você pegou suas tralhas?

— Claro. Uma manta e um roupão que ganhei da minha noiva, além de dois lençóis.

— Otário, devia ter deixado para os colegas. Não sabia que tomariam tudo de você?

— Fiquei com pena. Depois removemos todos os pregos de umas tábuas e *voilà*! Mas havia um homem com uma metralhadora no telhado que pegou os três primeiros na hora. O último espichou a cabeça para fora do vagão e levou uma bala na nuca. Logo pararam o trem, e a gente foi para um canto! Soava a maior gritaria, berros, um inferno! Não era para tentar escapar! Covardes! Eles vão nos matar! Era cada palavrão...

— Piores do que os do campo das mulheres?

AQUI EM AUSCHWITZ...

— Não, não foram piores. Mas ainda assim bastante pesados. Fiquei sentado bem no fundo, debaixo de um monte de pessoas. Pensei: tudo bem, se começarem a atirar não serei o primeiro. E ainda bem, porque atiraram. Dispararam uma rajada na pilha de gente, mataram dois e acertaram um terceiro. E *los, aus*[158], larguem as coisas! Aí eu pensei comigo, agora *kaput*! Acabou, é daqui para a vala! Lamentei um pouco pelo roupão, porque tinha uma Bíblia nele e, vocês sabem como é, ganhei da minha noiva.

— A manta, se entendi bem, também era presente da sua noiva.

— Era. Também lamentei por ela. Mas não consegui pegar nada porque me jogaram para fora. Vocês não fazem ideia de como o mundo é grande quando o sujeito sai voando de um vagão fechado! O céu é alto...

— ... e azul...

— Exato, azul, até as árvores têm aroma agradável e dá vontade de pegar o bosque com as mãos! Os ss estavam ao redor com as metralhadoras. Eles levaram quatro de nós para um canto e nos enfiaram em um outro vagão. Éramos 120 viajando, três mortos e um ferido. Por pouco não morremos sufocados no vagão. Estava tão abafado que pingava água do teto. Não havia uma janelinha sequer, tudo estava coberto com tábuas. Gritamos por um pouco de ar e

158 "Vamos logo, para fora." Em alemão no original.

água, mas, quando começaram a atirar, a gente sossegou na hora. Depois nos deitamos e ficamos jogados no chão como leitões abatidos. Tirei o suéter e duas camisas. Meu corpo vertia suor. Sangue escorria lentamente do meu nariz. Eu estava com um tinido nos ouvidos. Mal podia esperar para chegar a Auschwitz porque isso significaria ar fresco. Quando se abriram as portas na rampa, recuperei completamente minhas forças com o primeiro sopro de ar. Era uma noite de abril, estrelada e fria. Eu não estava sentindo frio, apesar de ter vestido a camisa totalmente encharcada.

Alguém de trás me abraçou e beijou. "Irmão, irmão" – sussurrou. As luzes do campo brilhavam em fileiras na escuridão. Uma labareda vermelha e inquieta subia acima delas. A escuridão se aproximava. Parecia que o fogo ardia no céu em um monte bem alto. "O crematório" – o sussurro pairou entre nossas fileiras.

— Mas como fala bonito, dá para ver que é poeta – disse Witek em tom de aprovação.

— Estávamos indo ao campo, carregando os cadáveres. Eu ouvia a respiração arfante das pessoas atrás de mim e pensei que minha noiva estava ali. De tempos em tempos ouviam-se baques surdos. Já bem na frente do portão me enfiaram uma baioneta na coxa. Não doeu, apenas senti muito calor no local. O sangue escorreu pela coxa e pela canela. Alguns passos depois meus músculos se enrijeceram e comecei a mancar. O ss que estava fazendo a escolta ainda

AQUI EM AUSCHWITZ...

bateu em um ou dois à minha frente e, quando entrávamos no portão gradeado do campo de concentração, disse:

— Aqui vocês terão um bom descanso.

Isso foi na quinta-feira de madrugada. Na segunda, fui para o *Komando*, a 7 quilômetros do campo, levar postes telegráficos até Budy. Minha perna doía como o diabo. Mas tivemos um descanso, e dos bons!

— Isso não é nada – disse Witek. — Os judeus viajam em condições ainda piores. E você não tem nada do que ficar se gabando.

As opiniões a respeito da viagem e dos judeus estavam divididas.

— Pois vocês sabem como os judeus são – tomou a palavra Staszek. — Vocês vão ver só como eles ainda farão *Gescheft*[159] nesse campo de concentração. Eles são capazes de vender a própria mãe, no crematório ou no gueto, por uma tigela de rutabaga! Certa vez estávamos de pé desde cedo no *Arbeitskomando*[160], com o *Sonder* por perto, cada sujeito maior que o outro, felizes da vida, afinal de contas por que haveria de ser diferente? E meu amigo, Moishe, aquele dos dentes de ouro, estava perto de mim. Ele é de Mława e eu também, então vocês sabem como é, dois amigos e comerciantes, garantia e confiança. "O que houve, Moishe? Por

159 Negócios, transações. Do alemão *Geschäft*.
160 *Komando* de trabalho, grafia adaptada do alemão. Ver Glossário.

que você está assim chateado?" "Recebi uma fotografia da minha família." "Então por que você está preocupado? Isso é bom." "Vá para o inferno com esse seu 'isso é bom', porque eu mandei meu pai para a chaminé." "Não pode ser." "Pode sim, porque foi o que fiz. Ele veio com o trem, me viu na frente da câmara, eu estava apressando as pessoas e ele se lançou no meu pescoço, começou a me beijar e perguntar o que acontecerá agora e a dizer que tinha fome porque estava viajando havia dois dias sem comida. Então o *Komandoführer* gritou para ele não ficar ali parado e que era para eu trabalhar! O que é que eu devia fazer? "Vá, pai", eu disse, "tome um banho nos chuveiros e a gente conversa mais tarde. Você está vendo que estou sem tempo agora". E meu pai foi para a câmara de gás. As fotos eu tirei dos bolsos dele depois. Agora me diga o que tem de bom em eu ter conseguido essa fotografia?"

Gargalhamos. Mas, pensando bem, que bom que agora não mandam arianos para o gás. Tudo menos isso.

— Antigamente mandavam – disse o *Fleger* local que sempre vem se sentar conosco. — Já estou nesse bloco faz tempo e me lembro de muita coisa. Quantas pessoas já não passaram pelas minhas mãos indo para a câmara de gás, colegas e conhecidos da mesma cidade! A gente nem sequer se recorda mais dos rostos. É apenas uma massa. Mas acho que há um caso do qual vou me lembrar pelo resto da vida. Na época eu era *Fleger* no ambulatório. Não faço as

AQUI EM AUSCHWITZ...

bandagens do jeito mais delicado do mundo, sabem como é, não temos tempo para firulas. A gente mexe e remexe na mão, nas costas ou em qualquer outra parte, aplica a gaze, o curativo e suma daqui! Próximo! A gente nem olha no rosto da pessoa. E ninguém agradece, porque não há pelo que agradecer. Mas certa vez eu estava fazendo o curativo de um abscesso e alguém na porta me disse: "*Spasibo*[161], seu *Fleger*". Era um sujeito pálido, capenga, que mal conseguia se manter de pé em suas pernas inchadas. Fui visitá-lo e levei sopa. Ele estava com fleimão[162] na nádega direita, que depois se espalhou pela coxa toda. Estava num sofrimento terrível. Chorava e falava da mãe. "Fique quieto", eu dizia, "afinal, nós também temos mãe e não estamos aqui choramingando". Eu o consolava como podia, pois ele se queixava que não voltaria mais para casa. O que eu poderia dar a ele? Uma tigela de sopa, às vezes um pedaço de pão. Eu o escondia tanto quanto possível das seleções, mas certa vez o encontraram e anotaram o número dele. Fui visitá-lo imediatamente. Ele estava com febre. Disse: "Não faz mal que eu vá para o gás. Pelo visto é assim que tem de ser. Mas quando a guerra acabar e você sobreviver...". "Tolechka, eu não sei se vou sobreviver", o interrompi. "Vai sobreviver, sim", acrescentou com insistência, "e vai visitar a minha

161 "Obrigado." Em russo no original.
162 Mais informações no Glossário.

mãe. Após a guerra com certeza não haverá fronteiras, não haverá países, não haverá campos de concentração, as pessoas não matarão umas às outras". *"Vied' eto paslednii boi"*, disse enfaticamente, *"paslednii, panimaiesh?"*[163]. "Entendi", respondi. "Você visitará a minha mãe e dirá a ela que eu morri para que não haja mais fronteiras. Nem guerra. Nem campos de concentração. Você diz isso a ela?" "Digo." "Não se esqueça: minha mãe mora em *Dalnievostochni krai, gorod Khabarovsk, ulica Lev Tolstoy, dvatsat' piat'*[164], repita." Repeti. Fui até o chefe de bloco, o Cinza, que ainda poderia tirar Tolechka da lista. Ele me deu uma na cara e me jogou para fora da guarita. Tolechka foi para a câmara de gás. O Cinza, alguns meses depois, foi para o trem. Ao se despedir, pediu cigarros. Fiz questão de cuidar para que ninguém desse cigarros a ele. Não deram. Talvez eu tenha errado, porque ele estava indo a Mauthausen para acabarem com ele. Mas o endereço da mãe do Tolia eu decorei bem: *Dalnievostochni krai, gorod Khabarovsk, ulica Lev Tolstoy...*

Ficamos calados. Kurt perguntou inquieto o que aconteceu, porque ele não conseguia entender nada da conversa mesmo. Witek fez um resumo:

---

163 "Pois essa é a luta final. A final, entende?" Em russo no original.
164 "Dalnievostochni krai, na cidade Khabarovsk, rua Lev Tolstoi, 25." Em russo no original.

AQUI EM AUSCHWITZ...

— Estamos conversando sobre o campo e se o mundo será melhor. Você também poderia contar algo.

Kurt nos olhou com um sorriso e falou devagar para que todos nós entendêssemos bem:

— Vou contar uma história bem curta. Estive em Mauthausen, pegaram dois fugitivos lá, bem na véspera de Natal. Colocaram uma forca na praça ao lado da enorme árvore decorada. O campo inteiro estava reunido na chamada quando eles foram enforcados. Acenderam as luzes da árvore bem na hora. Então tomou a palavra o *Lagerführer*, que se dirigiu aos prisioneiros e deu a ordem:

— *Häftlinge, Mützen ab!*[165]

Tiramos os chapéus. Em seu tradicional discurso de véspera de Natal, o *Lagerführer* disse:

— Aquele que se comporta como porco, como porco será tratado. *Häftlinge, Mützen auf!*[166]

Colocamos os chapéus.

— Descansar, marchem!

Saímos de formação.

Acendemos os cigarros. Em silêncio. Cada um de nós estava pensando nos próprios problemas.

---

165 "Prisioneiros, tirem os gorros!" Em alemão no original.
166 "Prisioneiros, coloquem os gorros!" Em alemão no original.

Se as paredes das barracas caíssem, milhares de pessoas espancadas e amontoadas nos beliches pairariam no ar. Seria uma visão mais abominável do que os quadros medievais do juízo final. Não há nada que abale tanto o ser humano quanto ver outra pessoa dormindo em seu lugar na *buksa*. Exploraram seu corpo o máximo possível: tatuaram um número para economizar coleiras, permitiram que dormissem apenas o suficiente para que o sujeito fosse capaz de trabalhar, e durante o dia deram apenas o tempo justo para que se possa comer. E somente comida o bastante para que não se caia morto de modo contraproducente. Só há um lugar para viver: o pedaço de beliche; o resto pertence ao campo, ao Estado. Nem mesmo esse pedaço de espaço, nem a camiseta, nem a pá é sua. Assim que você adoecer, te tomarão tudo: a roupa, o gorro, o cachecol contrabandeado, o lenço para o nariz. Quando morrer, te arrancarão os dentes de ouro, que já foram previamente anotados nos registros do campo de concentração. Eles te queimarão e espalharão as cinzas pelos campos ou secarão pântanos com elas. Mas, para dizer a verdade, ao queimar um corpo eles desperdiçam tanta gordura, tantos ossos, tanta carne, tanto calor! Em outros lugares, porém, fazem sabão de gente, abajures de pele humana e enfeites de ossos. Quem sabe exportam para os negros que eles um dia colonizarão?

AQUI EM AUSCHWITZ...

Trabalhamos embaixo da terra e na terra, debaixo de um telhado e debaixo da chuva, junto à pá, ao vagão, à picareta e ao pé de cabra. Carregamos sacas de cimento, colocamos tijolos e trilhos, cercamos lotes, batemos a terra... Construímos os alicerces de uma nova e monstruosa civilização. Só agora percebi o custo da Antiguidade. Que crime horrendo são as pirâmides do Egito, os templos e as estátuas gregas! Quanto sangue teve de ser derramado para se construírem as estradas romanas, as muralhas circulares e as cidades. Essa Antiguidade foi um enorme campo de concentração em que uma marca era queimada na testa dos escravizados e os crucificavam quando fugiam e eram capturados. Essa Antiguidade foi uma enorme conspiração das pessoas livres contra os escravizados!

Você se lembra de como eu amava Platão. Hoje sei que ele mentiu. Porque as coisas do mundo não são reflexo de um ideal, mas do trabalho árduo e sangrento do homem. Éramos nós que construíamos as pirâmides, extraíamos o mármore para os templos e as pedras para as estradas imperiais; éramos nós que remávamos nas galés e puxávamos o arado enquanto eles escreviam diálogos e peças, justificavam suas intrigas em nome da pátria, lutavam pelas fronteiras e democracias. Nós éramos sujos e morríamos de verdade. Eles eram estéticos e debatiam de faz de conta.

Não há beleza se nela reside o sofrimento do homem. Não há verdade que cale esse sofrimento. Não há bem que o permita.

O que a Antiguidade sabe sobre nós? Ela conhece o escravizado astuto de Terêncio e Plauto, conhece os tribunos da plebe dos Graco e o nome de apenas um escravo: Espártaco.

Eles fizeram história e nos lembramos perfeitamente de um criminoso qualquer – Cipião –, de um advogado qualquer – Cícero e Demóstenes. Ficamos admirados com o extermínio dos etruscos, o aniquilamento de Cartago, as traições, os ardis e os saques. O direito romano! Hoje também existe direito!

O que o mundo saberá sobre nós se os alemães triunfarem? Surgirão construções enormes, rodovias, fábricas, monumentos que sobem aos céus. Nossas mãos estarão por trás de cada tijolo; os dormentes e placas de concreto serão carregados em nossas costas. Exterminarão nossas famílias, os doentes e os idosos. Exterminarão as crianças.

E ninguém saberá de nós. Os poetas, advogados, filósofos e padres abafarão nossa voz. Criarão o Belo, o Bem e a Verdade. Criarão a religião.

Três anos atrás havia aqui aldeias e assentamentos. Havia campos e estradas de terra e pereiras nas divisas. Havia pessoas que não eram nem piores nem melhores que as demais.

Depois viemos nós. Expulsamos as pessoas, demolimos as casas, planificamos a terra e batemos até virar lama.

AQUI EM AUSCHWITZ...

Erguemos barracas, cercas, crematórios. Trouxemos conosco a sarna, o fleimão e os piolhos.

Trabalhamos nas fábricas e nas minas. Realizamos um trabalho imenso do qual alguém tira lucros inimagináveis.

A história da Lenz é bizarra. Essa empresa construiu para nós o campo de concentração, as barracas, os saguões, as despensas, os bunkers, as chaminés. O campo os cedia aos prisioneiros, e a ss dava os materiais. Ao pôr na ponta do lápis, veio à tona que a conta era tão milionária que não só Auschwitz ficou de queixo caído, mas até mesmo Berlim. Meus senhores, disseram, isso não é possível, tantos milhões, vocês lucraram demais. Mas é isso mesmo, respondeu a firma, aqui estão os recibos. Pois é, respondeu Berlim, mas não pode ser assim. Então que tal a metade?, sugeriu a empresa patriótica. Trinta por cento, pechinchou Berlim, e ficou por isso. Desde então todas as receitas da empresa são devidamente podadas. A Lenz, entretanto, não fica preocupada: assim como todas as empresas alemãs, ela está aumentando suas reservas. Teve lucros gigantescos em Auschwitz e aguarda tranquilamente o fim da guerra. O mesmo vale para a Wagner e a Continental de encanamentos, a Richter, responsável pelos poços, a Siemens, da iluminação e das fiações elétricas, os fornecedores de tijolos, cimento, ferro e madeira, produtores de partes para barracas e de roupas listradas. O mesmo vale para a gigantesca empresa de carros Union, assim como os complexos de desmontagem de sucata DAW. Assim como os proprietários de minas em Mysłowice, Gliwice, Janina e Jaworzno. Quem de nós sobreviver deve um dia reivindicar uma compensação por esse trabalho. Não pelo dinheiro, não pela mercadoria, mas sim pelo duro e sólido trabalho.

Quando os doentes e os que voltam do trabalho vão dormir, converso com você de longe. Vejo seu rosto na escuridão e, ainda que eu fale com fervor e ódio que lhe são estranhos, sei que você me escuta com atenção.

Você está atrelada a meu destino. Só que suas mãos não foram feitas para a picareta e seu corpo não está acostumado à sarna. Estamos unidos pelo nosso amor e pelo amor infindável dos que ficaram para trás. Daqueles que vivem por nós e são o nosso mundo. O rosto dos pais, amigos, as formas dos objetos que restaram. E isso é o bem mais valioso que podemos compartilhar: nossas vivências. Ainda que nos reste apenas o corpo na maca hospitalar, nossas ideias e sentimentos continuarão conosco.

E eu acredito que a dignidade do homem realmente consiste em suas ideias e sentimentos.

Você não faz ideia de como estou feliz.

Em primeiro lugar encontro o eletricista comprido. Vou visitá-lo toda manhã com Kurt (porque ele é seu colega) e entregamos as cartas para você. O eletricista, que tem um

AQUI EM AUSCHWITZ...

número fantasticamente antigo, mil e pouquinho, fica sobrecarregado de linguiças, saquinhos de açúcar, roupa íntima feminina, e enfia o monte de cartas dentro dos sapatos. O eletricista é careca e não compreende nosso amor. Ele torce o nariz a cada carta que eu levo. Quando tento lhe entregar cigarros, ele me diz:

— Meu amigo, aqui em Auschwitz a gente não cobra nada pelas cartas! Quanto à resposta, trago quando puder.

Pois então lá vou eu de noite até ele. O procedimento oposto se desenrola: o eletricista leva as mãos até o sapato, saca a sua carta, a entrega para mim e torce indisposto o nariz. Porque o eletricista não compreende o nosso amor. E certamente não gosta do bunker, da cela com área de 1 metro por 1,5 metro. Por ser muito alto, ficar no bunker seria desconfortável para o eletricista.

Então, em primeiro lugar, estava o eletricista comprido. Em segundo, o casamento do espanhol. Ele defendia Madri, fugiu para a França e o trouxeram para Auschwitz. Como bom espanhol, tinha uma francesa e um filho com ela. Quando a criança já estava bem crescidinha, e o espanhol ainda continuava no campo, a francesa esbravejou que queria um casório! Mandou então um apelo ao H. em pessoa. H. ficou indignado: Mas que desordem na Nova Europa. Casem os dois imediatamente!

Arrastaram a francesa com a criança até o campo de concentração, arrancaram aos trancos o uniforme listrado do espanhol, selecionaram um terno da lavanderia passado pelo próprio *kapo* e, entre as ricas coleções do campo, escolheram a dedo uma gravata que combinasse com suas meias. E o casamento se realizou.

Depois os recém-casados foram tirar foto: ela com o filhinho e um buquê de jacintos na mão e ele de braços dados com ela. Atrás dele estava a orquestra *in corpore* e, atrás, um ss da cozinha, furioso.

— Vou fazer um relatório sobre vocês por ficarem tocando durante o horário de trabalho em vez de descascar batatas! A minha sopa veio sem batatas! Não dou a mínima para esses casamentos...

— Silêncio... – outros dignitários começaram a acalmá-lo.

— Foi Berlim que mandou. E a sopa pode ficar sem batatas.

Enquanto isso fotografaram os recém-casados e para a noite de núpcias foi cedida uma suíte do *Puff*, que havia sido transferido para o bloco número 10. No dia seguinte reenviaram a francesa à França e o espanhol de uniforme listrado para o *Komando*.

O campo inteiro está andando de nariz empinado.

— Aqui em Auschwitz fazem até casamentos.

Pois então, em primeiro lugar o eletricista comprido. Em segundo, o casamento do espanhol. E, em terceiro lugar, estamos terminando as aulas. As *Flegers* do fkl acabaram há pouco. Nós nos despedimos delas com música de câmara. Elas todas se sentaram nas janelas do bloco

AQUI EM AUSCHWITZ...

número 10 e um ou dois membros da orquestra tocaram para elas das janelas: tambor, saxofone e violino. O saxofone é o mais maravilhoso: emite lamúrias e chora, ri e brilha!

É uma pena que Słowacki[167] não o tenha conhecido: ele certamente se tornaria saxofonista pela riqueza de sua expressão.

Primeiro as mulheres, depois nós. Nos reunimos no sótão, veio o *Lagerarzt* Rhode (aquele "decente" que não faz distinção entre judeus e arianos), nos observou, assim como a nossos curativos, disse que está muito satisfeito e que agora as coisas vão melhorar aqui em Auschwitz. E saiu ligeiro porque faz frio no sótão.

Estão se despedindo de nós hoje o dia todo aqui em Auschwitz. Franz, aquele de Viena, me deu uma palestra final sobre o sentido da guerra. Falou, gaguejando um pouco, sobre as pessoas que trabalham e as pessoas que destroem. Sobre o triunfo dos primeiros e a derrota dos segundos. Sobre como estão lutando por nós os camaradas de nossa geração, em Londres e Uralsk, em Chicago e Calcutá, no continente e nas ilhas. Sobre a futura irmandade das pessoas que criam. "É assim", pensei, "que nasce o messianismo em meio à destruição e à morte, pelo caminho comum do pensamento humano". Depois Franz abriu seu pacote que acabara de receber de Viena e bebemos o chá da tarde. Franz cantou canções austríacas e eu declamei poemas que ele não entendeu.

167 Juliusz Słowacki (1809-1949), poeta romântico polonês.

Aqui em Auschwitz me deram alguns remédios e um ou dois livros para a viagem. Enfiei-os no pacote debaixo da comida. Imagine só, os pensamentos de Angelus Silesius[168]. Portanto, estou feliz, já que tudo deu certo: o eletricista comprido, o casamento do espanhol e por estarmos terminando os cursos. E agora o quarto item – ontem recebi cartas de casa. Ficaram procurando por mim por um bom tempo, mas por fim encontraram.

Fazia quase dois meses que eu não recebia um sinal de vida e estava ficando terrivelmente preocupado porque circulam notícias inacreditáveis sobre a situação em Varsóvia. Comecei a escrever cartas em desespero e ontem mesmo, imagine só!, recebi duas! Uma do Staszek e outra do meu irmão.

Staszek escreve com palavras muito simples, como alguém que deseja expressar uma mensagem do fundo do coração em um idioma estrangeiro. "Nós te amamos e lembramos de ti", escreve, "lembramos também da Tuśka, sua noiva. Vamos vivendo, trabalhando e criando". Vão vivendo, trabalhando e criando, menos Andrzej, que morreu, e Wacek, que "não está mais entre nós".[169]

---

168 Angelus Silesius (1624-1677), poeta religioso alemão.
169 Andrzej Trzebiński (1922-1943) e Wacław Bojarski (1921-1943), poetas poloneses da geração dos Colombos e colegas de Borowski. Foram mortos em Varsóvia em 1943.

AQUI EM AUSCHWITZ...

Como é trágico que logo esses dois, os mais habilidosos de sua geração e com a maior paixão por criar, tiveram de morrer.

Você sabe como eu me opunha ferrenhamente a eles: a sua concepção imperialista da construção de um Estado voraz, sua falta de honestidade na compreensão social, suas teorias de arte nacional, sua filosofia turva como o próprio mestre Brzozowski[170]. Eu era contra sua prática poética, que vinha batendo de frente contra o muro da vanguarda, e seu estilo de vida, permeado por mentiras conscientes e inconscientes.

E hoje, quando nos separa a divisa entre os dois mundos, que nós também cruzaremos, proponho esse debate sobre o sentido do mundo, o estilo de vida e as facetas da poesia. Hoje ainda os acuso de se curvarem diante das ideias de um Estado poderoso e sedento, ideias em torno da admiração pelo mal, cujo único defeito é o fato de que não é nosso mal. Ainda hoje os acuso de falta de idealismo na poesia, em que estão ausentes o ser humano e o poeta.

Mas vejo seus rostos além da divisa do outro mundo e penso sobre eles, os rapazes de nossa geração, e sinto que o vazio a nosso redor está crescendo. Partiram tão excepcionalmente cheios de vida, bem no meio da obra que

---

170 Stanisław Leopold Brzozowski (1878-1911), escritor e crítico polonês integrante do movimento literário da Jovem Polônia.

vinham construindo. Partiram pertencendo tanto a esse mundo. Eu me despeço deles, meus amigos da outra barricada. Tomara que encontrem no outro mundo a verdade e o amor que por aqui não encontraram.

... Ewa, aquela que declamava poemas de modo tão belo sobre a harmonia e as estrelas e sobre como "as coisas ainda não estão tão ruins assim", também foi fuzilada. Um vazio, um vazio cada vez maior. Partem os mais distantes e os mais próximos. Que aqueles que sabem rezar rezem não mais pelo sentido da luta, mas pela vida dos entes amados.

Eu pensava que isso pararia em nós, que nós seríamos os últimos. Que, ao voltarmos, voltaríamos a um mundo que não conheceu essa atmosfera horrível que nos sufoca. Pensava que somente nós chegamos ao fundo do poço. Mas as pessoas de lá estão partindo – bem no meio da vida, da luta, do amor.

Somos insensíveis como árvores, como rochas. E nos calamos como árvores cortadas, como rochas despedaçadas.

A segunda carta é do meu irmão. Você sabe como as cartas que Julek me escreve são carinhosas. Ainda hoje me escreveu que estão pensando em nós, que estão esperando, guardando todos os livros e poemas...

Quando eu voltar, vou deparar com meu volume novo nas prateleiras da minha biblioteca. "São os poemas sobre seu amor" – escreve meu irmão. Acho que o nosso amor e a poesia estão simbolicamente interligados e que há um

AQUI EM AUSCHWITZ...

triunfo nesses poemas que foram escritos somente para você e que estavam com você quando a prenderam. Foram publicados – talvez como memento após nossa partida? Fico grato à amizade humana por preservar a poesia e o amor após nossa partida, e por ter reconhecido nosso direito a eles.

Meu irmão me escreve também sobre sua mãe. Diz que ela está pensando em nós e acredita que voltaremos e ficaremos juntos para sempre, pois essa é a ordem das coisas.

... na primeira folha que recebi de você alguns dias depois da chegada ao campo de concentração... você lembra o que me escreveu? Que estava doente e desesperada porque "fui parar" no campo por sua causa. Que, se não fosse por sua causa, eu não teria etc... Mas você sabe como tudo aconteceu de verdade?

Foi assim: fiquei esperando por seu telefonema vindo da casa de Maria, como combinado. De tarde tive as aulas secretas na minha casa – às quartas, como de costume. Se não me engano, nelas falei algo sobre meu trabalho linguístico e o lampião apagou.

Depois continuei à espera do seu telefonema. Sabia que você ligaria, porque prometeu. Você não ligou. Não me lembro se fui almoçar. Se fui, ao voltar fiquei perto do telefone novamente, porque estava com medo de não ouvir do quarto ao lado. Li alguns trechos do jornal e um romance de Maurois sobre um homem que, tendo aprendido a trancar almas humanas em recipientes indestrutíveis, queria prender em um deles a própria alma e a de sua amada. Mas prendeu apenas a alma de dois palhaços de circo, enquanto a sua e a da mulher se esvaíram no universo. Pela manhã adormeci.

Fui para casa, como de costume, com a maleta e os livros. Tomei o café da manhã e disse que viria para o almoço e que estava com muita pressa. Fiz carinho na orelha do cachorro e fui até a casa da sua mãe. Ela estava preocupada com você. Fui de bonde até a casa de Maria. Fiquei observando as árvores da Łazienki Królewskie por um bom tempo porque gosto muito delas. Para descontrair, andei a pé pela avenida Puławska. Havia uma quantidade incomum de bitucas de cigarro nas escadas e, se não me falha a memória, manchas de sangue. Mas talvez seja só minha imaginação. Fui até a porta e bati com o toque combinado. Homens com revólveres abriram a porta.

Desde então já se passou um ano. Mas estou escrevendo isso para que você saiba que nunca me arrependi de estarmos juntos. E não penso que as coisas poderiam ter sido diferentes. Frequentemente, porém, penso sobre o futuro. Sobre a vida que viveremos se... Sobre os poemas que escreverei, os livros que leremos, os objetos que teremos em casa. Sei que são bobagens, mas penso nelas. Tenho até uma ideia para nosso ex-libris. Será uma rosa lançada sobre um livro grosso com grandiosos fechos medievais.

AQUI EM AUSCHWITZ...

Já voltamos. Fui como de costume para meu bloco, besuntei com chá de menta os doentes com sarna. Lavamos o chão em grupo desde cedo. Depois fingi cara de inteligente ao lado do doutor que fazia as punções. Peguei as últimas duas injeções de prontosil, que estou enviando para você. Por fim, o nosso barbeiro do bloco (nos tempos de civil era dono do restaurante debaixo do prédio do correio em Cracóvia), Heniek Liberfreund, reconheceu que agora eu com certeza serei o melhor dos *Flegers* em meio aos literatos.

Além disso, estou correndo o dia todo atrás desta carta para você. Minha carta para você são apenas essas folhas, mas, para que cheguem aonde devem, elas precisam de pernas. E eu estou tentando providenciá-las. Por fim, achei um par – de botas altas, vermelhas e com cadarços. Além disso, as pernas têm óculos escuros, ombros largos e vão todo dia ao FKL buscar cadáveres de crianças do sexo masculino. Eles devem passar pela nossa *Szrajbsztuba*, o necrotério, e o SDG[171] deve inspecioná-los com as próprias mãos. A ordem é o alicerce do mundo, ou ainda, de modo menos poético – *Ordnung muss sein*.

As pernas então vão ao FKL e são deveras prestativas comigo. Elas mesmas, me contam, têm uma esposa lá e sabem

171 Abreviação de *Sanitatsdienstgrade*, enfermeiro da ss.

como é difícil. Levam a carta assim mesmo, pelo prazer da coisa. E me levarão também quando surgir a oportunidade. Envio então as cartas imediatamente e tento ir em pessoa até você. Nessas horas me sinto até com vontade de viajar. Meus amigos me aconselham a pegar a manta e já colocá-la no local apropriado. Com minha sorte e destreza no campo, eles deduzem com razão que devo ser pego logo na primeira excursão. A não ser que eu vá supervisionado. Eu os aconselhei a se besuntarem de bálsamo peruano para sarna.

Também observo a paisagem. Nada mudou, apenas surgiu mais lama, de modo estranho. Está cheirando a primavera. As pessoas vão ficar se afundando na lama. Ora vem um odor de pinheiros do bosque, ora de fumaça. Ora vão os veículos com esfarrapados, ora com os muçulmanos de Buna. Ora vão os almoços, ora os ss para a troca da guarda.

Nada mudou. Como ontem era domingo, fomos ao campo de concentração para o controle de piolhos. Os blocos do campo são horríveis no inverno. As *buksas* sujas, o piso de barro varrido e o odor amanhecido de gente. Os blocos estão abarrotados, mas não há um único piolho sequer. Não é à toa que os despiolhamentos duram a noite toda.

Já estávamos saindo dos blocos após a revista quando o *Sonderkomando* voltou ao campo dos cremos. Estavam indo esfumaçados, cobertos de gordura, curvando-se sob suas trouxas pesadas. Eles podem trazer tudo, menos ouro, porém é justamente isso que eles mais contrabandeiam.

AQUI EM AUSCHWITZ...

Pequenos aglomerados de pessoas se desgrudavam dos blocos e engrossavam as colunas em marcha, arrancando os pacotes que chamavam sua atenção. Berros, palavrões e pancadas reverberavam pelo ar. Por fim, o *Sonder* sumiu no portão do pátio, separado do resto do campo de concentração por um muro. Logo, porém, começaram a se esgueirar sorrateiramente de lá os judeus para fazer negócios, trocas e visitas.

Abordei um deles, um amigo do nosso antigo *Komando*. Fiquei doente e fui ao KB[172]. Já ele teve mais "sorte" e foi para o *Sonder*. É bem melhor que ter de trabalhar com pá tendo para comer apenas uma tigela de sopa. Estendeu cordialmente a mão.

— Ah, é você? Está precisando de algo? Se tiver umas maçãs...

— Não, não tenho maçãs para você – respondi amigavelmente. — Não morreu ainda, Abramek? O que conta de novo?

— Nada de interessante. A gente mandou o tcheco pro gás.

— Isso eu já sabia antes de você me contar. Mas e na sua vida pessoal?

— Vida pessoal? E que vida pessoal eu posso ter? É chaminé, bloco e chaminé de novo. Eu por acaso tenho alguém

172 Hospital. Ver Glossário.

aqui? Você quer saber da vida pessoal: bolamos uma nova maneira de queimar na chaminé. Você quer saber qual?

Demonstrei estar curioso por educação.

— É o seguinte: a gente pega quatro criancinhas com cabelo, juntamos as cabeças num amontoado só e ateamos fogo nos cabelos. Depois já queima tudo sozinho e *gemacht*.

— Meus parabéns – eu disse de modo seco e sem entusiasmo.

Gargalhou de modo estranho e me olhou nos olhos.

— Ei, *Fleger*, a gente aqui em Auschwitz precisa se divertir como pode. Como é que daria para aguentar de outro jeito?

Enfiou as mãos no bolso e foi embora sem se despedir.

Mas isso é mentira e é monstruoso – assim como o campo de concentração todo, assim como o mundo todo.

a batalha de grunwald

Nota: A batalha de Grunwald (1410) foi um dos maiores conflitos medievais da história da Polônia. Foi travada pelo rei da Polônia e o grão-duque da Lituânia contra a ordem dos cavaleiros teutônicos. A vitória lituana-polonesa influenciou significativamente o cenário político da época.

No amplo pátio banhado pelo sol do quartel que foi da ss, o batalhão cantava e marchava em baques surdos, cravando o passo impetuosamente no concreto, como se o som viesse do fundo de um poço cavado nas paredes de pedra dos prédios. Seus antebraços, cobertos pelas mangas feitas das jaquetas verdes herdadas dos soldados da ss, subiam energicamente até a cintura e desciam em direção ao chão num ímpeto furioso e uniforme, como se a marcha não fosse de um batalhão, mas de um único homem multiplicado, convicto de seu poder e rouco de tanto cantar. Apenas as pernas multicoloridas do batalhão, respingadas de vez em quando por manchas claras dos sapatos de feltro barato, perturbavam a uniformidade militar de expressão.

O batalhão rijo, que, visto de cima, se assemelhava a três lagartas verdes de tronco imóvel e dorso listrado e dobrado, percorreu o pátio, fixado pela coluna tremulante de luz solar, passou pela fileira de robustos caminhões americanos que, sacudindo, expulsavam de seu interior, como de

A BATALHA DE GRUNWALD

um saco de farrapos, a carga colorida de pessoas e bagagens. Os homens bateram os pés – com fervor ainda maior no concreto, sob o esguio mastro recém-pintado, pois o vento fazia tremular, como uma vara de pesca, o trapo com as cores nacionais. O batalhão desacelerou ao passar pela pilha de troncos, os jovens pinheiros soltando suas agulhas, os bancos e cadeiras preparados para a fogueira da noite. Fez uma curva brusca na altura do saguão outrora com vidraças, onde até pouco tempo atrás aconteciam os comícios patrióticos da ss. Rangeu com as solas de inúmeros pés sobre as vidraças meticulosamente quebradas; cessou o canto pela metade e se enfiou, como num túnel, no abismo sombrio do saguão, separado do pátio pelo intenso brilho solar e pelo verde suculento e enegrecido dos galhos recém-cortados.

A serpente ofuscante de poeira branca como giz que seguia o rastro do batalhão enrolou-se na entrada do saguão, ficou cinza, caiu no chão e, inflada por uma brisa fortuita, estufou-se e estourou, subindo pelo ar, e se desfez sem deixar vestígio.

Sentado, com o queixo apoiado no joelho, no parapeito estreito e duro da janela do terceiro andar, numa das paredes perto do poço, e, me aquecendo nu ao sol como um cão sarnento, me espreguicei sonolento, bocejei com reverência e larguei de lado um livro pego em algum quarto de oficial. Era a fábula sobre as heroicas, alegres e admiráveis aventuras de Thyl Ulenspiegel e Lamme Goedzak.

— Senhores soldados – eu disse, me virando para o dormitório, a fim de banhar minhas costas no sol. — O batalhão marchou até a igreja para ir à missa com o arcebispo. Os senhores cumpriram bem seu dever com a pátria, que está presente em todo lugar do mundo onde os senhores estiverem. Permissão para continuar dormindo.

O dormitório tinha um fedor militar, de suor velho e salgado de genitálias mal lavadas. Junto às paredes não pintadas, decoradas com frases hitleristas fiéis a Deus e à Pátria, havia duas fileiras de beliches de ferro; no meio estavam mesas porcamente talhadas e, em volta, meia dúzia de banquetas sem suporte; zanzava com chutes, indefesa como uma criança perdida, a escarradeira esmaltada. No ar zumbiam, cheias de preguiça, moscas de listras fininhas, e pessoas semidespertas arfavam.

— Como estava a marcha? Como está o exército? Porque durante o treinamento estavam rastejando como um muçulmano na lama – tomou a palavra o subtenente Kolka, que dormia no beliche encostado na parede da porta.

Enorme e coberto de veias, ele não cabia na cama modesta. Embora tivesse se desentendido com os oficiais durante a distribuição das jaquetas do uniforme alemão e resolvido boicotar o Exército, ele nunca tirava a farda; vestia-a o dia todo na cama, sufocando de calor, e batia com as botas de pinos na grade de metal do beliche, esparramando a cada movimento um punhado de palha do colchão podre na

A BATALHA DE GRUNWALD

cama de baixo, o cantinho no qual eu costumava dormir. Ele invariavelmente virava o rosto coberto de espinhas na direção da janela e, lançando um olhar vazio para o parapeito, ouvia com avidez o canto e as batidas da marcha do batalhão.

— A infantaria polonesa marcha bem quando são oficiais poloneses que a conduzem para a glória da pátria – bradei, saltando do parapeito. Minhas costas esquentaram como se alguém as estivesse raspando com alfinetes incandescentes. — Ficaram por seis anos perambulando pelo *Lager* em grupos de cinco; agora descansaram dois meses e perambulam de novo, glória a Deus e à pátria, em fileiras de quatro e, em vez dos *kapos*, na dianteira vão os oficiais. Aprender a marchar eles conseguem, mas não levar rango da cozinha para suas judias, aí já é esperar demais – acrescentei, olhando com indiferença para o horizonte.

— O senhor está, se entendi corretamente, me dando uma alfinetada – bufou grosseiramente o tenente, que estava lendo um livro alemão sobre Katyń[173] e, após tirar do nariz os óculos com armação de osso, piscou para mim seus olhos sonolentos de míope. Ele fazia questão de andar só de cuecas, apertadas e limpinhas, com os nós dos músculos reluzindo. Era coberto da cabeça aos pés de tatuagens

---

173 Massacre de Katyń, execução em massa de oficiais e policiais poloneses (e outros prisioneiros) que se renderam à União Soviética, que invadiu a Polônia em 1939.

desbotadas como um pratinho de argila empoeirado. Havia uma seta grossa e torta desenhada em sua coxa direita que subia até a virilha, e os dizeres em vermelho indicavam inequivocamente: "Só para mulheres".

— O plantonista da cozinha é quem deve vigiar para que não roubem. O tenente fica vendo se o cozinheiro consegue roubar algo para a judia grávida – acrescentou Stefan parado na porta. Ele estudava inglês e repetia aos sussurros o vocabulário. Jogou o livro na mesa e, batendo com os sapatos maciços no piso de pedra, foi até a janela.

— Os filhos da puta estão cozinhando no carvão de novo – disse, espichando a cabeça para fora da janela. — Se eles têm fogão elétrico, caldeiras e tudo o mais de que necessitam, então por que cozinham no forninho? Ah, mas claro, é o almoço dos oficiais. Em princípio somos todos vítimas do campo, irmãos, camaradas, mas isso serve para marchar até a igreja, e não na hora de encher o prato. E o que dizer desse inspetor que sabe disso e fica aí lendo livrinhos com imagens? Se ele se enfiasse na bunda do coronel, não sairia de lá enquanto não virasse primeiro-tenente.

Desatei numa breve risada de aprovação. O tenente ergueu-se, esbarrou a cabeça no canto pontudo da cama de cima, emitiu uma torrente de vulgaridades sexuais, alisou os esparsos cabelos grisalhos e duros e disse com asco:

— Não mexa comigo, seu bolchevique raquítico, e eu não mexo com você. Se você não está satisfeito, então caia

A BATALHA DE GRUNWALD

fora do Exército – seus mamilos, decorados com pares de orelhas tatuadas e pontinhos azuis que imitavam olhos, estremeceram espasmodicamente como o focinho miúdo de um coelho. — Ah, mas eles estão roubando, estão roubando. Não lata sem ter flagrado ninguém. Um bom cão não ladra, só pega e morde.

— É isso aí, é isso aí, morda mesmo, seu tenente. O senhor é cachorro que morde. E o coronel está segurando o senhor pela coleira. Au au au! – latiu Stefan roucamente, e com malícia cerrou os olhos miúdos e esbugalhados. Por trás de seus lábios nervosamente torcidos reluziram dentes brancos e alinhados como os de um cachorro. Ele andava ao redor das mesas com a coluna ereta, como se estivesse amarrado a um poste.

O tenente se levantou lentamente da cama. O subtenente Kolka se mexeu com interesse e tirou os punhos de sob a cabeça. O colchão de palha rangeu e a palha se esparramou na cama de baixo. Franzi o cenho em desaprovação.

No pátio, ecoou o ronco do motor de um caminhão que estava partindo. De repente chegaram até nós fragmentos de um burburinho esganiçado que silenciaram de forma repentina, como se tivessem sido cortados por uma faca.

Concomitantemente, porém, o cigano doente que por pouco eu não espanquei até a morte na briga por um lugar melhor no vagão durante o transporte até Dachau, despertado pelo silêncio súbito, ergueu-se com um gemido em sua cama.

— Que gente mais nervosa, estão querendo brigar de novo – choramingou, fungando em tom anasalado e lamentoso. — Não basta a miséria que os açoita? Mas o polonês, nosso irmão polonês, é sempre estúpido e quer afogar o próprio irmão numa colher de água – e enfiou a cara azulada e esquelética no travesseiro com desenho de papoulas vermelhas que trouxe após uma *Reise*[174] noturna dos *Bauers*[175]. Sofria de uma diarreia severa havia alguns dias. Tinha enchido o bucho com carne de carneiro crua. Estava deitado, imóvel, paciente como um animal doente. Preferia cair morto no chão a ir ao hospital, pois tinha lembranças do hospital do pequeno campo de concentração de Dautmergen.

O tenente se retesou na cama. Ajeitou com pedantismo a ponta do lençol, que era, por sinal, o único do dormitório. Ele mexia os dedos do pé nervosamente. Apanhou o livro, folheou, farfalhando, meia dúzia de páginas e ficou fitando com olhar vazio as fotografias das covas em Katyń.

"Não vai ter confusão", pensei decepcionado, e me estiquei para fora do parapeito.

Ao longo das paredes de pedra do quartel, nas faixas estreitas de gramado entre as pilhas de lixo apodrecido que

---

174 Viagem (aqui no sentido de uma escapada do quartel). Em alemão no original.
175 Camponeses alemães ricos. Em alemão no original.

A BATALHA DE GRUNWALD

impregnavam o pátio inteiro com seu fedor, esgueiravam-
-se pequenos pés anêmicos de bordos, e a cerca-viva que flo-
rescia vermelha se alastrava logo abaixo do concreto. Mais
acima, sobre as arvorezinhas e a cerca-viva, em inúmeras
janelas geminadas, roupas íntimas multicoloridas pendiam
de varais, e pequenos baús recém-pintados haviam sido
pendurados para secar.

No térreo, onde moravam os mandachuvas, se estendiam venezianas em linha, todas cuidadosamente envidra-
çadas, cuja parte inferior mergulhava na sombra tenra e a
superior se banhava ao sol, como se cobertas de tinta dourada. Do térreo, dos andares, e até mesmo de algum canto do
sótão, berravam roucamente os rádios incansáveis.

Do lado de lá do portão vigiado pelos soldados estrangeiros, colunas de veículos seguiam estrada afora, e uma
fileira magra de bicicletas passava sem trégua. Vestidos de
verão coloridos fulguravam em meio aos plátanos pujantes, firmemente plantados na terra.

Justamente lá ficava o mundo ao qual nos permitiam
sair por marchar bem, por denunciar uma infração, por
limpar o corredor, pela lealdade, pela força de vontade e
também pela pátria.

Agora na ala central do prédio, no segundo andar, lá
onde ficavam as cozinhas do Comando Militar de Allach,
saía devagar uma fumaça azulada e frágil de um pequeno
cano, sujo de ferrugem, que havia sido posto de qualquer

jeito atravessando a janelinha. Tremulando, ela se dissipava no ar sorrateiramente, em uma faixa miúda.

— O mundo lá fora, meus irmãos, é belo – suspirei com tristeza fingida –, mas fazer o quê, não é? A gente fica trancafiado como nos tempos dos alemães, passagem para o mundo eles não dão, porque a gente não sabe bajular, e pelo vão do muro não dá para sair porque atiram. Em resumo, a gente é *Häftling*! Ficar preso como? Quem tem um filho que traz carneiro ou tem uma alemã consegue aguentar a prisão. Mas e você? Fique aí preso, passando fome e longe de casa. Se pelo menos não roubassem! Seria mais fácil se a sina de todos fosse a mesma... Mas isso é só por enquanto, só por enquanto...

Fiquei o tempo todo olhando para o tenente por trás de meus cílios semicerrados. Ele se revirou inquieto na cama, seus lábios tremeram ameaçadoramente. Mas não disse nada. Tirou a farda do armarinho e começou a se vestir, bufando de leve pelo nariz. Cerrou os lábios e fitou o chão.

— Será que o senhor tenente vai à missa de Grunwald[176]? – perguntou com indiferença Kolka, do outro lado da sala.

— Não, senhor subtenente. Vou à cozinha averiguar. Mas ai se eu não encontrar nada! – murmurou entredentes, em tom de agouro.

---

176 Missa celebrada na data da vitória na batalha de Grunwald.

A BATALHA DE GRUNWALD

— Ah, mas vai encontrar sim, seu tenente, vai encontrar – cantarolou Stefan. — Só tome cuidado para que não peguem seu filhinho, porque aí quem vai dar de comer ao senhor? Afinal de contas, o coronel não vai trazer carneiro.

— Mas e você, Tadek? – o subtenente Kolka esticou as pernas pela grade do beliche. — Você não vai para Grunwald?

— Não estou com vontade. Pode ser que eu vá ao teatro. Pelo jeito estão preparando uma surpresa em volta da fogueira. E o que tem de interessante na missa?

— Vá à missa – Kolka tentou me convencer languidamente. Enfiou as mãos dentro da calça e começou a coçar com afinco. — Vá à missa, e então você vai poder me contar as novidades e escrever algo para o jornalzinho do editor. Quem sabe ele te dá gulache? Vai ter gulache hoje no almoço.

— Ele vai dar, de um jeito ou de outro. Ele me dá sopa todo dia.

— Quem sabe se pode dar uma boa espiada nas moças... E você não gostaria de ver o arcebispo?

— E o que nós temos em comum? – abri meus braços de modo enfático. — Temos experiências de vida tão distintas! Ele passou a guerra toda em algum canto no vasto mundo, você sabe como é, heroísmo, pátria e um pouquinho de Deus. E a gente ficou em outras partes, onde tinha rutabaga, percevejos na cama e fleimão. Ele certamente está saciado; já eu quero comer. Ele enxerga a cerimônia de hoje da perspectiva da Polônia – já eu, do gulache e da sopa de legumes de amanhã. Seus gestos serão incompreensíveis para mim e os meus demasiadamente simplórios para ele, e nós dois desprezamos um pouco um ao outro. Agora, Grunwald? E por acaso não estou bem aqui no parapeito? O sol me esquenta, a mosca zune, o papo com os vizinhos está legal – inclinei-me em direção ao tenente –, daqui dá para ver tudo como num teatro. Além do mais – acrescentei de modo pragmático – ele ainda não chegou. Só o bando de generais está indo à santa missa, cheio de dignidade e em formação, enquanto por cima do bando pairam a fumaça e o cheiro do almoço que estão preparando para eles.

O coronel avançava na dianteira, em uma farda talhada à moda inglesa e feita pelos alfaiates locais a partir de um cobertor cor de folha murcha. Visto de relance, o coronel se assemelhava a um bloco maciço com a cabeça polida pelo sol e pernas enrijecidas; caminhava ereto e cheio de dignidade, emulando com esforço um passo militar enérgico. Ao seu lado vinha o major, coberto pelo verde virgem da farda de oficial alemã. Ele gesticulava com as mãos para o coronel, pelo visto explicava algo como quem dá um sermão. Talvez fosse sobre os elementos subversivos no Comando Militar Allach. Atrás deles, como um bando de crianças travessas atrás do professor, caminhava uma manada indiscernível de jaquetas verdes e pretas, mãos gesticulando e cabeças avermelhadas usando bibicos, suntuosamente salpicados pelas cores nacionais.

A BATALHA DE GRUNWALD

— Uma pena que os alemães não deram um jeito neles enquanto era tempo! – Stefan apoiou-se pensativo no parapeito da janela e olhou com raiva para o pátio. Seus cabelos escuros e arrepiados brilhavam como pelo de cachorro. — Agora vão continuar desse jeito até o fim dos tempos. Polônia, ó Polônia, para ti, Polônia. Contanto que dê para ficar longe dela e ter duas tigelas de sopa! Mas como eu fui idiota, idiota, idiota! – Afastou-se do parapeito e deu um tapa com a palma da mão na testa. — Afinal, você mesmo viu como eu mantive essa escória no bloco, como os alimentava, arriscava meu pescoço por eles, roubava rango para os ciganos estúpidos.

— Não fique aí contando vantagem, chefe de bloco – interrompeu rispidamente o subtenente Kolka, de tal modo que Stefan até se virou para o dormitório –, afinal de contas, nós ficamos no mesmo campo. Se você roubava, era pão e manteiga para você mesmo; para eles era no máximo uma sopa.

— E quem foi que deu lugar para eles no bloco? Quem foi que deu *buksas* limpas, cobertores limpos, colchões cheios de palha? Isso é pouco? E eles lá sobreviveriam no *Komando*?

— O ar até ficaria mais limpo caso morressem de uma vez – acrescentei serenamente, olhando entretido como Stefan – meu ex-colega, *Fleger* de Birkenau e posteriormente *Läufer*[177] e *pipel* da ss em um pequeno *Komando*, que certa vez, mesmo eu tendo saído rápido de seu caminho, me deu uma pancada e

---

177 Mensageiro. Em alemão no original.

tanto na cara, por fim chefe de bloco mais rico do *Schonung*[178],
do qual caldeiras e caldeiras de sopa e dezenas e mais dezenas
de broas iam parar no *Lager* para serem trocadas por cigarros,
frutas e carne para ele – como esse Stefan agora se vangloria-
va de que salvou a vida de meia dúzia de oficiais poloneses do
levante de Varsóvia, e hoje não queriam recompensá-lo com
tanta sopa quanto ele queria.

— E você se lembra – continuou amargurado – do que o
coronel fez lá em Allach? Trouxeram um moedor de café e ele
mendigou um punhado de trigo, sentou no beliche e pronto;
ficou só no moedor e na panqueca. O mundo, você está entendendo, estava de ponta-cabeça, a artilharia da ss estava atirando no campo, mulheres foram incineradas, as aldeias ao redor
ardiam, os rapazes faziam saques com facas, os americanos
chegaram, é uma loucura total, é a união dos povos, é o fim da
guerra! E ele só no moinho, fazendo panqueca e correndo até a
latrina. E agora está aí, fica se fazendo de importante...

Ergui as mãos para o céu. Stefan calou-se acanhado.
Então, aproveitando a chance, declamei fervorosamente:

Hierarquias se restabelecem
Os irmãos finalmente se conhecem

---

178 De *Schonungsblock* (bloco de convalescença), onde ficavam os prisioneiros doentes ou feridos, mas ainda saudáveis o suficiente para não serem
mandados às câmaras de gás.

A BATALHA DE GRUNWALD

Roda o moinho, moendo grão a granel
O seu Kuriata, nosso coronel

Duas sopas vai abocanhar
e já se sente todo poderoso
Eu, aqui, já posso lutar,
é só me darem algo para o almoço

Coronel, mire bem atento
Coronel, moa bem sedento
Lute pelo nosso território
Que te dão quartel com refeitório

E para cada batalha vencida
quatro litros de sopa bem cozida

— Foi bem assim mesmo, você tem razão, Stefan – elogiei. — O poema é meu, seu tenente. Nada mau, hein?

O tenente já tinha terminado de se vestir. Lançou um olhar calmo em minha direção.

— Muito me admira o senhor, um intelectual – disse com severidade –, com uma bobeira dessas numa hora dessas, quando foi dada a ordem de nos mantermos unidos e não ficarmos de rixas. A discórdia nos leva à perdição! É por causa dela que perecemos!

— Em Katyń, né? Em Katyń? O tenente está com pena? – ladrou Stefan de modo truculento, do lado oposto do tenente. O senhor leu livrinhos e mais livrinhos, tomou sopa até não poder mais, apalpou uma alemãzinha, e agora fica aí pregando a união... Em Katyń, não foi?

— Mas é claro que em Katyń, seu bastardo! Você sabe o que isso significa? Foram seus queridos conterrâneos do Leste, sua querida Polônia, sua víbora imunda! – vociferou de repente o tenente, que se dirigiu até a mesa. Cravou os dedos ossudos no tampão negro, de tal modo que as unhas se encheram de sangue.

— E o que foi? A Polônia não te agrada, não é? Não te agrada? O tenente queria uma outra Polônia. Onde carregasse o estandarte, não é? Para que seu filhinho possa arranjar umas ovelhas e trazer umas mocinhas de noite? Pois vocês sabem mesmo construir a Polônia, me dá até ânsia de vômito!

— Vá lá para essa sua Polônia, vá! – vociferou o tenente, rangendo os dentes. Seus lábios embranquecidos começaram a tremer. — Ninguém está te prendendo aqui, seu espião!

— Não se preocupe, senhor, pois eu vou – Stefan cantarolou tranquilamente. — Tenho tempo. Só vou dar mais uma boa olhada em vocês, gravar bem na memória. Vou ficar esperando vocês, ah, como eu vou!

A BATALHA DE GRUNWALD

O subtenente Kolka se sentou, afundando na cama, e esticou as pernas, esparramando um monte de lixo no leito inferior. Acenou alegremente para mim, bateu na têmpora algumas vezes, fingindo curvar a cabeça como um imbecil. O cigano preto gemeu dolorosamente, deitado no travesseiro estampado com papoulas vermelhas. Eu sorri para Kolka e em resposta balancei a cabeça como quem checa se tem água no ouvido.

— Pois vá embora para a sua Polônia, com os seus poloneses que fizeram Katyń, vá – gritou o tenente, roxo de raiva.

O tenente puxou a mesa numa arrancada brusca, virou-a com um estrondo e pulou na garganta de Stefan.

No saguão envidraçado e adornado com galhos recém--cortados, ressoou o badalar prateado do sino; a pequena multidão reunida em frente se esparramou e entrou. Enquanto isso, o padre, trajando vestes roxas, cercado por uma pequena roda de padres de trajes verde-escuros, entrou pelas portas majestosas da sala de comando decoradas suntuosamente de vermelho e branco e dirigiu-se ao saguão.

— Sosseguem logo de uma vez! – dei um berro estridente, e fui correndo ajudar Kolka a separar os dois que estavam brigando. — Parem de se bater, seus filhos da puta! O arcebispo está indo para a santa missa.

O arcebispo ficou de costas para o altar. Na altura de seus pés, as cabeças grisalhas dos oficiais cintilavam sobre os braços das cadeiras. O diretor do comitê estava parado como uma estátua na primeira fileira, entre os oficiais. Sua cabeça raspada, imponente como a de um touro, brotava da gola branca feito neve ajeitada *à la* Słowacki e se inclinava com ar solene na direção do altar. Mais adiante, parcialmente tapado pelo coronel, o ator posava na cadeira. Ele não se sentia confortável no terno de civil roubado, que era grande e duro demais. Ficava se revirando inquieto e de modo inquisitivo fazia reluzir os óculos na direção da plateia, enquanto apertava os lábios, puxando as bochechas carnudas para baixo. Ao lado, numa poltrona de pelúcia marrom, esparramava-se a cantora de vestido carmim sobre a qual circulavam fofocas de que nos dias de fome antes do fim da guerra Dachau inteiro a possuiu. Atualmente (os boatos seguem firmes) quem a tem é o ator. Havia um capacete de papelão americano sobre seu colo. O *First Lieutenant*, comandante de fato do campo, mascava chiclete indiferente, de pernas cruzadas e, luzindo de modo estranho por causa da brilhantina no cabelo, fitava entorpecido as coxas da cantora.

A multidão se aglomerou e se apertou atrás dos assentos, cobriu as janelas do saguão e mirava piamente a cruz de bétulas e as águias de papel recortado postas nos

A BATALHA DE GRUNWALD

estandartes nacionais costurados com lençóis. Observava as portas abertas nas quais balançavam as trepadeiras e o céu plácido estremecia. A multidão observava calada. O batalhão estava imóvel ao longo dos bancos.

— Quando terminar de ler o *Eulenspiegel*, me devolva – sussurrou o redator. — Você vem conosco para o gulache? Porque nós vamos cedo para o teatro. – Dobrou o joelho e bateu com o punho no peito.

— Vou – assegurei decididamente, descendo ao chão.

O arcebispo olhou para a multidão aos pés do altar e balançou a cabeça de leve. O padre de Dachau, até então de pé, imóvel junto à poltrona, deu um salto, animado, e pôs a mitra na cabeça dele. O arcebispo ajeitou-a em um movimento impaciente (estava evidentemente apertada) e só então nos abençoou, esticando de forma desajeitada os braços. Sobre as cabeças curvadas apressadamente, derramou-se uma reza sussurrada.

Do outro lado do pátio de concreto, na estreita faixa verde sob os plátanos anêmicos, as pessoas transportadas pelos caminhões americanos eram chacoalhadas para fora. O gramado ficou entulhado de roupa de cama, onde se sentaram mulheres lactantes, pirralhos de cabelos escuros que berravam a plenos pulmões e moças indiferentes a tudo, que desfaleciam por causa do calor com os corpos transparecendo sob os vestidos claros. Os homens, com camisas molhadas de suor e suas trouxas, permaneciam atentos, zanzavam ao redor do edifício e observavam o saguão, enquanto os mais enérgicos foram dar uma olhada nas acomodações dos transportados.

— Ah, o poeta! O senhor não foi à missa? Fugiu do mistério nacional e divino? O senhor não está construindo o mastro do estandarte nacional, composto do espírito dos que tombaram no campo de batalha e dos demais?

Uma moça de olhos incomuns estava sentada no amontoado de malas, travesseiros e cobertores amarrados por cordas. Em vez de uma cruzinha, do pescoço pendia uma peculiar pequena cápsula, comprida, parecida com um apito. Suas coxas fortes e volumosas se delineavam debaixo da saiazinha de cambraia. As belas pernas desciam suavemente pelo cobertor. Do lado oposto, sentado de modo ostensivo, de pernas abertas com as botas altas sobre uma mala, estava o professor, que sorria ironicamente para mim por trás dos óculos como que por trás de uma trincheira. Ele deve ter notado que meu maxilar chegou a estremecer de desejo.

— Sobrevivi biologicamente. Agora estou construindo os alicerces para meu retorno à Polônia. Deixo a letargia espiritual para adentrar o corpo vivo da nação – respondi de modo evasivo. Ambos gargalhamos. Ficamos citando as passagens mais marcantes da revistinha pornográfico-patriótica mimeografada que era publicada pelo padre do campo.

— Essa moça – o professor fez um gesto para o alto, encostando sem querer nas pernas da garota – acabou de

A BATALHA DE GRUNWALD

fugir para o corpo vivo da nação. Um trem inteiro chegou de Plzeň. Deixaram a Polônia pela fronteira verde.

Levantei as sobrancelhas de modo sugestivo. Em resposta, a moça fez brilhar seus dentes. Ajeitou-se no cobertor. Os seios volumosos demais balançaram debaixo da blusa.

— Fugiu dos bandos do mato? – supus. Quando eu ia atrás de carne de cabra em outras *Sztubas*, ouvia a rádio de Varsóvia. Entre uma mensagem e outra de procura por familiares, queixavam-se constantemente dos bandos nas florestas.

— Muito pelo contrário. Era uma de nós, uma judia. Eles fugiram igual a vacas em busca de um pasto melhor. Enfiaram-se no meio de nós como quem vai atrás de grãos proibidos. Só que aqui é terra sem cultivo, mocinha. – Curvou-se para trás, bateu no joelho da moça e, à vista de todos, passou a mão pela panturrilha dela.

Estendi a mão para a garota. Ela cerrou os cílios, talvez por causa do sol que por um momento ardeu em seus olhos.

— Não dê ouvidos. Isso é a amargura de uma vaca que não encontrou pasto melhor, por mais que tenha vagado por meio mundo.

— Moramos no mesmo prédio – disse a moça –, no gueto – sorriu, como que pedindo desculpas –, e novamente nos encontramos na mesma casa – disse, apontando para as pedras do quartel –, na casa da ss.

— Se não fosse pela guerra – adicionou o professor com rispidez, e, orgulhoso de si, gargalhou ruidosamente.

Limpou as mãos enrugadas e deu um tapinha nas calças curtas bavarianas de couro, manchadas como um avental de açougueiro. — É melhor o senhor não se esquecer das vacas, projeto de poeta – acrescentou, e fixou o olhar em seus joelhos peludos.

— Para procurar um pasto melhor? – perguntou a garota entre as cobertas. Tocou com suavidade os cabelos do homem, com a pontinha dos dedos. Apertei ironicamente os lábios, captando sua olhadela torta.

— Não – o professor respondeu com relutância. — Para ter seu próprio pasto. E não ser o embaixador de seu rebanho em prados alheios.

— E onde é que fica nosso prado?

— Na Palestina. Na prisão Akko, perto de Jerusalém. Fiquei preso lá seis meses por imigrar ilegalmente. Durante a guerra, hahaha – soltou uma gargalhada retumbante, levantou-se e, sem dizer uma palavra, foi pelo pátio de concreto até o saguão. As pessoas jorravam de lá após o encerramento da liturgia, preenchendo ruidosamente o pátio como uma tigela. O enxame de mandachuvas, que cercava o arcebispo em algazarra, fluiu na direção da sala do comando e se infiltrou nas portas do térreo dos aposentos do primeiro-tenente.

— Eis o corpo vivo e ascético da nação. O visco polonês no carvalho alemão – acenei com desprezo na direção da praça. — Mas, seja como for, ainda é uma força. Porque

A BATALHA DE GRUNWALD

nós lutamos por uma ideia. E o que há por lá, nessa Polônia de vocês?

Não fui embora, minhas calças de tecido áspero insistentemente faziam cócegas em minhas coxas. A garota deslizou suavemente da coberta e foi parar no chão, esfregando como um gato seu corpo contra o meu. Seus seios volumosos demais balançaram sob a blusa outra vez.

— Você deve estar achando que sou uma pobre passageira que desceu de um bonde em que metade das pessoas fica sentada e a outra fica balançando. Que isso é por causa da coroa da águia[179]? Afinal, o senhor deve conhecer as piadas polonesas. Mas não! – gritou com fervor. — Não é mesmo por causa disso!

Agarrou sua mala com ímpeto. Quando se curvou, suas coxas despontaram por baixo do vestido rosa. Os caminhões todos começaram com pressa febril a carregar as tralhas até o quartel. Agarrei duas trouxas e, batendo os sapatos no asfalto de modo viril, subi correndo as escadas. Fiquei o tempo todo olhando a nuca da moça, que, sobrecarregada de lençóis, se arrastava na minha frente. Umas tias ou cuidadoras estridentes gritavam com ela, pegavam os lençóis com as mãos trêmulas e apontavam o caminho.

Jogamos as cargas no dormitório no térreo e mais uma vez fomos correndo atrás das malas, gritando alegremente

---

179 Brasão da Polônia.

e murmurando pragas. No corredor esbarrei de novo na moça e percebi seu olhar entretido.

No dormitório que seria ocupado por algumas horas, os homens se dispuseram ao lado das portas parcialmente derrubadas, bloqueando a passagem, assim como da janela quebrada e dos beliches escangalhados e amontoados. Nesse aposento escuro como um porão, a poeira gordurosa havia se erguido até o teto e sufocava nossa garganta. A gente recolhia o lixo e jogava pela janela quebrada do corredor, bem em cima da cabeça das pessoas alojadas nas retaguardas do quartel, que, sem se importar com Grunwald, nem com o dia fresco de julho ou as punições aplicáveis segundo o regulamento, sentavam-se amontoadas em torno de inúmeras fogueiras feitas com meia dúzia de grossas lascas arrancadas de corrimãos e mesas e cozinhavam toda sorte de alimentos em caçarolas, marmitas de metal, latas de conserva cobertas de fuligem e panelas de alumínio roubadas: carne de carneiro, furtado de um rebanho na véspera de Grunwald, e *kasha*, sopas, caldas de frutas. Em chapas enferrujadas e incandescentes assavam panquecas de batata e mexiam com espátulas de madeira as misturas ferventes de todas as cores, soprando o fogo resolutamente. A fumaça, como uma nata densa e suja que fervia de baixo para cima, borbulhava, levantava preguiçosamente da terra e se esparramava em direção ao muro dentado e à campina próxima, borrando os contornos do longínquo bosque plano que ficava no horizonte e envolvia como um creme

A BATALHA DE GRUNWALD

os plátanos pontudos ao longo da rodovia. O odor de carne crua sendo cozida e misturada com fumaça ardia intensamente nas narinas e chegava a revirar o estômago. Lá embaixo, sob a fumaça, como que vindo do fundo de uma panela, ressoava o burburinho de gritos e xingamentos dos famintos que preparavam comida. Puxei a garota da janela e a arrastei até um lavatório coberto de azulejos que, emporcalhado com restos de comida e fezes, fedia como uma latrina.

— Então é assim que vocês vivem – disse com desprezo a judia, lavando as mãos na água corrente. — Na frente, Grunwald, atrás é essa queimação de panelas. Eu não aguentaria um único dia aqui. Não aguentaria mesmo!

— Você se acostumaria, moça – respondi ofendido. — É que isso ainda é a quarentena. Não é nem o campo nem a liberdade. Mas vai melhorar, vamos ter mais liberdade! Somos uma grande potência! Moral! – exaltei-me subitamente. — Mas – abrandei – as pessoas querem comer. O homem precisa de comida, de mulher. As pessoas passaram fome durante tantos anos! Durante tantos anos ansiaram por esse dia em que poderão comer pão até saciar a fome por completo, quando terão sua primeira mulher! Essas são questões fundamentais. Nisso nem Grunwald dá jeito.

Chacoalhou das mãos as gotas insistentes. Secou as mãos na barra da saia. Suas coxas se revelaram por um instante. As portas automáticas se fecharam silenciosamente por trás de nós. Ainda não as tinham estragado.

— Após tantos anos de campo você não ficou com vontade de sair desses muros? – Olhou para mim inquisitivamente como quem observa uma espécie peculiar de cachorro ou gato. — Não estou falando aqui de pão – em sua voz soou um leve tom de sarcasmo – nem de mulher. Mas simplesmente para ir à floresta.

— Tive medo – admiti sinceramente – porque eles ficam vigiando. Sobreviver tantos anos e morrer depois da guerra? Não, isso é muito grotesco. O sujeito passa a se valorizar duas vezes mais.

— Ficou com medo! – bateu as palmas da mão. — Ah, você ficou com medo!

— E o que foi que a atraiu para os... prados alheios, se não o medo? Você quis fugir da pátria? Foi uma miragem do Ocidente? Pois eis o Ocidente! – apontei para a janela com a vidraça quebrada na qual se enovelava a fumaça. — Todos temos medo desde que a paz foi estabelecida.

A garota gargalhou com desdém. Estávamos andando pelo corredor, ao longo das janelas que dão para a floresta.

— Claro que não foi medo! Fugi do amor. É engraçado, ai, como isso é engraçado.

Dei uma puxadinha nas calças que caíam e cruzei os braços nus sobre o peito. Tinha vergonha das espinhas que despontavam de baixo da regata, mas ainda não havia tido tempo de roubar uma camisa com gola.

— Fui católica, polonesa, por seis anos, aprendi os man-

A BATALHA DE GRUNWALD

damentos assim e assado, ia regularmente à missa e me confessava. Minha mãe, antes de morrer em Treblinka, me deu um livro de orações. Vejo sua dedicatória até hoje diante de meus olhos: "À minha amada filhinha Janina, no dia de sua primeira comunhão, mamãe". Eu tinha outro nome. Afinal de contas, não tenho cara de judia – disse com certo orgulho, procurando confirmação nos meus olhos.

De fato não aparentava ser judia. Ela tinha cabelos claros e sedosos e um rosto largo, um tanto achatado. Apenas seus olhos negros e profundos brilhavam de ansiedade.

— Você é como uma ariana – eu disse, bajulando. Seus olhos brilharam em gratidão. — Isso é o medo. Mas cadê o amor?

— O amor é porque me apaixonei. Por um católico. Ele era comunista e não gostava de judeus – queixou-se inocentemente. — Ele me amava muito. Eu não podia mentir para ele. Não é verdade?

Olhei fixamente seus olhos com um silêncio de compaixão fingida.

— Ele se alistou no Exército assim que os alemães foram embora. Isso foi em Siedlce, por falar nisso. Escrevi uma carta para o correio de campanha e fugi. Foi muito fácil, ah, como foi fácil.

— Sem nem esperar pela resposta? – fiquei pasmo.

Ela enrubesceu como um pêssego e mordeu suavemente os lábios.

— Tive medo do que ele poderia escrever... – interrompeu. — Ele era tão nacionalista. Já eu... realmente não tinha mais forças! Não queria! Eu preferiria que me chamassem de judiazinha, que os poloneses me deixassem em paz.

Um grupo de homens passou correndo, esbarrando em nós, e desapareceu na curva do corredor. Chegou até nós um alarido exaltado, vindo de algum lugar do pátio.

Peguei-a pela mão. Era quente e macia como pelo de gato. A fumaça das janelas invadia o corredor e parava no teto formando fios estreitos como teia de aranha.

— Sei bem como é – respondi de modo comedido depois de controlar com dificuldade o tremor do maxilar. — Você é muito corajosa. A coragem do medo. Eu também gostaria de ser assim – e desabafei em um fôlego só. — Você não gostaria de dar um passeio para fora do campo? Dizem que os pinheiros têm o cheiro do verão, e eu ainda não fui nem uma vez. Acho que perderia o juízo de tanta saudade do campo aberto e sairia andando a pé rumo ao oeste ou ao leste. Fico com pena de deixar os livros que juntei. Mas com você – apertei sua mão com confiança – eu não iria longe. É seguro assim.

Bati os sapatos com energia e puxei as calças com uma mão. O tecido seco e áspero fazia a pele arder como urtiga. O barulho metálico das caldeiras já ressoava nos corredores. Estava chegando a hora do almoço. Meu estômago doía como um dente cariado. Um grito ecoou do pátio. Mais uma vez passaram pessoas apressadas pelo corredor e cruzaram

A BATALHA DE GRUNWALD

as portas de entrada. Alguma coisa devia estar acontecendo lá fora.

— Amanhã seguimos viagem – disse a garota, soltando minha mão. — Sabe-se lá para onde. Hoje num campo, amanhã em outro... É gente desconhecida o tempo todo. Isso me dá nojo! – E de repente disse, quase sussurrando: — Estou terrivelmente apavorada de ter que ir para a Palestina. O que é que eu tenho em comum com os judeus? Ser judia na vida privada, sozinha, tudo bem! Mas viver em uma aldeia judia, ordenhar vacas e apalpar galinhas judias, casar com um judeu? Não, não! – gritou, como se eu a estivesse incitando. — Quem sabe escapo para fazer uma faculdade. Mas, de um jeito ou de outro, nunca nos veremos. Não – confirmou assertivamente seu pensamento –, não nos veremos nunca mais. É uma pena. Talvez eu fosse capaz de me apaixonar por você – sorriu, entretida com a expressão de meus olhos. — Porque você sabe escutar. Como o Romek. É aquele de Siedlce – esclareceu sucintamente.

Eu a puxei pelo cotovelo e a virei para mim com brutalidade. Ela quase me tocou com seus seios fartos. O sangue percorreu meu corpo todo em uma onda.

— Não nos encontraremos nunca mais! – gracejou comigo, e os cantinhos de seus lábios tremeram. — Mas – abaixou o tom da voz – assim é melhor.

Assim que a soltei, desanimado, ela se aninhou debaixo de meu braço.

— Quando você quer ir para esse... passeio?

— Depois do almoço, pode ser? – sussurrei com entusiasmo. — Será mais fácil durante a troca da guarda.

Mais uma vez, meia dúzia de homens cruzou o corredor. O último deles se virou, acenou para nós de modo encorajador e gritou sem fôlego:

— Venham ver! É uma ação pacificadora! O exército com fuzis! É a revolução! – e seus passos reverberaram pelas escadas.

A moça, sem me responder, lançou-se em direção à porta. Fui correndo atrás dela. Descemos rápido ao pátio. Uma multidão balançava junto à porta e uma onda de pessoas recuava pelo meio da praça, se dispersando ruidosamente para os lados diante dos jipes que se arrastavam vagarosos como barcos, nos quais estavam os soldados americanos, brandindo os fuzis em uma postura ameaçadora. De repente ecoou um disparo no veículo mais à frente. A multidão correu sobressaltada como um bando de patos em fuga, respondeu com um brado hostil e se calou, correndo com um gorgolejo para se agrupar no galinheiro do quartel. Todas as janelas imediatamente se viram ocupadas pela cabeça das pessoas que começaram a tagarelar. O major saiu da porta da sala de comando. Ao avistar os soldados, ficou imóvel e depois recuou em silêncio até os degraus nos quais reluzira majestosamente a figura do arcebispo.

A BATALHA DE GRUNWALD

O corpo inteiro da garota tremia. Eu a puxei para perto de mim. Seu busto saliente curvou-se ligeiramente sob meus dedos. Ela se aconchegou em mim indicando confiança.

— Vermes – ela disse entredentes. — Ah, mas que vermes! O que eu não daria para fugir daqui! Vamos fugir. – Cobriu minhas mãos com as suas. Meu estômago vazio estava incomodando feito um sapato apertado.

— É tudo culpa desses cozinheiros – informou alguém na nossa frente –, foram eles que trouxeram esse monte de americanos. Ficaram todos presunçosos por trabalhar com as panelas. Não queriam sintonizar o rádio em Londres durante as tardes. As pessoas ficam fazendo barulho debaixo das janelas deles. Há um que trabalha na primeira cozinha; era cozinheiro no campo de Allach e jogou uma tigela de batatas nas pessoas. Os rapazes se revoltaram. Só que deviam fazer isso sem alarde. Pegar o Anticristo e torcer o pescoço dele para valer, e pronto. Mas será que dá para esperar isso do povo polonês? – e o homem se pôs a refletir taciturno.

— Já deram uma boa lição neles – outro consolou –, vão ficar pelo menos uma semana de cama. Esses aí não saem do campo com vida, estou lhes dizendo.

Todos os vidros no térreo haviam sido meticulosamente quebrados. Pessoas se esgueiravam na sombra esparsa dos quartos, entre os restos dos móveis, reaproveitando o que dava. O sol se refletia nos capacetes dos soldados que vigiavam a entrada principal para o térreo e ardia nos olhos.

Estavam aguardando, indecisos, enquanto os veículos deram meia-volta rumo ao portão.

De repente, da ala oposta do quartel, saiu um grupo de pessoas próximas umas das outras que, agitadas feito uma matilha, avançaram pela praça vazia diretamente para a sala do comando. O tenente ia à frente com a cabeça abaixada, como um touro raivoso. Stefan estava logo atrás de seus calcanhares. Segurava pela cintura uma mulher que se desvencilhou dele com um berro estridente. Um outro homem a alcançou de lado, pegou-a pelo pescoço, sacudiu-a e a acalmou. O resto veio pulando, cercou os dois e o enorme Kolka, cuja cabeça se erguia acima dos demais e enxotava com pontapés o sujeito de avental branco, torcendo seu braço para trás. Os soldados logo vieram até eles.

Apertei minha garota de tal modo que ela chegou a gritar. Virei seu rosto para lhe dar um beijo, mas ela se desvencilhou furiosa.

— Fazer o quê?, depois do almoço, então – disse resignado, e, após empurrar a multidão que estava à minha frente, fui até a praça. — São meus amigos! – gritei para ela de longe. Subiu na pontinha dos pés e ergueu a mão um pouco surpresa, um pouco como quem se despede numa estação de trem. Alcancei os rapazes um instante antes de os soldados nos cercarem.

— Ei, Tadek – reverberou Kolka, gargalhando –, já pegamos o ladrão. Achamos um saco inteiro de carne na cozinha. E na *Sztuba* do cozinheiro, na cama, uma alemã! Não conseguiu tirá-la de lá a tempo. Anda logo, seu verme!

E empurrou com o joelho o cozinheiro que estava sendo arrastado. O cozinheiro, ao ver os soldados, berrou de dor. O soldado correu até Kolka, balbuciou algo guturalmente e ameaçou-o com a coronha da arma. Mas não bateu.

Nos degraus em frente à sala de comando estava o arcebispo, entre o coronel e o major, que nos lançava um olhar sereno e cansado. Seus lábios se moviam como se estivesse rezando, mas Stefan teve a impressão de que ele estava perguntando algo.

— É que ele estava roubando, seu padre, roubou comida dos colegas para uma alemã! Roubou e cometeu adultério! – gritou com seu olho roxo brilhando de raiva, e empurrou a moça alemã nos degraus de tal modo que ela caiu de joelhos. — E não nos deixam ouvir rádio! O seu rádio! – acrescentou de modo rebelde. — Não o de Varsóvia, mas o de Londres!

O quarto dos editores era agradavelmente decorado com um papel de parede de florzinhas líricas. Após a partida dos moradores ortodoxos – os oficiais da ss, que tombaram no campo de glória, em combate próximo aos quartéis, ou fugiram para suas famílias, ou tomaram o lugar deixado por nós em Dachau –, restou apenas um armário maciço de duas portas, milagrosamente poupado da destruição dos *Auslanders*[180], que, logo após serem liberados dos campos de concentração com o término da guerra, foram parar em quartéis sem dono onde quebraram todas as vidraças, candelabros e espelhos dos banheiros e lavatórios. Eles desmontaram as câmeras cinematográficas até o último parafuso, quebraram as engrenagens do raio x no hospital, incendiaram os carros, motocicletas e canhões na garagem, explodiram parte do muro do quartel, saquearam a munição, quebraram os móveis de salão de mogno que mais saltavam aos olhos e, depois de fazer a maior imundice nos vasos sanitários, partiram cantando seus hinos nacionais.

Havia então o armário e mais adiante um sofá, montado com restos de tábuas, coberto por uma imitação de pele de tigre e abarrotado por uma pilha de livros de jornalismo, escolhidos de modo escrupuloso em meio ao lixo que inundava o pátio, uma vez que a biblioteca, assim como o hospital, a farmácia, o cinema e o enorme arquivo que continha documentos de identificação e fotografias de diversas dezenas de milhares de ss, fora reduzida a migalhas e jogada na calçada.

Eu estava enfiado no canto do sofá, encarando com olhar vazio a mancha mais escura da parede enfeitada com

---

180 "Estrangeiros." Em alemão no original.

A BATALHA DE GRUNWALD

um retrato de Norwid, evangelicamente barbudo, tirado de sabe-se lá onde.

Por trás da porta semiaberta, podia-se ouvir o tilintar da caldeira no corredor. Agora aqui, nos quartos dos oficiais, até mesmo o gulache de Grunwald era servido sem necessidade de fazer fila e passar pela vistoria. Cada oficial pegava duas ou três tigelas como reserva para a noite. Quanto ao pão, variava bastante. Na maioria das vezes eram 300 gramas. Até para os soldados é pouco, imagine para os oficiais!

O editor deu um jeito de se enfiar no meio, segurando com zelo duas tigelas cheias e fumegantes com aroma de carne. Meteu uma em minhas mãos.

— Tome, agora coma e cresça – disse de modo breve, mas claro. Ele havia aperfeiçoado sua dicção, pois era um pouquinho surdo e morava com o capitão, o antigo correspondente do jornal em Białystok, que era surdo feito uma porta. Ambos enchiam o recinto com um zumbido inquieto como dois besouros zangados.

Mergulhei lentamente a colher no gulache, separando a carne com cuidado. Eu já não estava vorazmente faminto. Em comemoração à batalha de Grunwald, serviram a cada um de nós 1 litro de sopa de batatas com carne e caldo.

— Sabe, eu gostaria de morar em um quarto – eu disse ao editor, que havia afastado a máquina e as matrizes para perto da janela e, após se sentar à mesa, pôs-se a comer vigorosamente, mascando e fazendo ruídos com a língua –, para que eu possa ajeitar meus livros, pendurar as calças no armário antes de dormir e simplesmente poder dormir em uma cama. Ter um quarto para ficar sozinho é gostoso pra caramba.

— Ou para ficar a dois – exclamou o editor.

— Com aquele outro lá? – torci o nariz com desgosto.

— Não, com a moça. A do trem, com quem você estava de papo. Eu vi.

— E por que a surpresa? Acho que já é hora, depois do campo de concentração.

O editor saiu diretamente dos braços de sua jovem esposa para acabar no campo de concentração.

— Quem sabe fujo com ela para o Ocidente.

Afastou a colher e me olhou de soslaio.

— Ah, sei – caçoou –, você? Fugir? E você, pirralho, seria capaz de largar seus poemas e livros? Não ficaria com medo do mundo? E se tiver de passar fome?

Afastei a tigela ofendido. Virei o rosto em direção à janela. Nas lascas da vidraça quebrada o sol se ramificava em feixes iridescentes como penas de pavão.

— Pois é, mas não se preocupe – o editor levantou da mesa e acariciou meu rosto. — Senhor, aqui me tens como me criaste. E você foi nessa passeata da carne?

— Fui – murmurei indisposto. — Vocês poderiam escrever sobre isso. Causou a maior polêmica.

A BATALHA DE GRUNWALD

— A verdadeira polêmica ocorre sem a presença da imprensa, meu querido. Além disso, o padre Tokarek não me permitiria escrever sobre isso. Afinal de contas, somos um jornal do governo!

Partiu um pedacinho de pão e mergulhou no caldo.

— E você, conseguiu escapar?

— Os soldados me liberaram. Falando inglês se pode viajar o mundo todo. Expliquei para os *okeys* que eu não fiz nada, que estava ali por acaso. Contei sobre o ocorrido. Concordaram com a cabeça. Um deles até me estendeu a mão.

— Conhece o Stefan? – perguntei. — Ele foi chefe de bloco no Schonung.

— O comunista? Eu era do bloco dele. Não era dos piores.

— Um traste – respondi concisamente. — Batia nas pessoas e servia à ss só para se tornar chefe de bloco e ter uma *binda*[181]. Quando o botaram no *Komando*, ele ficou todo apreensivo. Não conseguiu aguentar nem três dias sem perder a compostura. Ele não é prisioneiro de campo coisa nenhuma.

O editor concordou com a cabeça. Entornou a tigela e bebeu o caldo.

---

181 *Binda*, no linguajar dos campos de concentração, era a faixa no braço usada por prisioneiros que tinham alguma função no campo e gozavam de certa autoridade sobre outros, como o *kapo*.

— Dá para dizer – continuou entre um gole e outro, com sotaque forte de Vilnius – que você não gostava muito dele.

— Mas ele sabia se virar, não há dúvida! Chamaram ele de comunista e bandido, especialmente o coronel. E ele respondia: é verdade, bati e roubei para aqueles coronéis e majores lá. Mas hoje eu não bateria nem roubaria. Eles poderiam morrer no campo que eu ainda assim os ajudaria. Começou um alarde que só Deus sabe!

— Ouvi dizer que no fim das contas não o prenderam.

— O *First Lieutenant* lhe deu a escolha: ou ser preso no bunker ou afastado do campo. Ele não poderia fazer outra coisa, pois o arcebispo estava ali ouvindo o tempo inteiro. O Stefan pegou a alemã debaixo do braço, pediu desculpas, e os dois saíram do campo juntos.

— Na frente do arcebispo? Que canalha! Afinal, o exército inteiro ficou descreditado a seus olhos.

Lambeu a colher, secou a tigela com um papel que em seguida jogou pela janela, guardou a tigela no armário, fechou bem, secou a boca com um lenço que guardou no bolso, pôs a máquina de escrever sob a janela, em seu devido lugar, e então, já pronto para sair, informou:

— Você vai ao teatro. Tem dois ingressos. Janusz – Janusz era o outro, o surdo – foi jogar bridge com o capitão. Chegou alguém da Segunda Divisão que talvez nos leve à Itália. Mas nem um pio sobre o assunto! Porque todo mundo vai ficar querendo. Eles estão lá jogando cartas juntos.

A BATALHA DE GRUNWALD

Não querem saber de mais nada: nem do arcebispo nem do espetáculo.

E me enxotou porta afora, tomando o livro das minhas mãos. Olhou-me cheio de suspeitas enquanto o fazia. Não gostava quando levavam seus livros embora na surdina. Trancou atenciosamente a porta, bateu à porta do vizinho e submergiu na fumaça que se aglomerava diante da janela fechada que cobria o quarto como algodão grosso. Havia algumas tigelas com restos de gulache no chão sujo, em volta das cadeiras. Certamente os deixaram para comer à noite. O editor jogou a chave na mesa e saiu sem dizer uma palavra.

No pátio estavam terminando os preparativos para a fogueira noturna. Ergueram uma pilha robusta de quatro lados, reforçada com troncos besuntados de resina nas pontas, e enfiaram um capacete alemão numa estaca acima do fogo. Debaixo da estaca cruzaram dois rifles alemães esmagados e sem travas. Ao redor da pilha havia bancos, cadeiras e poltronas.

Por mais que todos nós aguardássemos ansiosamente pela fogueira e pelas apresentações patrióticas noturnas, toda a população residente no quartel, com exceção, obviamente, daqueles que patrulhavam a retaguarda dos prédios, protegendo as *Sztubas* dos ladrões, ou estava em excursões fora do campo, ou havia se encaminhado até a garagem onde se montou um teatro. Em frente ao portão fechado havia uma multidão que praguejava e gritava ameaçadoramente, empurrando o policial que ostentava uma faixa nacional e um capacete americano de papelão. O policial protegia a entrada com as mãos pateticamente estendidas.

— Gente! Não tem mais lugar! Tenham piedade, gente! Voltem amanhã. Faremos Grunwald de novo! Todo mundo vai poder ver! – gritou com a voz rouca, cada vez mais rouca, até que cacarejou como um galo, calou-se e abaixou as mãos.

Empurraram o policial e o tiraram da entrada, arrancaram e pisotearam a faixa nacional. A multidão se lançou para cima do portão, que rangeu, mas os cadeados não cederam.

— Juntando todos, não dá nem um tostão de inteligência – disse o editor, se divertindo. Ele me puxou até o outro lado da garagem, onde estava a portinha para os atores. Quando nos esgueiramos até a plateia e resolvemos o assunto rapidamente com o policial que era vigia do teatro, por um instante tive a nítida impressão de que eu me equiparava a um oficial.

Ficamos bem atrás do bando de generais, na segunda fileira, onde ainda incidia a luz amarela do palco. Entretanto, o resto da sala estreita, imensuravelmente longa, mergulhava na escuridão negro-azulada onde brilhavam os rostos profundamente concentrados das pessoas. Do lado de fora ecoavam os gritos hostis da multidão que chegava de assalto, e as portas de ferro que estavam sendo forçadas

A BATALHA DE GRUNWALD

rangiam. Ninguém deu muita atenção a isso. Todos olhavam para o palco.

Porque eis que no meio do palco fortemente iluminado havia uma cantora trajando vermelho, branco e verde vivo que, acompanhada de um piano negro estremecido por uma melodia patriótica, estava de pé, enrubescida como uma criança em sua festa de aniversário. Ela era uma loira bem encorpada, vestida com os trajes cracovianos e enfeitada com uma coroa de espigas que ainda não haviam amadurecido, mas já estavam desbotando. Segurava a saia e erguia inocentemente o olhar para a cortina, o teto e os céus.

Vários jovens vestindo uniformes listrados do campo de concentração ficavam a seu redor, segurando as fitas do corpete. Eu conhecia um ou dois deles: foram *Schreibers* no famigerado campo de concentração de Allach. Os uniformes listrados cabiam direitinho neles, devem ter sido costurados sob medida ainda no campo. Outros, com macacões de serviço, se moviam pelas margens do palco, empurrando carrinhos de mão e carregando pás, picaretas e pés de cabra ao redor da cantora.

Bem na frente, quase na extremidade do palco, estava, arrebatado, o ator gordo que, apontando para a cantora, encerrava com ardor seu poema:

... em nome da Virgem Maria
Somos nós, seus filhos, ó Polônia, os soldados e trabalhadores!

O estrondo medonho do portão arrombado e o grito triunfal da multidão que invadia a garagem abarrotada se fundiram com a salva de palmas e o berro estridente e patriótico da plateia. Quando as coisas se aquietaram um pouco e a cortina se abriu novamente para mais uma vez mostrar a República afugentada e seu amante – o ator, que a fitava admirado –, o editor, que por fim conseguiu se ajeitar mais ou menos na borda do banco, inclinou-se até mim de modo confiante e bradou em bom tom e na mais sincera satisfação:

— Que pena que não colocaram também uma cama no palco. Mas que bela República! Essa vale o pecado.

— Me diga, por que você ainda está nesse campo? Não há nada que te motive a seguir em frente? – A garota curvou-se afetuosamente sobre mim. Seus seios fartos demais balançaram sob a blusa. Eu vi um pequeno e convexo fragmento de mim refletido em seus olhos inquietos e rajados. Ergui a cabeça e quis beijar seus lábios úmidos semiabertos. Ela franziu as sobrancelhas e se afastou.

— Não, já não quero ir a lugar nenhum – suspirei preguiçosamente, e caí sonolento na terra, que cheirava a agulhas de pinheiro apodrecidas. — Mas você também só ama aquele que ficou lá na Polônia.

Ela tapou minha boca com a mão.

A BATALHA DE GRUNWALD

O bosque de pinheiros acima de nós erguia-se ao céu e farfalhava. O vento chiava ao passar pela copa das árvores. O sol, segmentado na pontinha do pinheiro, caiu nas profundezas do bosque como uma flecha com pena e bateu na grama verde pálida, que, iluminada como ouro bem fininho, estava carregada do aroma inebriante do verão. Ela emanava um calor encantador, como o do corpo de uma mulher. Um besouro perdido, um pequeno besouro-bombardeiro, zuniu sobre nós e pousou no caule do verbasco.

— Ele vai para cima que nem um cachorrinho afoito atrás de uma tigela de leite – eu disse condescendente.

— Está mais para uma criança no parapeito da janela – constatou a garota. — Ah, tive de cuidar de tantas! Odeio crianças! – gritou. Afugentado, o besouro foi embora, alçando voo com um zumbido raivoso. — Venha – decidiu de repente –, já está tarde. Veja como os pinheiros já escureceram. Já são o quê? Quatro, cinco horas? – Olhou para cima em direção às pontinhas dos pinheiros embaladas por uma leve corrente de vento. — Como o sol está baixo! – Ajoelhou, espanou os restos de agulhas de pinheiro do vestido e ajeitou os cabelos.

— Venha – saltou impacientemente, afastando minhas mãos –, venha comigo, ah, venha comigo! Tenho tanto medo da Palestina!

Pelo bosque corria a estrada de asfalto ladeada por um

paredão de choupos. Casais alegres e coloridos caminhavam por ela.

— Está vendo só, Nina – quebrei o silêncio e a peguei pela cintura –, é assim que os alemães vivem. Eu também gostaria de viver assim, entende? Sem campo de concentração, sem exército, sem patriotismo, sem disciplina, levar uma vida normal, sem ser só aparência! Não pegar sopa do caldeirão e não pensar sobre a Polônia.

— Pois então – complementou Nina – venha comigo para o Ocidente. Sou livre de verdade.

— E o namorado na Polônia?

— Vou me esquecer dele.

— Você ainda não o esqueceu?

— Não tive outros, então não esqueci.

— Não teve?

— Essas pessoas com quem estou vindo da Polônia – continuou com esforço após um instante – são estranhos. Posso me afastar deles. Vamos para Bruxelas. Tenho uma irmã lá, que é casada com um belga rico. Vou estudar medicina.

O asfalto ardia debaixo de nossos pés. Acima de nossa cabeça pairavam os choupos pontudos, com ramificações que levavam até os muros vermelhos e as torres do quartel e, após cobri-los de verde à semelhança de uma ponte, erguiam-se em tom dourado como uma maçã madura em cima dos telhados de madeira do conjunto de prédios do subúrbio, que cintilavam em rosa na névoa azulada parecida com um cachecol de seda.

— Nina, fique comigo – eu disse inesperadamente. — Aqui não sou ninguém, mas ainda serei famoso. Tenho amigos que vão me ajudar, tenho livros dos quais é difícil me separar. Eu os juntei com tanto zelo, entende? Tenho medo do perigo, já vi morte demais para me deixar ser morto. Que outros o façam, por que eu? Que direitos eu tenho? – Calei-me, procurando pelos meus direitos em pensamento. — Nenhum! Está entendendo? Nenhum! – Calei-me e fitei seu rosto, como que buscando compaixão. — Se sairmos daqui ninguém nos dará comida. Aqueles macacos pretos de capacetes brancos podem nos pegar em qualquer esquina e jogar em um campo desconhecido onde seremos devorados pela fome.

— Eu não tenho medo – disse Nina rispidamente.

— Mas nunca ter um chão debaixo dos pés em lugar nenhum?! – interrompi, buscando uma metáfora sugestiva. — Ser como uma árvore sem raízes! Secar e morrer!

— Então você vai voltar para a Polônia – a garota afirmou, e torceu os lábios com desdém quando eu ia me justificar. — Você me quis só por um dia, como todo mundo.

— Como todo mundo? – sibilei entredentes.

— Sim, como todo mundo! – berrou. Tropeçou. Segurei-a pelo braço. Desvencilhou-se de modo brusco e hostil. — Como todos para quem eu sou só uma judia! Você está vendo isso aqui? – Levou a mão até o talismã em forma de apito.

Seus dedos tremiam. — Ao contrário dos demais, até agora você não me perguntou o que é isso. São as tábuas de Moisés, os mandamentos em hebraico. Isso deveria me ligar aos judeus. Mas não sou nem judia nem polonesa. Da Polônia me expulsaram e dos judeus eu tenho asco. Pensei que ainda existiam pessoas diferentes. Mas você não é uma pessoa; é apenas um polonês. Volte para a Polônia! – gritou de maneira truculenta. — Volte para a Polônia!

"Volte para a Polônia!". Assustei-me com uma voz que, como o trinado de um pássaro, de repente reverberou sob nossas pernas.

Na grama alta e esverdeada brilhou uma cabeça escura e raspada. Stefan levantou-se do chão e se curvou em direção à moça.

— Volte para a Polônia – repetiu. — Venha comigo. Estou indo a pé.

— A pé? Mas você é um cara e tanto mesmo – fiquei admirado. — E cadê a alemã? – Olhei ao redor desconfiado.

— Foi nos arbustos. Na verdade, eu a levei até a casa dela. – Passou a mão pelos cabelos. — É uma garota legal. Você vem comigo?

— Sabe, eu até iria, mas... – titubeei. A farda de pano queimava o corpo todo. Stefan apertou os olhos por causa da claridade e me observava por baixo das pálpebras, com desprezo escancarado. Ele rodopiava nos dedos um graveto seco que partiu com um estalo.

A BATALHA DE GRUNWALD

— Os livrinhos, os livrinhos – sorriu de modo amargo.
— É isso que você está querendo me dizer? E que vai passar
fome no caminho? E o que faremos se as coisas normali-
zarem? Me deixe dizer: é a saia que está te prendendo aqui,
meu irmão. Você arranjou um rabinho de saia, não foi? –
Seus dentes brilharam como os de um cachorro. Levou a
mão até o olho roxo. — O que é que você tem aqui, fora
essa judia?

— Vamos voltar ao campo – disse Nina num sussurro
arrepiante. — Mas você, você é... – Cerrou os punhos. Seu
queixo tremia espasmodicamente. — Você é como a ss!

Stefan sorriu ligeiramente. Não deu atenção à garota.

— O campo está cercado pelos americanos – ele disse.
— Eu queria entrar e pegar um cobertor. Não deixaram.
Amanhã vão levar todo mundo embora. Todo mundo!

— Você endoidou! O coronel e o major também? O efetivo inteiro? Os padres, as cozinhas?

— Vá até o campo e veja você mesmo – disse Stefan. —
Vou esperar na Polônia.

— Não vão levar as pessoas embora, você está enganado,
afinal de contas hoje é Grunwald.

— Grunwald! – Stefan gargalhou e tocou o olho roxo.
— Pois vá lá então com seu Grunwald – disse de modo sarcástico, e desapareceu no bosque sem se despedir. Antes
esbarrou em galhos de abeto que balançaram atrás dele.

— Vamos voltar para o campo – disse Nina. Estava

com a respiração pesada como um peixe jogado na margem. — Fazer o quê? Vamos voltar. Quem sabe a gente consegue entrar.

— Com certeza dará certo – eu disse um tanto afoito demais.

Peguei-a pelo braço e a conduzi pela extensão da estrada. Ela ficou juntinho de mim. Mexia os lábios como se estivesse falando sozinha. Uma fileirinha de bicicletas corria diligentemente pelo asfalto. Os alemães aproveitavam a tarde quente de verão. Na esquina estava sentado um sujeito do campo. Ele havia posto duas malas vermelhas na sombra para a laca não derreter. Mexia na mochila aberta. O quepe vermelho, adereço dos batalhões de muçulmanos da ss, havia caído sobre sua orelha. A borla negra balançava a cada movimento de cabeça.

Uma fila de pessoas se estendia pela grama do campo até o bosque. Elas conheciam as frestas e passagens menos vigiadas e saíam discretamente do quartel enquanto dava tempo.

Apertamos o passo. A copa das árvores farfalhava como se o bosque estivesse indo junto conosco. Debaixo da moita ressecada havia um ou dois tanques e, postos de modo ordenado como numa loja, havia rifles, munição de artilharia e minas alemãs. Elas estavam sendo vigiadas por um soldado americano que estava cochilando sob o sol.

Junto à estrada, os caminhões, com seus focinhos delgados como os de um rato faminto, estavam virados para o

A BATALHA DE GRUNWALD

campo. Esperavam o dia seguinte. Negros seminus andavam entre os veículos. Eles brilhavam com seu suor denso e marrom, como se estivessem salpicados de cobre. Gritaram algo para nós enquanto os contornávamos a fim de chegar ao quartel pela retaguarda e nos infiltrar nele pelo portão demolido e soterrado de entulho, o local clássico para o transporte de carneiros. Não havia ninguém no vão. Na esquina, porém, onde o muro projetava um pouco de frescor sobre a terra ardente, debaixo do telhado coberto de folha de alcatrão, apoiado por meia dúzia de estacas, um soldado cochilava sentado na sombra. Ele tinha colocado o capacete na grama, enfiado o rifle entre os joelhos e o queixo repousava no peito. Na outra esquina estavam dois soldados de blusas desabotoadas que papeavam a todo o volume e compartilhavam cigarros.

Totalmente expostos, ficamos no prado diante do portão como as duas crianças perdidas na frente da casa da bruxa.

— Vamos esperar até escurecer – eu disse tomado de preocupação. — Talvez não nos deixem passar. Vamos voltar ao bosque.

Ela se desvencilhou da minha mão, desatando em uma gargalhada breve e desdenhosa.

— Mas você estava com tanta pressa para Grunwald. O que houve? Está com medo de novo? Espere aí, filhote, me siga.

E, antes que eu pudesse dizer algo ou fazer qualquer movimento, a garota ajeitou impacientemente a saia, puxou a blusa sobre os seios fartos demais e partiu a toda a velocidade em direção ao portão. Chegou até os entulhos e se pôs a escalá-los. No topo, a brisa contornou seu quadril e bagunçou seus cabelos. Ela os segurou com a mão, indo contra o vento. Virou-se para mim por um instante com um riso sarcástico. Chamou, mas o vento reduziu seu grito a fragmentos. Preparei-me para correr atrás dela e parei de repente. Levantei o braço para avisá-la, ela me deu as costas; eu queria gritar, mas permaneci calado.

Os dois soldados que fumavam cigarros viraram-se para o portão e um deles, ao tirar o rifle do ombro, rindo alto, chamou:

— *Fräulein, Fräulein! Halt, halt! Come here!*[182]

— *Stop, stop!* – gritou estridente o segundo.

O soldado que dormia na outra ponta do muro ergueu a cabeça repentinamente e se levantou. Curvou-se, pegou o rifle que havia posto entre os joelhos, pôs nos ombros, inclinou a cabeça para a direita em um piscar de olhos e...

A garota levou as mãos à garganta em um movimento defensivo, como se de repente lhe houvesse faltado ar. Deu mais um passo além da borda do aterro, escorregou ligeiramente e, como se tivesse tropeçado num tijolo, desapareceu

---

182 "Moça, Moça! Pare, pare! Venha aqui!" Em alemão e inglês no original.

A BATALHA DE GRUNWALD

do outro lado como que arremessada. Atrás do aterro, onde já era o campo, levantaram-se vozes que se uniram em um burburinho e viraram um berro. Os dois soldados que chamavam aos risos pela garota jogaram fora as bitucas de cigarro, pisaram nelas e correram até o aterro. O soldado sonolento, aquele que atirou, pendurou o rifle no ombro com o cano apontado para baixo, pegou o capacete do chão, sacudiu a poeira, o pôs na cabeça e, assobiando despreocupado, também apertou o passo em direção ao portão.

Fui vagarosamente até a pilha de entulho, atravessei diante dos olhos de todos e desci, ficando ao lado de Nina.

Ao cair, ela arranhou a bochecha num tijolo. Uma mosca pousou sobre seu lábio contraído, úmido e coberto de sangue fresco. Afugentada pela minha sombra, alçou voo e foi embora zunindo. Os dentes de Nina, cadavericamente brancos, cintilaram por trás dos lábios. Seus olhos saltados turvaram como gelatina velha. Suas mãos, contraídas com força num movimento defensivo, jaziam pesadas sobre as pedras. O último sinal de vida, seu sangue quente, de odor nauseante, formava uma grande mancha na blusa, que apertava os seios fartos demais, e secava nas bordas parecendo ferrugem. O pequeno talismã em forma de apito deslizou para o lado, balançou uma ou duas vezes na correntinha e ficou imóvel. Removi de baixo da cabeça do cadáver um pedaço afiado e incômodo de tijolo, afastei delicadamente os cabelos, deitei sua cabeça na macia areia de calcário e, levantando-me, sacudi cuidadosamente a poeira das calças. A luz escureceu acima de mim por causa dos rostos humanos concentrados e calados ao redor. Com esforço atravessei às cotoveladas a multidão, que abria espaço com relutância. Deixaram-me passar e se amontoaram ainda mais sobre o corpo.

No pátio, o fogo espalhava fumaça debaixo das panelas e utensílios abandonados. O vento encurvava a fumaça feito palha, com estrépito, e a lançava por cima do muro. As tábuas jogadas ao fogo do sótão desciam em silêncio pelo ar, esbranquiçavam-se com as janelas negras ao fundo e caíam com um estrondo terrível. Da terra subiu uma nuvem de poeira que se enrodilhou vagarosamente sobre o chão e em seguida assentou. De uma imensurável distância chegava um vozerio uniforme e abafado, como se estivesse do outro lado da parede. Do meio dos blocos dos dormitórios, da rua adornada por plátanos jovens, fazendo a curva na garagem, de onde despontava o nariz longo dos canhões cobertos por lonas, surgiu um jipezinho miúdo e engraçado, abarrotado de soldados, que se arrastou por entre as árvores e levantou uma enorme névoa de poeira. Cravou as rodas no chão e parou, freando com um guincho.

— *What's happened?*[183] Por que essas pessoas estão gritando tanto?

---

183 "O que aconteceu?" Em inglês no original.

A BATALHA DE GRUNWALD

O primeiro-tenente curvou-se para o motorista, que deu de ombros. Olhei surpreso para o oficial. No silêncio que nos circundava sua voz reverberou, áspera e desagradável como uma malha de algodão sendo rasgada. O oficial, encontrando meu olhar, piscou e apertou ligeiramente os lábios. Esticou uma perna para fora do jipe e balançou receoso. O sol brilhou e se refletiu em sua bem engraxada bota de meio cano marrom. Dois soldados com metralhadoras sobre os joelhos ocupavam o banco traseiro. O motorista levou a mão ao bolso, tirou um maço de cigarros, arrancou a faixa colorida e virou-se para trás, oferecendo. Acenderam. Um filete delicado de fumaça azulada subiu pelos rostos e, arrebatado pelo vento, desapareceu no ar. Aproximei-me sem pressa do veículo.

— *Do you speak English?*[184] – perguntou o *First Lieutenant*. Ele mexeu, incerto, a mandíbula, como se estivesse pegando impulso, e logo começou a mascar.

— *I do*[185] – confirmei com a cabeça. Minha voz ecoou em minha mente como numa sala vazia, cheguei até a me arrepiar. Olhei para o oficial não como se olha uma pessoa, mas um objeto distante e indiferente.

Depois de cobrir completamente o cadáver da garota, a multidão deu-lhe as costas e agora olhava para os soldados.

---

184 "Você fala inglês?" Em inglês no original.
185 "Falo." Em inglês no original.

Eu estava com um zumbido nos ouvidos, como um telefone fora do gancho. De repente a muralha de pessoas se moveu, dispersou-se.

— *What's happened?* – o primeiro-tenente repetiu a pergunta com mais aspereza. Tocou a terra com o pé. Parecia que ele ia sair do carro voando. — Quem machucou essas pessoas? Por que estão berrando assim? O que aconteceu?

O soldado com o rifle abaixado saiu do meio da multidão e logo atrás vieram se empurrando os dois outros, que estavam então fumando. Antes, porém, que o da frente pudesse dizer algo, me dirigi ao oficial.

— *Nothing, sir.* Não aconteceu nada – acalmei-o, gesticulando como quem faz pouco caso e inclinando o corpo todo de maneira cortês. — Não aconteceu nada. Vocês acabaram de atirar numa garota do campo.

O primeiro-sargento saltou do carro subitamente como uma mola. Seu rosto avermelhou de sangue e depois embranqueceu.

— *My God* – disse. Ele deve ter ficado com a boca seca de repente, pois, se contorcendo, cuspiu a goma de mascar rosa, que ficou vermelha na poeira da estrada. — *My God! My God!* – Levou a mão à cabeça.

— A gente aqui na Europa já está acostumado com isso – eu disse apático. — Por seis anos os alemães atiraram na gente, agora quem atirou foram vocês. Qual a diferença?

Fui embora em meio à poeira baixa como que por um

A BATALHA DE GRUNWALD

riacho raso, sem olhar para trás, e a passos pesados entrei no quartel, em direção aos meus livros, minhas tralhas, meu jantar que certamente já havia sido roubado. O silêncio, como um balão inflado até seu limite, estourou com um estampido nos meus ouvidos. Só então me dei conta de que a multidão se aglomerara junto ao corpo da garota e, fitando os soldados nos olhos, escandia com hostilidade:

— Ges-ta-po! Ges-ta-po! Ges-ta-po!

O dormitório dos soldados estava em ruínas. Sobre as mesas e no chão se espalhavam os restos estilhaçados dos cacos das tigelas de porcelana que reluziam na escuridão densa, claros como ossos descarnados e ressecados. Arrancados das camas, os colchões de palha jaziam inertes no chão, como se tivessem sido assassinados. Dos armários, como de barrigas abertas e estripadas, jorravam farrapos que ficavam jogados no chão, amarrotados. Debaixo dos pés farfalhavam pilhas de livros rasgados e sufocados. Um odor pútrido de porão subia pelo ar como se esses farrapos, colchões de palha, cacos e livros destruídos e rasgados estivessem apodrecendo e se decompondo.

O caixilho azul-escuro da janela aberta para a noite desabrochou como uma flor gigante à luz do sinalizador vermelho. Estavam atirando da torre alta ao lado do portão.

A luz tênue escorria silenciosamente pela janela como sangue fresco. As sombras oscilaram, vacilaram, parecendo ondas em água agitada, e se ergueram.

Aproveitando a luz, espiei o interior do armário. Levaram embora tudo, qualquer coisa que pudesse ser aproveitada, e o restante foi destruído. Apalpando o fundo do armário, encontrei algumas panquecas de batata que ficaram para trás. Quebraram ao toque dos dedos, como folhas secas esfareladas.

O sinalizador desceu até a calçada, saltitou uma ou duas vezes, brilhou em um vermelho mais intenso e se apagou. Caiu a escuridão absoluta. Fui até a cama e apalpei. Meus dedos percorreram o áspero colchão de palha. Não havia cobertor. Roubaram. No fundo da sala alguém se mexeu na cama com um gemido. Um fragmento estridente de sussurro abafado e uma risadinha cortada se desfizeram no estalo súbito da palha. Caiu o silêncio.

— Cigano? Cigano, meu irmão, é você? – perguntei com enorme alívio. Afastei-me do armário, me apoiando nas camas, e avancei sala adentro. O vidro quebrado rangia sob meus pés. — Cigano, você está aí? – Parei incerto e fiquei aguardando apreensivo.

— Para onde eu poderia ter ido se estou com essa maldita dor no corpo inteiro! – gemeu o cigano na escuridão. O colchão de palha estalou irrequieto mais uma vez. — Essa raça humana, o que foi que eles aprontaram! Era melhor

A BATALHA DE GRUNWALD

não ter vivido para ver isso. Não havia ninguém, ninguém foi buscar comida.

— Ninguém trouxe a janta? – gritei em desespero. Uma fome súbita e penetrante me acometeu. Apoiei-me na mesa. Tateei a cadeira. Sentei-me. — Não tem janta – repeti maquinalmente –, amanhã vem o trem e de novo não vão dar nada para comer.

— Não havia ninguém, não havia ninguém tomando conta – o cigano continuou, choroso, engasgando com as palavras. — Invadiram o dormitório, quebraram e saquearam tudo. Seu Tadek, se o senhor tivesse visto, se o senhor tivesse visto, seu coração ficaria em pedaços. Rasgaram os livros do senhor, levaram os cigarros do seu Kolka. Era polonês roubando de polonês. Meu Deus misericordioso! Tenha piedade de nós. Levaram embora meus sapatos também. Mal consegui proteger meu terno. Eu estava deitado em cima dele.

— Era só não ter comido carne de carneiro crua que você também poderia ter saqueado hoje. Os rapazes estão se preparando para o transporte, não é de estranhar que estejam roubando – eu disse com deboche. Apertei os dentes de arrependimento e chutei o caco de uma tigela que estava aos meus pés. Ele saiu rodopiando pelo concreto com um som estridente.

— Ficam aí se preparando, pois que se preparem no inferno! – praguejou o cigano, engasgando com o choro.

— Depois o editor veio e também levou os livros do armário do senhor. Disse que o senhor certamente não voltará e que é uma pena deixá-los aqui. Vão ser úteis a ele, porque foi se juntar ao general Anders.

— O editor? Aquele que me dava sopa? Foi embora! No fim das contas foi embora! Sem mim! – Senti novamente que estava faminto.

— E o tenente está preso no bunker, e o Kolka também está preso no bunker – o cigano continuou monotonamente. Um sinalizador vermelho novamente incandesceu o céu azulado, enquanto junto a ele brotaram um verde, um laranja e um amarelo e, unidos em um buquê, escorreram até o chão.

O rosto negro do cigano se cobriu de uma luz neon cadavérica, como de mercúrio, e afundou na escuridão.

— E ainda disseram que vão mandar o tenente e o Kolka de volta à Polônia como punição.

— Mas o Kolka queria ir para a Itália – redargui com espanto. — Pois então vai topar com o Stefan na Polônia. Ele deve estar delatando agora mesmo.

— E eles detonaram o armarinho do tenente, pegaram a máquina fotográfica e o dinheiro. Ó Deus, meu Deus... armaram para mim.

— Não minta, não minta, cigano sarnento, que eu quebro a sua cara de novo... Foi você mesmo que roubou o dinheiro. Ficou espiando enquanto o papai guardava – o

A BATALHA DE GRUNWALD

filho do tenente tomou a palavra. A cama abaixo chegou a ranger com tanta comoção.

— Olha só, você conseguiu voltar? – alegrei-me de modo cordial. — Seu papai estava preocupado com você.

— É melhor que o papai se preocupe com ele mesmo, se é tão idiota para ficar brigando – bradou o filho do tenente. — Sei me cuidar sozinho. Eu que não vou dar uma de otário e voltar de transporte para a Polônia – acrescentou com desdém.

— Você trouxe alguma coisa?

— Trouxe – respondeu –, mas não é carneiro. É melhor do que carneiro. Ouça bem – remexeu-se na cama e da escuridão ressoou um berro estridente e enfurecido de uma mulher –, comprei uma alemoa. Consegui passar pelo buraco. Os caubóis que estavam de guarda eram conhecidos meus.

— Como o senhor é sortudo – suspirei com inveja.

— O senhor também poderia ter sorte, caso corresse atrás. Mas fica aí só nos livros. Nada cai do céu. O importante é resolver isso ainda hoje.

— E amanhã? Quando chegar o transporte?

— Sobre o dia de amanhã a gente conversa amanhã – a última palavra saiu rouca em um bocejo. — Os rapazes não vão se render.

— Você acha isso mesmo?

— Claro, estão se preparando para a defesa – assegurou

convicto. — Lá – apontou na direção do pátio iluminado pelos sinalizadores – eles estão fazendo Grunwald[186]. Mas nós faremos uma ainda melhor. Quantas Brownings os rapazes não têm? E quantas granadas, fuzis e submetralhadoras! Ou você está pensando que só tem sinalizadores para Grunwald? Quando colocarem duas metralhadoras no sótão mandando chumbo... acha que os *okeys* não vão dar no pé?

Ergueu-se na cama como se quisesse se levantar. Mas apenas cobriu a mulher com o cobertor até a ponta dos cabelos claros e sedosos, caiu de volta na cama com um suspiro e enfiou a mão debaixo do cobertor.

O céu estava iluminado com todos os tipos de cor. Uma cascata de sinalizadores cruzava os ares e caía em gotas incandescentes na profundeza da escuridão, respingando pelo céu. O telhado vermelho do quartel se transformava assombrosamente, com o firmamento imóvel ao fundo, que ia se preenchendo aos poucos com um suco azul-marinho.

— Estão fazendo Grunwald – eu disse para o filho do tenente. — Era para repetirem amanhã. Só tome cuidado para que não a encontrem, porque isso seria uma pena.

— Oh, mas como estou preocupado! – sua voz tremulou como se estivesse com falta de ar. — Pois que peguem. E

---

186 Referência à apresentação com queima dos bonecos que simbolizavam os alemães.

A BATALHA DE GRUNWALD

por acaso vou precisar dela? Quem sabe eu vá com ela até os rapazes e ficamos todos no sótão. Lá existem esconderijos que nem o diabo acha depois. Quando terminar a ação, a gente sai e pronto. Até a próxima!

— Mas, pelo que dizem, o trem deve ir para Coburg – disse o cigano. — Como é que vou poder ir doente assim? Quem sabe não me levam? O senhor sabe falar inglês, o senhor pode pedir aos caubóis, seu Tadek?

Ele estava deitado, descoberto, e ofegava como um animal moribundo. Cravou os olhos em mim, que se acendiam com o reflexo dos sinalizadores. Eles tinham um brilho incrível, era como se estivessem se fosforizando em seu rosto encovado e negro.

— De onde você tirou essa? Está achando que vou ficar tomando conta de bandido? É uma pena que não te esganei quando estávamos indo para Dachau, aí você não teria essa dor de cabeça toda hoje – eu disse com desprezo. O filho do tenente deu uma risadinha e se virou na cama. — Eu mesmo tenho de dar um jeito de me esconder do transporte. Depois vai ficar mais fácil arranjar uma função no campo, de intendente ou secretário – acrescentei de modo mais brando. — O que dá para fazer além disso?

— Mas vá lá para Grunwald – aconselhou o filho do tenente – e, quando acabar, você pode passar a noite aqui. Porque estou indo cozinhar a carne.

Levantei-me da cama e, abrindo caminho entre os livros,

cheguei até a porta. De repente abriram pelo outro lado e, da noite negra do corredor, brilhou sob a luz do sinalizador amarelo um rosto negro e anguloso com a boca semiaberta. O sinalizador foi escorrendo para baixo e os óculos cintilantes encheram-se de uma aura rosada.

— Professor, é o senhor! – gritei histericamente. Conduzi-o até a mesa. — O senhor estava me procurando?

O professor ainda estava com o traje de couro tirolês. Pelos seus joelhos brancos esparsamente cobertos por pelos negros percorriam sombras coloridas que cobriam a camisa bávara, escalavam até seu rosto e, passando pelo teto, escapavam janela afora.

— Estava procurando, sim – disse o professor. — Afinal de contas, era para eu visitar você. Reservei um bom lugar perto da fogueira para o senhor. Logo começa. Onde foi que o senhor esteve esse tempo todo?

Deu um tapinha nos joelhos. Levou a mão até o bolsinho. Um cigarro amassado e esfarelado passou pelos dedos e se acendeu nos lábios com uma chama tênue, espalhando rubor pelos lábios e esparramando-se em um fraco reflexo pelas quinas do rosto.

— Não sei muito bem onde eu estava – disse com a voz fraca. Abaixei a cabeça e fitei o chão. Uma gravura de madeira arrancada das heroicas, alegres e admiráveis aventuras de Eulenspiegel estava jogada no chão: uma garota com os seios desnudos tocando violão encostada na

A BATALHA DE GRUNWALD

parede. — Eu estava perambulando em algum canto do campo. E isso lá importa? Convenções sociais? Aqui? Um dia antes do transporte? Afinal, amanhã já não nos veremos mesmo.

— O mundo é pequeno! – bradou o professor. Tragou o cigarro. Uma nuvem sedosa de fumaça cintilou com seu ventre rosado e, após empinar seu dorso, achatou-se no teto. — Mas é claro que nos veremos. Se não nesse, então em outro prado – retomou sua ideia favorita. — Só que... – e de repente ficou todo retesado, sem terminar a frase – atiraram nela – disse após um instante, jogando a bituca fora. — Atiraram nela no portão. Ela tinha ido passear.

— Aquela sua vizinha?

— Aquela que veio de Plzeň. A vizinha lá de casa. Quando fui embora em setembro de 1939, ela ainda era uma criança. Eu costumava comprar tortinhas para ela. O senhor sabe, aquelas com creme. Com morango em cima – encarou meus olhos sem saber se eu me recordava. — Eu e o pai dela éramos amigos – disse em tom de explicação. — E agora, veja só – deu um tapinha no meu ombro – que mulher peituda! Eu já estava com ela quase na palma de minha mão, quase apalpando, e aconteceu essa desgraça.

Levou a mão novamente ao bolso. Ficou mexendo nele com insistência. Não encontrou nada. Deu um suspiro pesado e apoiou a cabeça nas mãos.

— Mas que desgraça! – repetiu como se estivesse com

sono. — Fazer o quê? – Calou-se e balançou a cabeça. — Vamos para Grunwald – decidiu.

— Era eu que estava com ela. Eu que estava com ela no bosque – eu disse inesperadamente até para mim mesmo. — Foi do meu lado que atiraram nela. E o senhor aí me falando de Grunwald...

Saltei para fora da cama. O professor levantou a cabeça, ergueu-se com dificuldade, como se estivesse emergindo da água, titubeou e me agarrou pela mão. O cervo marrom talhado na cinta que ligava os suspensórios tremulava na luz como se estivesse vivo. No rosto ossudo do professor, as luzes se misturavam e pulsavam. O vermelho se mesclava ao verde, e ambos seguiam juntos rumo à testa, fluíam para o teto e no lugar deles esparramavam-se luzes cor-de-rosa, azuis e amarelas que se assentavam debaixo do queixo, nos cantos dos lábios, sob os olhos e nas covas das orelhas, como tinta num retrato. O rosto do professor se cobria de todas as cores do arco-íris, se dilatava no centro, suas bochechas inchavam como bolhas vítreas, como se ele estivesse se sufocando com a luz. De repente soltou o ar, sibilando, e, após escancarar bem a boca, soltou sua enorme e retumbante risada.

— Ha, ha, ha! Ha, ha, ha, ha! – se engasgou de tanto rir por um bom tempo, apertando minha mão cada vez com mais força, e a luz imediatamente concentrou-se em sua boca aberta, criando um redemoinho multicolorido.

— Professor, pare com isso, professor – gritei, livrando minha mão de seu aperto –, o senhor enlouqueceu!

— E eu achando que dormiria com ela hoje. Preparei o jantar e até arranjei um lenço! Ha, ha, ha, ha! E o senhor aí com ela! Ah, essa juventude, essa juventude! – seu corpo todo, grande, magricela e repugnantemente colorido, tremia de rir –, afinal de contas, ela era tão ordinária! Eu a queria! Ha, ha, ha, ha!

De repente cambaleou, começou a tossir violentamente e curvou-se, pigarreando. A sala inteira, preenchida por luzes, balançava como um navio. Os colchões de palha coloridos, as mesas, paredes, tigelas e livros se transformavam e rodopiavam como esferas de cores pujantes.

— Está vendo só, professor? – disse, no canto, o filho do tenente. — Quem mandou amar depois de velho? Não pegou a moça, mas pegou tuberculose. E não vai ver Grunwald. Sossegue, droga, sossegue – acrescentou impacientemente, e a cama rangeu. — Ela fica aí se revirando como se tivesse alguém despejando piche nela.

— Grunwald, é verdade, Grunwald! – O professor se endireitou. Seu rosto cobriu-se com o brilho de uma medusa, apagou-se junto com o último sinalizador e se acinzentou. — Venham todos a Grunwald!

Do outro lado da janela, na escuridão que apagava os sinalizadores, irrompeu de repente uma labareda vermelha que lambeu as janelas negras como um cachorro se esfregando em alguém e fez a escuridão balançar como um sino. A sombra das árvores se estendeu até ultrapassar os telhados e tremulava como velas.

— Venham todos a Grunwald – bradou o professor. Empurrou-me para a janela. — Veja só, veja só! – chamava impacientemente. Virou-se para o dormitório. — Venham todos – convidou. — Leve a garota junto, para que ela também veja.

Inclinei-me no parapeito. A multidão calada estava na tigela negra que era o pátio ao redor da bolha tremulante da fogueira ardente, que, açoitada pelo vento, esvoaçava como a crina de um cavalo galopante. Clarões de luz das labaredas deslizavam pelos rostos e os enchiam de sangue, que era logo sorvido pela escuridão. As tábuas secas queimavam, estalando, enquanto as faíscas voavam escuridão adentro. A luz dos sinalizadores se calou.

— O senhor foi à igrejinha na vila alemã? Não? – O professor já havia se recomposto. Ele falava em tom sério, quase severo. Seu rosto, envolto pela escuridão, ficou anguloso e cansado novamente. — Vou lá diariamente. É bem sereno. Cheio da presença de Deus. Chega até a transbordar. Tem um pequeno púlpito, gradezinhas nas janelas, um altarzinho, frases da Bíblia. E numa das paredes tem cruzinhas com obituários: só gente da ss! Está entendendo? E o que tem de flores debaixo das cruzinhas?

A BATALHA DE GRUNWALD

Uma avalanche de flores! – Em seus olhos ardia o brilho rubro da fogueira. — É assim que os alemães honram seus mortos.

— E a gente? – murmurei chateado. — Não tem um que se importe caso o sujeito bata as botas.

O filho do tenente se levantou da cama e se arrastou pelado até a janela. A moça de camisola foi atrás dele em silêncio, feito um fantasma. O cigano preto apoiou-se no cotovelo e fitou a janela com inveja.

— A gente? – repetiu pensativo o professor. — Já estamos bem pertinho, eles estão logo ali. Nós... Vejam! – bradou como uma ave de rapina –, olhem para a fogueira. Era isso que eu estava esperando, é Grunwald!

Lançaram mais alguns galhos frescos de pinheiro na fogueira. O fogo tinha diminuído. Uma fumaça densa e suja veio com o vento, que a soprou para longe, e as chamas irromperam rumo ao céu. O padre de batina despontou do meio da multidão. O colarinho branco apertava seu pescoço vermelho. O padre ergueu as mãos, como se estivesse dando uma bênção. Das profundezas da escuridão, um sujeito de farda da ss foi arrastado para fora. O capacete caiu no concreto do pátio com um estrépito. A multidão desatou a gargalhar. Enfiaram o capacete novamente na cabeça do sujeito. O padre o agarrou pelos braços, o ergueu com muito esforço e, em meio aos brados da multidão, lançou-o ao fogo.

O rosto da moça de pé ao meu lado se acinzentou. Seus olhos ardiam como dois carvões, tamanho o espanto. Uma vez cobertos pelas pálpebras, apagaram. Ela cravou instintivamente os dedos em mim.

— *Was ist los?*[187] – sussurrou, batendo os dentes. Acariciei a palma fria de sua mão para acalmá-la. Ela pressionou o corpo contra mim. Seu corpo exalava um cheiro que atingia minhas narinas e impregnava meu corpo. — *Was ist los?* – seus lábios se entortaram. Ela afastou os cabelos que cobriam a testa.

— *Ruhig, ruhig, Kind*[188] – disse o professor com brandura. — É um boneco de oficial da ss que estão queimando. Essa é a nossa resposta aos crematórios e à igrejinha.

— E para a garota morta – vociferei entredentes.

Levei a mão para trás. O corpo cálido da garota grudou fortemente em mim e tremia de excitação e pavor. Sua respiração úmida e quente baforava na minha nuca.

O ator gordo e pequeno, coberto pelo clarão como por um sobretudo vermelho, deu um passo adiante da multidão e, enquanto o padre ia jogando bonecos no fogo, cada um diferente do anterior, que, embebidos de querosene, explodiam em colunas de chamas como se estivessem

187 "O que está acontecendo?" Em alemão no original.
188 "Calma, calma, criança." Em alemão no original.

A BATALHA DE GRUNWALD

vivos, levantou os braços, silenciou a multidão e, com um gesto, dividiu-a ao largo da rua ampla, ergueu a cabeça para os telhados escuros do quartel e deu o sinal.

Explodiram cascatas de sinalizadores, o céu iluminou-se como uma árvore de Natal, jorravam fogos de Bengala que caíam respingando gotas no chão. Dos sótãos ressoaram longas rajadas de metralhadoras. Os projéteis fumegantes cortavam o céu em faixas cinza como um bando de patos selvagens. A multidão, tomada pelo clarão dos sinalizadores, resplandeceu junto com o pátio inteiro, que havia se enovelado e rodopiava como uma bolha de sabão soprada pelo vento.

— Que os mortos enterrem os mortos – disse pensativo o professor. — E que nós, os vivos, sigamos com os vivos. – Suas bochechas, imersas na mistura dos sinalizadores, novamente se inflaram e ficaram rechonchudas. O professor desatou a gargalhar pela segunda vez. — Os vivos com os vivos! Ha, ha, ha, ha! Ha, ha, ha, ha! Os vivos com os vivos! Assim como eles, para todo o sempre. Vejam!

Estendeu a mão na direção do dormitório mergulhado na escuridão turva. Por baixo de sua sombra – como uma enorme concha semiaberta pela lâmina das chamas –, em meio às paredes de pedra dos prédios obscurecidas pela sombra das árvores, pelo pátio do quartel outrora da ss, onde, durante o aniversário da batalha de Grunwald, eram lançados na fogueira bonecos de palha

representando soldados da ss, na véspera do transporte
que havia de destruir tudo e dispersar as pessoas irreversi-
velmente, em baques surdos e cravando o passo fervorosamente no concreto, o batalhão marchava e cantava.

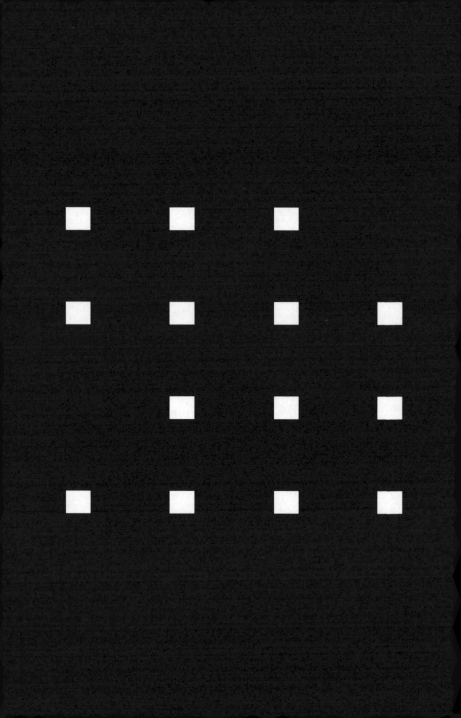

a ofensiva de janeiro

Contarei agora uma história curta e didática que ouvi de certo poeta polonês que, acompanhado da esposa e uma amiga (formada em letras clássicas), partiu numa viagem pela Alemanha Ocidental no primeiro outono após a guerra. A intenção era escrever uma coletânea de reportagens sobre esse incrível e ao mesmo tempo cômico caldeirão de povos que fervia e ardia perigosamente bem no centro da Europa.

A Alemanha Ocidental estava então abarrotada de manadas de pessoas esfomeadas, desorientadas, aterrorizadas, que farejavam perigo por toda parte e não sabiam onde nem como se assentar, sendo enxotadas de uma cidadezinha para outra, de um campo para outro e de quartel em quartel por jovens norte-americanos igualmente desorientados e aterrorizados pelo que encontraram na Europa e que, tal como os apóstolos, chegaram para conquistar e converter o continente. Tendo por fim se estabelecido na faixa da Alemanha ocupada pelos ocidentais, esses jovens norte-americanos começaram a ensinar solenemente o democrático jogo de beisebol para os cidadãos alemães, desconfiados e indispostos. Também incutiam neles os princípios do mercado livre ao trocar cigarros, goma de mascar, preservativos, pão de ló e chocolates por câmeras fotográficas, dentes de ouro, relógios e moças.

Criados no culto do sucesso que depende somente da sagacidade e da coragem, acreditavam nas oportunidades iguais para todas as pessoas e eram acostumados a calcular o valor do homem com base na soma de seus ganhos – e da beleza das mulheres pelas formas das pernas. Esses garotos fortes, de postura atlética, cheios de alegria de viver e à espera da chance do destino, sinceros e extrovertidos, de mentes puras, frescas e aprumadas como suas fardas, racionais como suas ocupações e honestos como seu mundo claro e simples, nutriam desprezo cego e instintivo por aqueles que não foram capazes de preservar seu patrimônio, perderam seus empreendimentos, cargos e ofícios e caíram na mais baixa camada da sociedade. Em compensação, dirigiam-se de modo amigável, compreensivos e admirados, aos burgueses alemães cordiais e bem-educados que salvaram do fascismo sua cultura e suas posses, e às formosas, musculosas, alegres e simpáticas moças alemãs, bondosas e gentis como freiras. Não se interessavam por política (a inteligência americana e a imprensa alemã já o faziam por eles). Acreditavam que haviam cumprido o seu dever e desejavam retornar para casa, um pouco pelo tédio, um pouco por nostalgia e um pouco por temor de perder cargos e oportunidades na vida.

Portanto, era muito difícil escapar dessa massa de "deportados", marcada e mantida sob diligente vigilância, e conseguir chegar até uma cidade maior, para lá, tendo se inscrito nas organizações patrióticas polonesas e adentrado a rede do mercado negro, começar a viver uma vida pessoal normal – conquistando casa, carro, amante e passes oficiais, conseguindo erguer-se cada vez mais alto na hierarquia social, deslocar-se pela Europa como se estivesse em casa e sentir-se uma pessoa livre e plena.

Após sermos libertados, fomos meticulosamente isolados do mundo exterior e vegetamos por todo o belo e aromático mês de maio nas barracas sujas, borrifadas de DDT[189], em Dachau. Em seguida, no verão, os motoristas negros nos transferiram para o quartel, onde ficávamos preguiçosamente de molho numa casa comum, editávamos revistinhas patrióticas e, sob a direção de nosso colega mais velho, religioso, que possuía um faro quase místico para negócios, comercializávamos o que dava e inventávamos maneiras legais de fugir para o outro lado do muro.

Após dois meses de esforços – tão horripilantes quanto engraçados, que mereciam ser contados à parte –, fomos os

189 Inseticida de baixo custo que começou a ser utilizado durante a Segunda Guerra Mundial e foi proibido na década de 1970.

A OFENSIVA DE JANEIRO

quatro transferidos para um quartinho do Comitê da Cruz Vermelha Polonês em Munique, que vinha atuando diligentemente. Nele fundamos a Agência de Informações e em seguida, graças aos atestados dos campos, nós três conseguimos – de modo honesto e conforme a lei – arranjar um local confortável de quatro quartos, outrora propriedade de um ativista do antigo partido de Hitler que fora despejado e tinha ido morar com seus parentes. Foi-lhe dada a instrução de nos deixar alguns móveis e imagens religiosas. O resto dos móveis e a biblioteca nós trouxemos do comitê, onde não havia uso para eles.

Nosso líder entrou em contato com os funcionários do Unrra[190] e da Cruz Vermelha Polonesa de Londres, tomou conta da distribuição de pacotes americanos pelos campos de concentração, retornou à sua atividade artística pré- -guerra; começou a nos pagar o salário regularmente, nos utilizou para trabalhos sujos, prometendo uma carreira fenomenal na Europa Ocidental, e, tendo se mudado definitivamente para uma estilosa vila da Baviera que se localizava no bairro dos parques da cidade, vinha até nós em um espetacular Horch[191] do governo, de pintura novinha.

190 United Nations Relief and Rehabilitation Administration, agência de ajuda humanitária fundada em 1943.
191 Marca alemã de carros em atividade de 1901 até 1945.

Nós quatro tínhamos um desejo irrefreável de emigrar; desejávamos fugir o quanto antes daquela Europa destruída e fechada como um gueto, nos mudar para outro continente, onde pudéssemos estudar e enriquecer em paz. Por ora participávamos com afinco do processo de procurar nossos entes queridos. Um de nós procurava pela esposa, da qual se separou em Pruszków[192], depois da evacuação de Varsóvia, de onde foi enviado para um campo na Alemanha; outro buscava sua noiva, que havia perdido de vista em Ravensbrück[193]; o terceiro queria achar sua irmã, que lutou no levante; o quarto, sua namorada, que ele deixou grávida no campo cigano (em outubro de 1944 ele saíra de Birkenau em um trem primeiro para Gross-Rossen[194] e depois para Flossenbürg[195] e Dachau). Agora nós quatro, tomados pelo frenesi geral, procurávamos nossas famílias e amigos. Apesar disso, recebíamos nossos conterrâneos, fossem fugitivos ou enviados pelo governo, à primeira vista cordialmente,

192 Campo de concentração alemão próximo de Varsóvia, de onde os presos eram encaminhados para outros campos dentro do Reich.
193 Campo de concentração alemão para mulheres, a menos de 100 quilômetros de Berlim.
194 Campo de concentração alemão no sul da atual Polônia, na Silésia.
195 Campo de concentração alemão no município alemão de Flossenbürg, na Baviera.

A OFENSIVA DE JANEIRO

porém na realidade com desconfiança, suspeita e precaução, como se estivessem contaminados com tifo.

A inteligência da Brigada da Santa Cruz[196] se ocupava dos enviados pelo governo e repassava as informações diretamente para a Itália. Já os fugitivos se fundiam na multidão sem deixar traços na massa anônima de desalojados e não raramente despontavam em meio a eles como reis da manteiga, das meias-calças, do café em grãos ou dos selos postais. Acontecia também de assumirem a direção de fábricas e empresas outrora nazistas, o que era um grau mais elevado de ascensão social.

Tomados entretanto por compreensível curiosidade, e em parte cedendo aos encantos da fama de que o poeta desfrutava no país, nós três o convidamos para que, com a esposa e a amiga, se hospedasse conosco por alguns dias. Trabalhávamos então no escritório da Cruz Vermelha, onde redigíamos, imprimíamos e enviávamos por correio boletins quilométricos de procura por famílias, portanto nosso apartamento ficava deserto de manhã. De tarde íamos até o rio nos bronzear e nadar; de noite diligentemente escrevíamos nosso livro sobre o campo de concentração, cuja publicação, o renome esperado e as vendas haviam de nos ajudar a fugir do continente.

---

196 Brigada polonesa de Świętokrzyska.

Após os percalços da viagem, o poeta, acompanhado da esposa e da amiga (formada em letras clássicas), descansou por alguns dias na cama de casal burguesa de mogno de nosso anfitrião (tendo recuperado as forças, demonstrou em seguida inesperada vivacidade, conheceu com perfeição todos os cantos e vielas da cidade em ruínas, desvendou de cabo a rabo os segredos do mercado negro e familiarizou-se em primeira mão com os problemas ardilosos da massa multilíngue de deportados). O poeta, entediado, leu uns tantos fragmentos de nosso livro e indignou-se porque estava impregnado de uma total falta de esperança e uma cega desconfiança no ser humano.

Nós três começamos a discutir fervorosamente com o poeta, a esposa – que permanecia calada – e a amiga (formada em letras clássicas). Em nossa opinião, a moralidade, a solidariedade nacional, o amor à pátria, o espírito de liberdade e justiça e dignidade humanas nessa guerra caíram do ser humano como um farrapo, deixando-o nu. Dizíamos que não há crime que o ser humano não cometa para se salvar. E, tendo se salvado, o ser humano os comete por motivos cada vez mais frívolos. Por obrigação, depois por hábito e, no final, por prazer.

Contamos com empolgação muitas passagens de nossa vida dura e cheia de sofrimento, que nos ensinou que o mundo todo é tal qual o campo de concentração: o fraco

A OFENSIVA DE JANEIRO

trabalha para o forte, e, caso não tenha forças ou não queira trabalhar, pode escolher entre roubar ou morrer.

"O mundo não é orientado pela justiça nem pela moral. Os crimes não são punidos e as virtudes não são recompensadas. Tanto uma como a outra são de igual modo esquecidas rapidamente. Quem controla o mundo é a força, e a força quem dá é o dinheiro. O trabalho nunca faz sentido, pois o dinheiro não é ganho com o trabalho, mas tomado pela exploração. Se não há como explorar o máximo possível, então pelo menos que trabalhemos o mínimo possível. Obrigação moral? Não acreditamos nem na moral do homem nem na moralidade de qualquer sistema. Nas vitrines das cidades alemãs havia livros e artigos religiosos, mas nos bosques ardiam os crematórios...

"Certamente poderíamos fugir do mundo para uma ilha deserta. Mas será que é possível mesmo? Então que não seja surpresa para ninguém que, em vez do destino de Robinson Crusoé, optamos pela esperança no destino de Henry Ford. No lugar do retorno à natureza, escolhemos o capitalismo. Responsabilidade pelo mundo? Mas será que em um mundo como o nosso o ser humano pode ser responsável por si? Não somos culpados pelo mundo ser ruim e não queremos morrer para mudá-lo. Queremos viver, só isso."

— Vocês querem fugir da Europa em busca do humanismo – disse a amiga do poeta, formada em letras clássicas.

— Primeiramente para nos salvar. A Europa logo estará

perdida. Vivemos aqui um dia de cada vez, separados por um dique frágil da enxurrada que se acumula ao nosso redor, e que, quando chegar, encharcará as casulas, levará embora as ações das fábricas, os protocolos de conferências e inundará as propriedades, lotes agrícolas, o mercado negro e a polícia – despirá o homem de sua liberdade, tal como se tira uma peça de roupa. Mas quem sabe do que o ser humano será capaz quando quiser se defender? Os crematórios pararam de funcionar, mas sua fumaça ainda não se assentou. Não gostaria que nossos corpos fossem usados para alimentar o fogo. E não gostaria de ser aquele que queima. Eu quero viver, só isso.

— Com razão – disse, com um sorriso pálido, a amiga do poeta.

O poeta escutava atento e em silêncio esse curto debate, caminhando a passos largos pelo quarto e concordando tanto conosco quanto com a amiga. Ele sorria como alguém perdido em um mundo estranho (sua poesia visionária e analítica era famosa antes da guerra por essa postura e também pelo tamanho dos poemas); por fim, durante o jantar preparado pela esposa calada e precavida, generosamente regado a vodca nacional saborizada que abre os corações dos poloneses sem fazer distinção de gênero, credo e opinião política – o poeta, esfarelando o pão nos dedos e lançando bolinhas ao cinzeiro, nos contou a seguinte história, que repito de forma resumida.

A OFENSIVA DE JANEIRO

Quando as tropas soviéticas romperam o front às margens do Vístula em janeiro, para num salto ligeiro chegarem até o rio Odra, o poeta se encontrava com a esposa, filhos e a amiga formada em letras clássicas em uma cidade grande da região da Pequena Polônia, onde, acolhido após o levante por um colega médico, dividia com ele seu apartamento de serviço no hospital municipal. Na semana seguinte ao início da ofensiva, tendo derrotado o inimigo nos arredores de Kielce, os blindados soviéticos cruzaram de noite, inesperadamente, o riozinho que isolava a cidade, e juntamente com a infantaria, mas sem artilharia preparada, atacaram os subúrbios pelo norte, espalhando terror entre os alemães, ocupados com a evacuação de seus funcionários públicos, documentos e prisioneiros. A batalha se estendeu até a manhã. Surgiram nas ruas as primeiras patrulhas de infantaria e os primeiros tanques soviéticos de reconhecimento.

A equipe do hospital, como todos os moradores da cidade, observava com sentimentos confusos os soldados sujos, encharcados e com a barba por fazer que, sem se apressar, mas sem afrouxar o passo, arrastavam-se absortos rumo ao Ocidente.

Em seguida os tanques avançaram com estrondo pelas vielas estreitas e tortuosas da cidade, e os veículos cobertos de lona, a artilharia montada e as cozinhas de campanha começaram a mover-se no seu ritmo sonolento. Somente às vezes, quando alguém avisava os soviéticos da existência de alemães ainda resolutos e perdidos que não fugiram a tempo e estavam se escondendo num porão ou num jardim, os soldados desciam silenciosamente dos veículos e cercavam a casa. Logo em seguida saíam, colocavam os prisioneiros na retaguarda, e a coluna seguia seu rumo lentamente.

No hospital, após a inércia e o estupor inicial, desde a manhã reinavam o alvoroço e a desordem, uma vez que estavam sendo preparadas salas e bandagens para os soldados e moradores feridos. Todos estavam agitados e febris como formigas em um formigueiro remexido. Em certo momento uma enfermeira entrou ofegante no gabinete do médico-chefe e, com os seios avantajados se movendo com a respiração, bradou:

— Doutor, é o senhor que terá que se encarregar disso!

Pegou-o pela manga e o levou, surpreso, até o corredor. Preocupado, ele avistou uma jovem sentada no chão, junto à parede; de seu uniforme pingava água, criando uma mancha suja no chão brilhante de linóleo. A moça estava segurando uma metralhadora russa entre as pernas e a seu lado estava sua mochila de soldado. Ela ergueu o rosto pálido, quase transparente, coberto por um chapéu siberiano de pele animal, e sorriu com esforço para o médico, depois se levantou com dificuldade. Então todos viram que ela estava grávida.

A OFENSIVA DE JANEIRO

— As contrações me pegaram – disse a soviética, erguendo a metralhadora do chão. — Vocês têm algum lugar para eu dar à luz?

— A gente arranja – disse o médico, que brincou: — Vai ter de dar à luz em vez de ir para Berlim, hein?

— Para tudo há sua hora – respondeu a moça, taciturna.

As enfermeiras a rodearam e despiram, lhe deram um banho e a puseram na cama em um quarto separado, deixando suas roupas penduradas para secar.

O parto ocorreu normalmente, a criança veio ao mundo saudável e berrando de tal modo que se podia ouvi-la no hospital inteiro. No primeiro dia, a jovem ficou deitada tranquilamente e se ocupou apenas da criança, mas no segundo dia levantou da cama e começou a se arrumar. A enfermeira correu atrás do médico, mas a moça reagiu dizendo que não era da conta dele. Tendo vestido a farda, a russa enrolou o bebê num lençol, cobriu-o com um cobertor e o amarrou em si, à moda cigana, nas costas. Tendo se despedido do médico e das enfermeiras, pegou a metralhadora e a mochila e desceu à rua pelas escadas. Já na rua, parou o primeiro pedestre que apareceu e perguntou sucintamente:

— *Kuda na Bierlin?*[197]

---

197 "Pra que lado fica Berlim?" Em russo no original.

O pedestre, sobressaltado, piscou as pálpebras num reflexo impensado, mas, quando ela repetiu impacientemente a pergunta, ele entendeu e apontou com a mão na direção da via, na qual passavam sem trégua máquinas e fileiras de pessoas. A russa agradeceu com a cabeça em um gesto cheio de energia e, jogando a metralhadora no ombro, seguiu rumo ao Ocidente a passos firmes e confiantes.

O poeta terminou a história e nos observou sem esboçar nenhum sorriso. Permanecemos calados. Em seguida, tendo bebido mais uma dose de vodca nacional à saúde da jovem russa, nós três dissemos que essa historinha fora inventada muito engenhosamente.

Mas, se o poeta tivesse ouvido mesmo falar, no hospital municipal, sobre uma russa dando à luz, a mulher que, carregando uma criança e uma metralhadora Pepesza de maneira irresponsável, foi à ofensiva de janeiro e desnecessariamente pôs em risco os mais elevados valores humanos, com certeza não era uma humanista.

— Não sei quando se é um humanista – disse a amiga do poeta. — É-se um humanista quando alguém, fechado no gueto, arrisca a vida com a falsificação de dólares para comprar armas e produzir granadas de latas de conservas, ou se é humanista quando alguém foge do gueto

A OFENSIVA DE JANEIRO

para o lado ariano para salvar sua vida e ler os epinícios de Píndaro[198]?

— Nós te admiramos – disse, servindo-lhe o resto da vodca nacional –, mas não seguiremos seu exemplo. Não falsificaremos dólares; preferimos ganhar dólares de verdade. Nem produzimos granadas. Para isso existem as fábricas.

— Vocês não precisam me admirar também – disse a amiga do poeta, e virou o copo. — Fugi do gueto e passei a guerra toda no sofá da casa de amigos.

Após um instante, acrescentou com um leve sorriso:

— Pois é, mas agora conheço os epinícios de cor e salteado.

Depois o poeta comprou um Ford usado em Munique, contratou um motorista e, tendo em mãos correspondências nossas para amigos e os endereços de nossas famílias, foi embora para a Polônia via República Tcheca, acompanhado da esposa e da amiga (formada em letras clássicas), além de malotes.

198 Epinícios eram poesias líricas cantadas por coros em homenagem aos vitoriosos dos jogos pan-helênicos da Grécia antiga, e Píndaro, um de seus grandes autores.

Na primavera dois de nós também voltamos à Polônia, levando conosco livros, roupas feitas de cobertores americanos, cigarros, recordações amargas da Alemanha Ocidental.

Um de nós encontrou e enterrou o corpo da irmã, soterrada por escombros durante o levante[199]; começou a cursar arquitetura e agora realiza projetos de reconstrução das cidadezinhas polonesas destruídas. O segundo se casou de maneira nada convencional com a noiva, reencontrada em um campo de concentração, e tornou-se escritor no país que começava a lutar pelo socialismo.

O nosso líder, uma figura santa do capitalismo, membro da influente e rica seita americana que prega a fé na reencarnação da alma, o autoextermínio do mal e a influência metafísica do pensamento humano nos atos dos vivos e dos mortos, vendeu seus carros por um bom montante e, tendo comprado coleções raras de selos, câmeras fotográficas caras e publicações valiosas, fez uma peregrinação até o outro continente, a Boston, capital de sua seita, para manter contato espírita com a esposa, que faleceu na Suécia, e para trabalhar como designer em uma agência de marketing.

Nosso quarto amigo, após cruzar ilegalmente os Alpes, foi à Itália e se incorporou ao exército polonês no exílio, que foi evacuado para as Ilhas Britânicas e aquartelado nos campos de trabalho. Antes de nossa partida de Munique,

199 Refere-se ao Levante de Varsóvia.

A OFENSIVA DE JANEIRO

ele nos pediu que visitássemos em Varsóvia a garota de Birkenau que ele deixou grávida no campo cigano. Ficou sabendo por uma carta dela que a criança veio ao mundo saudável e que ambas, que aguardavam, junto com outras centenas de mulheres doentes e grávidas, pela morte no gás, foram salvas pela ofensiva de janeiro.

glossário de auschwitz

Este glossário, escrito por Tadeusz Borowski, foi produzido para *Byliśmy w Oświęcimiu*, livro de contos do autor lançado em 1946. No presente volume, optou-se por manter apenas os termos que figuram nos textos aqui reunidos. O glossário apresenta palavras usadas pelos prisioneiros poloneses, que adaptavam termos alemães às regras de ortografia e fonética de seu idioma. Os exemplos de uso dados não correspondem necessariamente a trechos dos contos aqui publicados.

O caráter social, particular e extraordinário do ambiente, o entrelaçamento de vários grupos linguísticos, o alemão como língua oficial – todos esses fatores convergiram para o surgimento de um idioma próprio do campo de concentração, que, de modo similar ao idioma da resistência, aguarda por seu decifrador. Apresentamos aqui o significado de alguns termos usados em Auschwitz, o que talvez facilite a compreensão de certos trechos dos contos.

ARBEITSKOMANDO
Komando de trabalho. Todo prisioneiro era incorporado a um *Komando*, com exceção daqueles presos no *bunkier* ou que estavam no hospital.

BLOCO
Barraca do campo. No chamado Auschwitz Antigo, eram construções maciças que foram erguidas pelos prisioneiros. Em Birkenau, eram, quase sem exceção, barracas de

GLOSSÁRIO

madeira para cavalos. Todo prisioneiro era designado para algum bloco, onde devia ficar de pé durante a chamada. Certos *Komandos* ocupavam blocos definidos. Os proeminentes dormiam em blocos escolhidos livremente. "Fora do bloco para a chamada!" "Bloco número 6, para o despiolhamento!"

BUKSA
Beliche. No caso de falta de outros móveis no bloco (e espaço para eles), era também o local onde eram realizadas todas as atividades humanas (salvo defecar): comer, matar as pulgas, limpar-se da lama, escrever cartas. A parte de cima e a parte de baixo desse móvel se assemelhavam a uma gaveta aberta; ficava-se deitado sem cobertas. Na cama de cima era possível ficar de pé, sentado, pendurar as roupas nas vigas; portanto, era ocupada pelos prisioneiros com mais poder e posses.

CANADÁ
Símbolo de abundância no campo. Refere-se também ao *Komando* que trabalhava nos trens que iam para o campo e para o gás. "Agora é o maior Canadá no campo." "O Canadá está indo para a rampa."

CHAMADA
A contagem do efetivo do campo, realizada toda tarde. Era uma atividade sagrada. Na chamada, conferia-se também

o efetivo do bloco em relação à chamada do campo. "A sua chamada confere?"

CHAMINÉ

Sinônimo de crematório e morte na câmara de gás.

CHEFE DE BLOCO

Prisioneiro com posição superior no bloco, ocupava-se de manter a ordem, supervisionava a entrega de comida, pacotes etc. Era responsável por verificar a chamada. Ficava encarregado de outras atividades esporádicas: procurar prisioneiros fugitivos (dentro do perímetro da grande *Postenketta*), levar a cabo punições corporais durante as execuções oficiais etc. Envoltos em uma aura de criminalidade (alguns deles tinham cometido milhares de assassinatos), limitaram-se com o passar do tempo à cômoda função de representar o bloco diante dos ss, deixando o poder de fato para o *Schreiber* e o chefe de *Sztuba*. Os chefes de bloco da quarentena de Birkenau, sobretudo os poloneses, ficaram célebres.

CHEFE DE SZTUBA

Comandante da *Sztuba*. Fazia a distribuição da comida, cuidava da limpeza da *Sztuba* e, claro, não ia ao *Komando*. Tinha poder ilimitado sobre os prisioneiros.

GLOSSÁRIO

CIGANO
Campo em que ficavam os ciganos. Os ciganos confinados em Auschwitz, vindos da Europa inteira, logo se viram privados de qualquer direito e pereciam em grande número, vítimas da fome, sujeira, doenças e do tratamento bárbaro da ss e do pessoal do campo. "Estou indo pro cigano." "Meu irmão, como no cigano não tem igual."

DAW (DEUTSCHE ABRÜSTUNGSWERKE)
Um *Komando* difícil, que se ocupava primariamente do desmonte de aviões abatidos sobre o território alemão. Local clássico para fugas. "A sirene está apitando, certamente alguém fugiu do DAW de novo."

DURCHFALL
Diarreia, doença clássica do campo, o terror de todos os prisioneiros. Na imensa maioria dos casos, não era tratada. Os acometidos pela *Durchfall* não podiam contar com ninguém. Essa batalha é uma das epopeias não escritas de Auschwitz. "Não tome água, porque vai te dar *Durchfall*." "O melhor remédio para *Durchfall* é pão assado no carvão."

EFFEKTENLAGER
Inicialmente eram depósitos de pertences dos prisioneiros. Depois tornou-se um setor à parte do campo de concentração. Em seus blocos ficavam (e apodreciam) as riquezas

tomadas dos trens que iam ao crematório. "Me traga uma camisa bonita, quando você for aos *Effektenlager*."

FLEGER

Enfermeiro(a) no hospital, era mais ou menos equivalente à função de chefe de *Sztuba* no campo. "Água, por favor, seu *Fleger*!" "O *Fleger* é mais importante que o doutor."

FLEIMÃO

Abscesso intramuscular, a segunda doença clássica de Auschwitz, que, de modo similar à *Durchfall*, por muitos anos levou as pessoas à câmara de gás.

GUARITA

Quartinhos para o chefe de bloco e o *Schreiber*, construídos em frente do bloco. Em geral eram estruturados com todo o luxo. O acesso às guaritas era obviamente impossível para um prisioneiro do bloco. "Não faça barulho, seu muçulmano, que o chefe de bloco está dormindo na buda."

KAPO

Prisioneiro que dirigia o grupo de trabalhos. Era quem supervisionava os trabalhos, entregava as sopas, prêmios e chibatadas. Possuía uma quantidade ilimitada de poder sobre os prisioneiros. A qualidade de um *Komando* era medida principalmente com base no fato de seu *kapo* ser bom. Existiam,

GLOSSÁRIO

porém, *Komandos* necessariamente ruins (*Weichseldurchstich*) e necessariamente bons (aqueles que trabalhavam, por exemplo, no campo feminino). Via de regra, todo *kapo* tinha sua própria *Buda* no exterior do bloco, seu local de descanso, bebedeira e negócios escusos com o pessoal da ss, assim como relações de conhecimento geral com seus *Pipels*. "Você deve fazer exatamente o que o *kapo* te diz."

KB (KRAKENBAU)
O hospital, o famigerado KB.

KOMANDO
Divisão de trabalhos que tem o próprio *kapo* – um membro da ss – como supervisor (*Komandoführer*) que trabalha em uma tarefa definida ou em um local definido.

LAGER
O campo (subentende-se: de concentração).

LIMPA
A seleção dos "muçulmanos" para o gás. Ocorria mais ou menos regularmente a cada duas semanas, porém houve períodos (por exemplo, durante o verão de 1944) em que as limpas não foram praticadas no campo de concentração por causa da sobrecarga dos crematórios e das câmaras de gás.

MUÇULMANO

Uma pessoa completamente arrasada física e espiritualmente, que não tinha mais forças ou vontade de seguir lutando pela vida. Em geral, tinha *Durchfall*, fleimão ou sarna, estando completamente apta para a chaminé. Explicação alguma é capaz de transmitir o desprezo com o qual o "muçulmano" era tratado por seus companheiros no campo. Até mesmo os prisioneiros que se dedicam com gosto a escrever autobiografias sobre os campos admitem com relutância que em algum momento "também" foram "muçulmanos".

NÚMERO ANTIGO

Um número baixo, que designava um prisioneiro antigo no campo. Ser um número antigo era motivo de honra e respeito por parte dos números novos, isto é, prisioneiros que chegaram posteriormente ao campo, chamados também de milionésimos. Os antigos costumavam ocupar as melhores funções no campo, tinham habilidades excepcionais de sobrevivência. "E o que é que vocês, milionésimos, sabem sobre o campo?! Perguntem para algum número antigo, que ele poderá contar a vocês pelo que passou."

PIPEL

O garoto de serviços do chefe de bloco ou do *kapo*. Geralmente era uma criança sobrevivente de um trem judeu. O equivalente feminino: *Kalifaktorka*.

GLOSSÁRIO

POSTENKETTA

Linha formada pela guarda que circundava o campo ou o local de trabalho. A pequena *Postenketta* ficava junto às cercas do campo durante a noite. A grande *Postenketta* cercava o campo de dia, num raio de alguns quilômetros (no caso de fugas, durante o dia todo).

PROEMINENTE

"Hóspede melhor", um prisioneiro em boa posição que tinha os caminhos abertos. Limpo, elegante, com a barriga cheia de sardinhas. Trata-se de um termo com ligeiro tom de desprezo. Ninguém falava de si como um proeminente.

ROLLWAGA

Carroça empurrada por pessoas. No perímetro do campo não havia animais de tração. Para transportar sopas, pão, roupas, dejetos e cadáveres, utilizavam-se pessoas.

SONDERKOMMANDO

Komando especial, composto exclusivamente de judeus, que trabalhava no crematório, na asfixia por gás e cremação de pessoas. "E quem é que vai ter ouro, se não o *Sonderkomando*?"

SZTUBA

Stube, em alemão. Sala ou parte do bloco. "Fico no bloco número 6, terceira *Sztuba*, na *buksa* de cima."

TRUPPENLAZARETT

Hospital da ss, localizado no perímetro da grande *postenketta*. Permaneceu não finalizado até o campo ser desativado.

VORARBEITER

Auxiliar do *kapo*. Aquilo que os ingleses chamam de *foreman*.

WASCHRAUM

A princípio, banheiro. Porém frequentemente servia a outros fins. O *Waschraum* no Antigo Auschwitz era palco de lutas de boxe e luta livre. O *Waschraum* em Birkenau era local de apresentações, organizadas, por um período, no hospital. Durante todo o tempo em que o hospital esteve ativo, permaneceu um ponto de reunião dos "muçulmanos", que, uma vez encaminhados até o *Waschraum* após as limpas de todos os blocos, partiam de noite nos veículos para o gás.

WINKIEL

Triângulo colorido que designava a categoria de um crime. Era carregado à frente do número de campo, no peito esquerdo. "Ele tem o *winkiel* vermelho, mas é pior que um bandido."

GLOSSÁRIO

ZAUNA

Lavatório, local de despiolhamento. Uma vez que lá se realizava o despiolhamento também dos objetos trazidos dos trens e utilizados pelos prisioneiros, as pessoas que trabalhavam na *Zauna* tinham de tudo, desde ouro até livros. As mulheres eram raspadas (até o último fio) e desinfetadas exclusivamente por homens.

ZYKLON

O gás usado nas câmaras de gás. A dose única foi reduzida no ano de 1944 por questões econômicas. A morte, em vez de 5 minutos, como diziam os judeus do chamado *Sonderkomando*, demorava de 15 a 25 minutos. Esse gás era produzido por uma empresa privada alemã.

posfácio: tadeusz borowski,
auschwitz e a modernidade

por piotr kilanowski

A prosa de Tadeusz Borowski, apesar de aparentemente simples, é fruto de uma construção rara e enganosa. Os contos têm um narrador cujo nome e número de campo sugerem que ele seja idêntico ao seu autor. Mais do que isso: os cenários de todos eles coincidem com lugares pelos quais passou Borowski, não raro descrevendo também acontecimentos em que tomou parte e suas circunstâncias. E, no entanto, o *Vorarbeiter* Tadek, narrador da maioria dos contos, não apenas expressa opiniões diferentes das defendidas por Borowski: seu comportamento difere completamente daquilo que os ex-companheiros falavam sobre a postura do autor nos campos de concentração. Um dos estudiosos de sua obra, Paweł Wolski, baseado nesses relatos, escreve: "Borowski talvez tenha jogado bola, talvez tenha roubado, mas com certeza não era o cruel e cínico *Vorarbeiter* Tadek, e o fato de que sua escrita permita julgar que ele tenha sido assim procede de deliberada construção da sua prosa, hoje inquestionavelmente

POSFÁCIO

apreciada"[1]. Estamos lidando, portanto, com um sofisticado jogo literário, no qual o autor confunde deliberadamente o leitor, fazendo crer que seu relato em primeira pessoa seja um testemunho direto das vivências e opiniões de Borowski.

Seus contos sem dúvida são um testemunho de uma pessoa que passou pelos campos, mas também uma ficção literária, uma obra do artista que julgou que dessa forma, misturando as memórias com a invenção, criaria uma obra de arte mais potente e mais capaz de dar testemunho do que se fosse apenas um relato de suas vivências. Não sabemos se o autor chegou a ser aquilo que seu narrador é: um homem "laguerizado" (em polonês *człowiek zlagrowany*). Sabemos que todo o seu esforço, incluindo a provocação de se fazer confundir com um perfeito exemplo de homem "laguerizado", o *Vorarbeiter* Tadek, teve como o propósito a tentativa de entrar na mente daqueles que sucumbiram ao poder corruptor do campo.

O leitor deve se perguntar: o que seria um homem "laguerizado"? O neologismo inexistente em português é derivado de uma palavra que é muito semelhante nas línguas dos totalitarismos nazista e comunista: *Lager* em alemão e

---

1 Paweł Wolski. *Wstręt i Zagłada. Nowoczesność Tadeusza Borowskiego*. Cracóvia, Budapeste, Siracusa: Austeria, 2018, p. 327. [AS TRADUÇÕES, SALVO INDICAÇÃO EM CONTRÁRIO, SÃO DO AUTOR DO POSFÁCIO.]

lagier em russo. A denominação define aqueles prisionei-ros que abandonaram os valores e as regras conhecidas no mundo exterior ao universo concentracionário, forçados pela estrutura do campo a se concentrarem na sobrevivên-cia, nos próprios instintos e nas necessidades biológicas. O homem "laguerizado" é aquele que foi destruído não apenas em sua humanidade corpórea, mas antes de tudo em sua humanidade psicológica. É um ser que abandonou a sen-sibilidade, a ética e a moral à sombra dos crematórios, da mentira, da violência, da opressão, da presença forçada de outros seres humanos tratados como animais e da morte onipresente. Podemos chamá-lo de desumanizado, pode-mos tentar dizer que acabou sucumbindo ao projeto que, querendo provar que era um *Untermensch*, sub-humano, transformava-o numa espécie de ser humano que demons-trava a sua pior face: podemos perguntar, como Primo Levi, se "é isto um homem", mas só lendo Borowski somos capa-zes de tentar entrar na sua pele e entendê-lo.

Não é uma tarefa fácil, mas uma vez que Borowski chega ao Brasil depois de já termos em português várias tentativas de descrever o homem desumanizado pelos tota-litarismos (depois dos *Contos de Kolimá*, de Varlam Cha-lámov; depois dos relatos autobiográficos e reflexões de Primo Levi; de *Noite*, de Eli Wiesel; e depois dos roman-ces e ensaios de Imre Kertész, que falou da importância de Borowski em seu discurso de Nobel e que, como ele, usava

POSFÁCIO

a biografia de prisioneiro de campos como material de criação literária), talvez consigamos nos abster de julgamentos e condenações. O homem "laguerizado" pode despertar revolta, mas precisa ser visto na sua dupla condição: a de vítima do sistema e a de uma engrenagem em seu mecanismo. Borowski, assim como Kertész, quer contar a verdade sobre o universo concentracionário. Assim como ele, precisa usar a ficção misturada com testemunho e biografia para conseguir criar o retrato dessa verdade. Ambos fazem isso prevendo uma avalanche de textos que ocultariam essa verdade sobre o mecanismo do campo de concentração, sobre a condição moral do homem submetido a esse mecanismo e sobre a impotência da maquiagem de cultura que o ser humano coloca sobre seu rosto animal.

Borowski vai mais longe. Muito antes de Zygmunt Bauman, Raul Hilberg ou Enzo Traverso, define a civilização como a fonte da barbárie. Em 1940, Walter Benjamin, em suas meditações "Sobre o conceito de história", escreve: "Nunca houve um monumento da cultura que não fosse também um monumento da barbárie"[2]. Borowski, ainda em Auschwitz, numa das nove cartas para sua noiva, Maria Rundo, prisioneira de Birkenau (cartas que não se

2 Walter Benjamin. "Sobre o conceito de História". Em: *Magia e técnica, arte e política: ensaios sobre literatura e história da cultura*. Trad. de Sérgio Paulo Rouanet. São Paulo: Brasiliense, 1987, p. 225.

preservaram, mas que seriam recriadas no conto "Aqui em Auschwitz..."), faz um diagnóstico muito parecido:

> Construímos os alicerces de uma nova e monstruosa civilização. Só agora percebi o custo da Antiguidade. Que crime horrendo são as pirâmides do Egito, os templos e as estátuas gregas! Quanto sangue teve de ser derramado para se construírem as estradas romanas, as muralhas circulares e as cidades. Essa Antiguidade foi um enorme campo de concentração em que uma marca era queimada nas testas dos escravizados e os crucificavam quando fugiam e eram capturados. Essa Antiguidade foi uma enorme conspiração das pessoas livres contra os escravizados!
>
> [...]
>
> O que o mundo saberá sobre nós se os alemães triunfarem? Surgirão construções enormes, rodovias, fábricas, monumentos que sobem aos céus. Nossas mãos estarão por trás de cada tijolo; os dormentes e placas de concreto serão carregados em nossas costas. Exterminarão nossas famílias, os doentes e os idosos. Exterminarão as crianças.
>
> E ninguém saberá de nós. Os poetas, advogados, filósofos e padres abafarão nossa voz. Criarão o Belo, o Bem e a Verdade. Criarão a religião. [pp. 270-271]

O homem "laguerizado" mostrado por Borowski está muito mais fortemente presente em outros contos: "[...] pertence ao campo com todo o seu corpo e por conta disso nem

POSFÁCIO

nota quaisquer sensações como novas e extraordinárias"[3].
Não apenas os temas das conversações dos protagonistas
giram em torno de comida e trabalho (ou, para ser mais exato, como fingir o trabalho), mas, em uma espécie de ato reve-
lador, os personagens estão na maioria das vezes comendo. E
a fome era o primeiro e principal mecanismo de desumani-
zação, tanto nos campos alemães quanto russos, fome que
desumanizava nos guetos e que foi usada como a arma de
destruição em massa no Holodomor, genocídio de ucrania-
nos promovido por Stálin. Um dos sobreviventes de Auschwitz, Poldek Maimon, entrevistado décadas depois pelo
escritor Mikołaj Grynberg, diz: "Como devo explicar que o
pior era a humilhação por causa da fome? Claro, era horrível
que estivessem nos matando por lá, mas antes de nos matarem, nós já éramos como inumanos [...]. Sobrevivemos para
contar sobre isso, mas não temos para quem contar. Como
contar que em alguns dias pode-se INVALIDAR um europeu?
Só Primo Levi conseguia descrever isso"[4]. Borowski também mostra o ser humano nulificado pela fome, até o ponto
de virar opressor dos que sofrem o mesmo destino.

A sua prosa permite entender o mecanismo que faz o opri-
mido que tem chance maior de sobreviver se sentir superior

3 Wolski, op. cit., p. 211.
4 Mikołaj Grynberg. *Ocaleni z XX wieku. Po nas już nikt nie opowie, naj-
wyżej ktoś przeczyta*. Varsóvia: Świat Książki, 2012, pp. 11-12.

a seu companheiro de sofrimento e se transformar em seu algoz. É o mecanismo que estava por trás da criação dos Conselhos Judaicos e suas polícias nos guetos, dos *Sonderkomandos* nos campos de extermínio que foram forçados a fazer o trabalho de destruição de seu semelhante; o mecanismo por trás da divisão entre os destinados para a morte imediata e os que talvez possam sobreviver mais um pouco; que cria um muro de separação entre os dois grupos e transforma o segundo em observador da desumanidade ou em aliado do opressor, pois isso os faz se sentirem mais fortes e melhores.

O campo é revelado por Borowski como um sistema que, além de prisão física, prendia os encarcerados num labirinto de falsas alternativas. Numa espécie de escolha trágica, diferente da clássica – pois não oferecia nenhum tipo de dignificação –, o preso era obrigado a continuamente escolher um comportamento que "independente da escolha tomada é sempre dirigido contra a vida, a própria ou a alheia"[5]. Diante da escassez e opressão, cada passo seu, cada decisão resultariam em menores chances de sobrevivência para si ou para seus companheiros de infortúnio. Diante desse tipo

---

5 Justyna Kowalska-Leder. "Skaza na portrecie – postać Zofii Kossak w relacjach byłych więźniarek Birkenau". *Acta Universitatis Lodziensis. Folia Litteraria Polonica*. Łódź, vol. 47, n. 1, p. 101, 2018. A visão do campo como um sistema de falsas alternativas apresentado como a base da prosa de Borowski foi desenvolvida por Andrzej Werner (*Zwyczajna apokalipsa. Tadeusz Borowski i jego wizja świata obozów*. Varsóvia: Czytelnik, 1971).

POSFÁCIO

de situação criada pela máquina do campo, uma mãe tenta abandonar seu filho na rampa de Birkenau ("Para o gás, senhoras e senhores, para o gás"); o judeu Beker, um pai na posição de prisioneiro funcional, manda enforcar um de seus filhos e, por sua vez, vira objeto de vingança de um outro ("Um dia em Harmenze"). Os laços de sangue, os laços de família são destruídos, e o ser humano, reduzido a seus instintos, vira uma engrenagem na máquina do campo. As alternativas de uma falsa moral (o filho foi enforcado por roubar pão; o pai, condenado pelo outro filho pela mesma razão) só despertam ódio e violência. E esses sentimentos, apoiados pela falsa moral, são direcionados contra os mais fracos. No conto "Para o gás, senhoras e senhores, para o gás", talvez pelo fato de viver o asco de si mesmo, semelhante ao que faz o corpo de Tadek protestar vomitando, o marinheiro de Sebastopol, Andrei, canaliza sua explosão de violência, apoiada pelas palavras de falso moralismo, contra a mãe que tenta salvar-se abandonando o filho na rampa. Borowski, diz Tzvetan Todorov, "deseja ilustrar esse darwinismo social por meio das histórias que conta; é por isso que os atos de bondade não encontram lugar nelas, ou o encontram muito pouco"[6]. Percebe-se, no entanto, que o autor inclui em seus relatos exemplos de posturas contrárias:

6 Tzvetan Todorov. *Diante do extremo*. Trad. de Nícia Adan Bonatti. São Paulo: Editora Unesp, 2017, p. 59.

Mirka, que quer salvar uma criança doente, o judeu do *Komando* de Tadek que, apaixonado por Mirka, comprava ovos para ela ("As pessoas que iam"); a mulher de cabelo grisalho que pega os bebês dos braços de Tadek na rampa ("Para o gás, senhoras e senhores, para o gás"). O fato de o autor não julgar nenhuma dessas posturas, ao mesmo tempo que permite que o leitor julgue Tadek, vendo-se obrigado a tentar se identificar com ele, é o que cria o impacto profundo que os relatos causam no leitor. Como julgar num mundo destituído de normas morais?

A obra de Borowski, acusada de behaviorista, cínica e darwinista, é uma denúncia da condição humana descoberta e explorada pelos totalitarismos. Kertész, ao falar sobre tudo que Auschwitz simboliza, descreve o que Borowski mostra na essência de seus contos:

> A convivência entre os homens civilizados fundamenta-se, no limite, no compromisso tácito de que não nos surpreenderão com a ideia de que uma simples vida vale mais, significa muito mais que os valores até então professados. Quando isso se revela – porque o terror obriga a uma condição em que dia após dia, hora após hora, minuto a minuto apenas isso se revela –, na realidade não podemos mais falar de cultura, porque todos os valores caíram diante da luta pela sobrevivência; essa sobrevivência, porém, não é valor cultural, simplesmente porque é niilista, é existência à custa dos outros e

POSFÁCIO

não *aos olhos* dos outros – no sentido cultural, da comunidade, não é só sem valor, mas necessariamente destrutiva também, ao abrigo do exemplo imperativo que nela se esconde.[7]

Ao lado de nomes como Wisława Szymborska, Zbigniew Herbert, Jerzy Ficowski ou Tadeusz Różewicz, para mencionar apenas alguns, Tadeusz Borowski é representante da geração por vezes chamada na historiografia literária polonesa de Colombos, jovens nascidos nos anos 1920, criados no espírito idealista numa Polônia que acabou de reconquistar sua independência e que, durante a guerra, ao entrarem na vida adulta, descobrem um mundo novo, muito diferente dos ideais humanistas para que foram criados. Esse terrível mundo novo é o mundo em que reinam a violência, o terror, a lei do mais forte; o mundo em que o homem é o lobo do homem. *Um mundo à parte*, poderíamos dizer usando o título do livro de um outro representante da geração, Gustaw Herling-Grudziński, prisioneiro dos campos soviéticos que descreve o homem "laguerizado" do outro universo concentracionário, do outro totalitarismo. Pode-se dizer sobre todos eles, usando palavras de Sławomir Buryła, um dos maiores estudiosos poloneses de literatura do Holocausto, que

7 Imre Kertész. *A língua exilada*. Trad. de Paulo Schiller. São Paulo: Companhia das Letras, 2004, pp. 27-28.

foram enganados. A civilização e a arte os traíram. No confronto com o mal mostraram somente sua precariedade. Essa precariedade da filosofia, da ciência e da arte era mais dolorosa, pois se revelava a seus fiéis discípulos e adeptos. Particularmente Borowski, jovem e ardente entusiasta da ciência e da poesia, deve ter sentido dolorosamente a profundidade desta derrota.[8]

Talvez este seja o momento oportuno para se aproximar brevemente da figura do autor que, desde a infância, foi obrigado a viver em universos nos quais esses valores não eram guardados. Tadeusz Borowski (1922-1951), em sua curta vida (morreu aos 28 anos), vivenciou muitas das crueldades que o século XX reservou para os habitantes da Europa Central. Nasceu em Jitomir (hoje Ucrânia), no território que, depois da Paz de Riga (1921), passou a pertencer à União Soviética, embora fosse habitado por uma enorme população polonesa, o que levou em 1925 à criação de Região Autônoma Polonesa (Polraion ou Marchlewszczyzna), a qual foi liquidada em 1935, como efeito do Holodomor e da repressão a movimentos étnicos e intelectuais. O pai do escritor, depois da estatização de sua livraria, foi preso e deportado para o campo de trabalho na Carélia, onde depois seria obrigado a participar da construção do Canal

8 Sławomir Buryła. *Wokół Zagłady. Szkice o literaturze Holokaustu*. Cracóvia: Universitas, 2016, p. 33.

POSFÁCIO

Mar Branco-Báltico. A mãe de Borowski foi deportada para a Sibéria em 1930, vítima da ação de coletivização forçada. O menino conseguiu evitar o destino da maioria das crianças cujos pais foram levados pelo sistema, o de se tornar menino de rua para depois ser interno de um abrigo estatal (o que aconteceu com seu irmão mais velho) e ser criado para ser um fiel funcionário do sistema. Criado pela tia, o autor conseguiu ser repatriado à Polônia com ajuda da Cruz Vermelha. A ação foi movida pelo pai, libertado em 1932 em uma troca de prisioneiros entre poloneses e soviéticos. A mãe conseguiu juntar-se a eles, libertada da Sibéria em 1934.

A Polônia da época estava dando uma guinada à direita. As condições de vida da família beiravam a miséria. Mesmo assim, a prioridade era garantir a educação dos filhos. Borowski termina o ensino médio já depois da eclosão da Segunda Guerra Mundial, no sistema escolar clandestino (os poloneses eram proibidos de estudar além do ensino fundamental), em 1940, e logo ingressa no igualmente clandestino curso universitário de letras, habilitação em polonês. É por lá que conhece Maria Rundo, seu grande amor. Maria Rundo era de uma família judaico-polonesa assimilada que, de acordo com as Leis de Nuremberg, deveria se mudar para o gueto, mas a família optou por ficar do lado "ariano". Felizmente, não foram motivos raciais que levaram à prisão dela, de modo que suas chances de sobreviver foram bem maiores. Rundo foi presa por participar do movimento da resistência, assim como Borowski.

Participar tanto da rede de educação quanto da vida cultural que operavam na clandestinidade poderia resultar em prisão e morte. Borowski, que trabalhava no cenário descrito no conto "Adeus, Maria", era também colaborador de imprensa da resistência e jovem poeta. Estreou com o livro *Gdziekolwiek ziemia* (Em todo canto da terra), editado clandestinamente em 1942. Seus poemas catastrofistas e imbuídos de estoicismo pessimista diante da onipresença da morte e da desumanidade não conquistaram muitos aplausos entre seus amigos, poetas da vertente nacionalista, direitista e messiânica *Sztuka i Naród* (Arte e Nação), que acreditavam no ressurgimento da Polônia como uma potestade depois da guerra. A poesia de Borowski, marcada por sua fascinação com a tradição clássica, leituras do cânone da literatura e cultura europeia e polonesa, nunca teve oportunidade de ser devidamente difundida. Três meses depois da publicação do livro, Borowski é preso. Seu segundo livro, *Arkusz poetycki nr 2* (Folha poética número 2), se compõe em grande parte de poemas de amor por Maria Rundo e foi publicado clandestinamente por seus amigos quando os dois já eram prisioneiros em Auschwitz. O terceiro e quarto livros, *Imiona nurtu* (Os nomes da corrente) e *Poszukiwania* (Buscas, escrito com Krystyn Olszewski), que contêm poemas escritos nos campos e depois da

POSFÁCIO

soltura, são publicados em Munique, onde o poeta decidiu ficar depois de ser libertado. Alguns dos seus poemas da época dos campos foram resgatados da memória de seus amigos (principalmente Stanisław Marczak-Oborski) e companheiros de detenção. Uma antologia mais completa, que trazia muitos inéditos, foi publicada na Polônia pelo esforço de seu amigo, biógrafo e estudioso da sua obra Tadeusz Drewnowski, somente em 1974. No entanto, Borowski, durante grande parte da vida, se identificava como poeta. Como poeta mantinha reuniões do grupo que se autodenominava *"esencjastas"* (neologismo cujo equivalente poderia ser algo como "essenciastas"), poetas e literatos unidos pela ideologia esquerdista que se colocavam em oposição ao grupo *Sztuka i naród*. As reuniões aconteciam no barracão em que morava, contíguo ao seu local de trabalho na rua Skaryszewska, em Varsóvia, e cuja descrição fiel aparece no conto "Adeus, Maria". Como poeta, Borowski pôde contar com a proteção da rede de resistência no campo de Auschwitz depois de ficar doente por conta dos trabalhos forçados em Harmenze e, em seguida, assumir o posto de *Fleger*. Por fim, como poeta foi resgatado do campo de *displaced persons* em Freiman e colocado à frente de um escritório da Cruz Vermelha em Munique. Encontramos reflexos dessas vivências nos contos "Um dia em Harmenze", "Aqui em Auschwitz..." e "A batalha de Grunwald".

A prisão do poeta teve em si algo de um desesperado gesto romântico. Quando Maria Rundo foi presa pela Gestapo (tentava ajudar uma fugitiva do gueto e foi detida na casa de um membro da Resistência que foi denunciado), em fevereiro de 1943, Borowski, no intuito de seguir a noiva e contra todas as regras da conspiração, foi para o endereço onde ela fora detida e acabou sendo encarcerado também. Foi levado para a prisão de Pawiak, mesmo local da detenção de Rundo. Essa prisão é cenário do conto "O garoto com a Bíblia". De lá, Borowski seguiu para Auschwitz, mesmo destino da noiva. O conto "Aqui em Auschwitz..." é baseado nas cartas que escrevia para ela, detida no campo Auschwitz II, o infame Birkenau. No campo, o prisioneiro 119.198, já na posição de *Fleger*, pôde cuidar de Maria, que estava extenuada e à beira da morte. Manda para ela cartas, medicamentos, abandona o cômodo posto no hospital para se juntar ao *Komando* que conserta os telhados, a fim de poder vê-la de vez em quando (como no conto, a pessoa que possibilitou essas visitas e contrabando era um prisioneiro alemão chamado Kurt). Em agosto de 1944, quando os alemães começam a esvaziar Auschwitz diante da chegada do front, Borowski é levado primeiro para Dautmergen e depois para Dachau Allach, onde, extenuado e à beira da morte, é libertado pelos americanos em 1º de maio de 1945. Esse trecho de sua trajetória encontra reflexo no conto "A morte do insurgente de Varsóvia".

POSFÁCIO

A libertação, no entanto, é ilusória. Os Aliados, com receio de grandes movimentos de imensas massas libertadas no território alemão, criam os campos de *displaced persons* e assim Borowski acaba sendo preso na antiga caserna da ss, nas periferias de Munique, em Freiman. Após a soltura, estabelece-se em Munique e começa a procura pela noiva, sendo colocado à frente de um escritório da Cruz Vermelha dedicado às buscas de familiares perdidos. Maria Rundo acabou sendo levada de Auschwitz para o campo de Ravensbrück, de onde seguiu para a Suécia nos famosos ônibus brancos, junto com milhares de outros presos salvos pelas negociações e ações do conde Folke Bernadotte.

Ao longo do ano que passou em Munique, Borowski primeiro descobre o paradeiro da noiva para, depois, tentar juntar-se a ela na Suécia ou na Alemanha, mas as leis da época impedem os dois de se encontrarem. Esses tempos são de uma criatividade ímpar na vida do autor. Ainda escrevendo poemas, publica em Munique seus primeiros contos no livro *Byliśmy w Auschwitz* (Estivemos em Auschwitz), junto com Janusz Nel Siedlecki e Krystyn Olszewski. Os autores, em vez de assinarem o livro – encadernado com pedaços autênticos de uniformes listrados do campo – na ordem alfabética, seguiram a ordem de seus números de Auschwitz. A repercussão do livro na Polônia fez Borowski abandonar aos poucos a poesia para se dedicar à prosa. A maioria dos contos de *Adeus, Maria* (à exceção do primeiro e do último) foi escrita nessa época. Diante da impossibilidade de se juntar à noiva, do ódio ao mundo alemão e do desencanto com a realidade pós-guerra no Ocidente, Borowski toma a decisão desesperada de voltar à Polônia em 1946. Maria Rundo, contrariada com a decisão do noivo e preocupada com seu estado mental, acaba seguindo-o e os dois se reencontram e se casam na Polônia.

Borowski de início se envolve com o que acreditava que pudesse ser uma ordem do mundo alternativa ao capitalismo ou ao nazismo. Ao mesmo tempo, sua veia criativa sofre com isso. Depois da volta à Polônia, escreve apenas mais dois poemas (em Munique escrevia poemas profusamente). Sua prosa lhe garante um lugar de destaque. Em 1947 publica a coletânea *Adeus, Maria*[9]. Um ano depois vem à estampa o volume de sua prosa *Kamienny świat* (O mundo de pedra), que, ao lado de contos que parecem complementar o livro anterior, contém também outros marcados por polêmicas e paródias de outros escritores (cada um deles é dedicado a um literato). Toda a sua energia criativa desse momento em diante é dedicada ao jornalismo propagandista. O Borowski dessa época é descrito por Jan Kott como "a maior esperança do Partido Comunista, bem como seu apóstolo e

---

9 A edição de 1947 continha apenas cinco dos textos reunidos nesta coletânea. Ver nota dos editores, p. 412.

POSFÁCIO

inquisidor"[10]. Um outro retrato seu, escrito enquanto ainda estava vivo, mas publicado depois de sua morte, é de autoria de Czesław Miłosz, que, em seu *Mente cativa*, aparentemente identifica Borowski com o narrador dos contos. Em seu livro, Miłosz dedica a Borowski um dos capítulos, ocultando seu nome (mas citando seus contos) sob o criptônimo Beta. Beta, segundo o autor, desde o momento em que se conhecem em 1942, é movido pelo ódio, sentimento posto a serviço do partido em determinado momento. "O ódio que existia nele poderia ser comparado a um rio turbulento que destruía tudo ao longo do seu caminho. [...] Na raiz do ódio do Beta estava o que Sartre chamou de *la nausée*: aversão ao homem como um ser fisiológico determinado pelas leis da natureza e da sociedade e sujeito às influências destrutivas do tempo. Um homem deve saltar fora de suas amarras, nem que seja içando-se pelas próprias orelhas."[11]

"O amante infeliz" é o subtítulo que Miłosz dá ao capítulo em que impiedosamente descreve Beta. O amante que se deixa levar pela ideologia comunista e não percebe que, transformando sua poesia em prosa, e a prosa em propaganda,

10 Jan Kott. "Introdução". Em: Tadeusz Borowski. *This Way for the Gas, Ladies and Gentlemen*. Nova York: Penguin, 1976, p. 11.
11 Czesław Miłosz, *Mente cativa*. Trad. de Eneida Favre. Belo Horizonte: Âyiné, 2022, p. 151.

age da mesma forma que um soldado que marcha em coluna. [...] O alemão que trancou Beta no campo de concentração talvez tenha sido um amante do mundo tão decepcionado quanto Beta, antes que a propaganda do partido o transformasse em uma fera. Ele desejava ordem e pureza, disciplina e fé. Com que desprezo ele tratou aqueles compatriotas que se recusaram a se juntar à alegre marcha.[12]

Talvez essa percepção – de que a ideia que defendia com tanta veemência e autoanulação levou à construção de um sistema igual àquele que o levou ao campo – tenha sido um dos motivos da morte de Borowski. Engajado na máquina do sistema, o escritor passou até a trabalhar como agente de seu serviço de inteligência, enviado para Berlim com a missão de espiar tanto os alemães quanto os poloneses que não queriam voltar para o país. Depois disso, diante da chegada do realismo socialista, foi induzido a fazer uma autocrítica em que condenou seus contos. Escreveu:

[...] não consegui analisar o campo em termos de classe; mesmo quando experimentei o campo, não sabia realmente o que estava experimentando. Eu estava brincando com o empirismo estreito, com o behaviorismo, ou como quer que seja

12 Op. cit., p. 157.

POSFÁCIO

chamado. Eu tinha a ambição de mostrar a verdade, mas acabei fazendo uma aliança objetiva com a ideologia fascista[13].

O país para o qual Borowski voltou estava afundando na noite stalinista. Ele foi um dos seus principais garotos-propaganda. Maria Rundo relatou numa entrevista a instabilidade psicológica do autor e suas tentativas suicidas. Seus amigos falavam que nos últimos meses de vida, em suas conversas, o tema da morte de Maiakóvski era recorrente.

Na sua vida pessoal também sofreu desilusões que o levaram a se envolver com uma amante e planejar com ela uma vida futura, justo no momento em que Maria Rundo esperava a filha dos dois, a realização do sonho descrito nas cartas que Borowski lhe mandava em Auschwitz. "O amante infeliz" passou seu último dia de vida com sua amante. Ao se despedir dela, no final da tarde, Borowski foi visitar a esposa e a filha recém-nascida no hospital. Voltou para casa e suicidou-se abrindo o registro do gás. Talvez tenha sido um gesto de desespero por ter vivido a desilusão de todos os ideais que professara; talvez o desprezo por sua imperfeição humana, uma desilusão consigo mesmo; talvez o fato de ter se visto como a engrenagem de um sistema

---

13 Tadeusz Borowski. "Rozmowy. Dla towarzyszy: Jerzego Andrzejewskiego i Wiktora Woroszylskiego". *Odrodzenie*, Varsóvia, vol. 7, n. 8, p. 6, 1950.

totalitário parecido com aquele que denunciou com tanta veemência em sua obra.

De algum modo esse trajeto do idealismo à desilusão da modernidade é o conteúdo do conto que dá título à antologia. Em seu início, Maria aparece como um símbolo de pureza quase angelical, do amor e da poesia. O mundo totalitário acaba transformando-a em um símbolo da nova civilização, marcada por higiene e modernidade – o sabão. "Adeus, Maria" é a despedida do mundo dos ideais, da poesia, do amor e o advento da barbárie vestida de civilização superior. Simbolicamente, nele o ser humano é transformado num objeto, produto da civilização, empregado em nome da civilização. Da mesma forma, numa ironia desumana, o efeito da limpeza étnica vira um produto de limpeza. O corpo da amada sofre uma transubstanciação horrenda, enquanto a pureza, a poesia e o amor desvanecem do "mundo de pedra". No mundo depois de Auschwitz parece não haver lugar para que eles possam existir na mesma forma de antes.

PIOTR KILANOWSKI é professor de literatura polonesa e tradução literária, fundador e coordenador do Centro de Estudos Poloneses da Universidade Federal do Paraná e tradutor, principalmente de poesia. Traduziu, entre outros, livros de poesia de Paulo Leminski (para o polonês); Jerzy Ficowski, Zbigniew Herbert, Anna Świrszczyńska, Władysław Szlengel Irit Amiel, Krystyna Dąbrowska (para o português).

nota dos editores

Apesar de a obra de Tadeusz Borowski ser continuamente publicada na Polônia, desde seu lançamento no pós-guerra até hoje, há uma grande dificuldade em estabelecer o original a ser usado como referência para a tradução. Isso porque, como comenta o professor Piotr Kilanowski no Posfácio desta edição, esses contos foram escritos, publicados e republicados em diferentes situações e condições ao longo do tempo.

O livro com o título *Adeus, Maria* saiu em 1947 na Polônia e reúne cinco contos, alguns deles lançados anteriormente, no imediato pós-guerra. Anos depois, em 1961, a obra foi reeditada, com novos textos. O mesmo ocorreu com outras coletâneas do autor ao longo das décadas seguintes. Resulta disso uma grande variação não apenas na seleção dos contos, mas também no próprio texto, com alterações introduzidas em parte pelos editores, em parte pelo autor, e nem sempre documentadas.

Neste volume, mantivemos o título da edição de 1947, mas além dos cinco contos originais ("Adeus, Maria", "Um dia em Harmenze", "Para o gás, senhoras e senhores, para o gás", "A morte do insurgente de Varsóvia", "A batalha de Grunwald"), acrescentamos outros que se relacionam com a temática e o período abordados na primeira coletânea. Reestabelecemos também a ordem dos contos, organizando-os de forma a criar um eixo cronológico. Assim, o leitor acompanha a sequência de acontecimentos na vida do autor-narrador, desde Varsóvia, passando pelos campos de concentração até o pós-guerra. Ao final, inserimos um Glossário, escrito pelo próprio autor em 1946, sobre a terminologia de Auschwitz.

Com o intuito de facilitar a leitura da obra assim composta, fizemos pequenas padronizações de texto, sobretudo no uso do tempo verbal. Desse modo, nos contos "Adeus, Maria", "Um dia em Harmenze" e "Para o gás, senhoras e senhores, para o gás", substituímos o presente histórico pelo passado.

EDIÇÃO DE TEXTO Livia Deorsola
PREPARAÇÃO Márcio Ferrari
REVISÃO Ricardo Jensen de Oliveira, Huendel Viana
e Tamara Sender
PROJETO GRÁFICO Julia Custodio

DIRETOR-EXECUTIVO Fabiano Curi

EDITORIAL
Graziella Beting (diretora editorial)
Laura Lotufo (editora de arte)
Kaio Cassio (editor-assistente)
Gabrielly Saraiva (assistente editorial/direitos autorais)
Lilia Góes (produtora gráfica)

RELAÇÕES INSTITUCIONAIS E IMPRENSA Clara Dias
COMUNICAÇÃO Ronaldo Vitor
COMERCIAL Fábio Igaki
ADMINISTRATIVO Lilian Périgo
EXPEDIÇÃO Nelson Figueiredo
ATENDIMENTO AO CLIENTE E LIVRARIAS Roberta Malagodi
DIVULGAÇÃO/LIVRARIAS E ESCOLAS Rosália Meirelles

EDITORA CARAMBAIA
Av. São Luís, 86, cj. 182
01046-000 São Paulo SP
contato@carambaia.com.br
www.carambaia.com.br

copyright desta edição © Editora Carambaia, 2024

Títulos originais dos contos: *Pożegnanie z Marią* [Adeus, Maria], *Chłopiec z Biblią* [O garoto com a Bíblia], *Ludzie, którzy szli* [As pessoas que iam], *Dzień na Harmenzach* [Um dia em Harmenze], *Proszę państwa do gazu* [Para o gás, senhoras e senhores, para o gás], *Śmierć powstańca* [A morte do insurgente de Varsóvia], *U nas, w Auschwitzu...* [Aqui em Auschwitz...], *Bitwa pod Grunwaldem* [A batalha de Grunwald], *Ofensywa styczniowa* [A ofensiva de janeiro].

Esta publicação recebeu o apoio à tradução oferecido pelo © Poland Translation Program.

CIP-BRASIL. CATALOGAÇÃO NA PUBLICAÇÃO
SINDICATO NACIONAL DOS EDITORES DE LIVROS, RJ

B741a
Borowski, Tadeusz, 1922-1951
Adeus, Maria e outros contos / Tadeusz Borowski ; tradução Matheus Moreira Pena ; posfácio Piotr Kilanowski.
1. ed. – São Paulo : Carambaia, 2024.
416 p.; 19 cm.

Tradução de: *Pożegnanie z Marią i inne opowiadania*
ISBN 978-65-5461-069-8

1. Contos poloneses. I. Pena, Matheus Moreira.
II. Kilanowski, Piotr. III. Título.

24-91563   CDD: 891.853   CDU: 82-34(438)
Meri Gleice Rodrigues de Souza – Bibliotecária CRB-7/6439

O projeto gráfico deste livro buscou possíveis interpretações visuais que simbolizem o encarceramento e a privação de liberdade, sem perder o tom irônico da escrita. As aberturas dos contos trazem representações do deslocamento de ponto de vista dos relatos. A ideia é ilustrar o sarcasmo das cenas incômodas retratadas nos contos.

A capa e as aberturas utilizam fontes da família tipográfica Pressura (Dominik Huber e Marc Kappeler, 2012). O desenho é inspirado na impressão com tipos metálicos e usa o gesto visual da tinta se espalhando sob pressão como um dispositivo estilístico. Já o tipo usado no texto principal, Brabo, desenhado pelo brasileiro Fernando Mello (2016), apresenta cortes e bordas quadradas que proporcionam nitidez para o texto.

O livro foi impresso em papel Pólen Bold 70 g/m², na gráfica Ipsis, em maio de 2024.

Este exemplar é o de número

0297

de uma tiragem de 1.000 cópias